KB273054

Fantastic Oriental Heroes
무공총람
武功總覽

무공총람 2

임하 新무협 판타지 소설

초판 1쇄 찍은 날 § 2006년 1월 2일
초판 1쇄 펴낸 날 § 2006년 1월 10일

지은이 § 임하
펴낸이 § 서경석

편집장 § 문혜영
편집책임 § 최하나
편집 § 장상수 · 서지현

펴낸곳 § 도서출판 청어람
등록번호 § 제1081-1-89호
등록일자 § 1999. 5. 31
어람번호 § 제2-0795호

주소 § 경기도 부천시 원미구 심곡1동 350-1 남성B/D 3F (우) 420-011
전화 § 032-656-4452 팩스 § 032-656-4453
http://www.chungeoram.com
E-mail § eoram99@chollian.net

ⓒ 임하, 2006

ISBN 89-5831-913-5 04810
ISBN 89-5831-911-9 (세트)

※ 파본은 본사나 구입하신 서점에서 교환하여 드립니다.
※ 저자와 협의하여 인지를 붙이지 않습니다.

武功總覽
Fantastic Oriental Heroes
무공총람
| 음모의 그림자 |
2
임하 신무협 판타지 소설
도서출판
청어람

목차

사건(2)

죽은 주청백을 처음 발견한 사람은 손녀인 주아리였다. 그녀는 날이 밝았는데도 주청백이 일어나지 않자 방으로 찾아가 깨우려고 하다 그의 몸이 싸늘하게 식은 것을 발견했다. 그녀는 서둘러 하인들에게 식구들을 부르라 했고, 주청백의 아들인 주자청과 그의 아내 영 부인, 제자인 신전과 이부평이 달려왔다.

주청백의 사망 소식은 금세 장원 전체로 퍼졌다. 손님인 임예정, 유 씨 남매, 강연수 일행들도 소식을 듣고 주청백의 방으로 갔다.

"하필이면 칠순 생신 다음날 돌아가시다니……."

정정했던 주청백의 갑작스런 죽음에 손님들은 방문 앞에 서서 안타까워했다. 그런데 방 안에서 나온 주자청이 손님들을 돌아보며 묻는 것이었다.

"이중에 의학 지식이 있는 분이 계시오?"

황보륭이 나섰다.

"제가 의술을 좀 배웠습니다."

"그럼 독에 대해서도 아시오?"

그 말의 담긴 의미를 깨닫고 손님들의 표정이 변했다. 강연수가 놀람을 숨기지 않고 물었다.

"그분이 독살되었단 말입니까?"

주자청은 손에 든 손수건을 펴 보였다. 반짝이는 작은 침이 하나 놓여 있었다.

"바닥에 떨어져 있더군."

이 침이 흉기라는 것을 모두들 눈치챘다. 황보륭은 중대한 일이라고 생각하고 자세히 대답했다.

"저의 집에 식객으로 의술과 독에 정통하신 분이 계셔서 그분께 오 년간 가르침을 받았습니다."

"들어오시오."

주자청을 따라 방으로 들어간 황보륭은 의자에 앉아 있는 채 죽어 있는 주청백의 시체를 살폈다. 그는 입을 벌리고 한참 들여 보았다.

"이거 이상한데?"

그는 옷을 벗기더니 몸을 구석구석 살피다가 오른손으로 가서는 멈추더니 한참을 살폈다. 결론을 낸 그는 주자청에게 말했다.

"언뜻 보면 자연사로 보이지만 독살이 맞군요."

주자청은 창백한 표정으로 고개를 끄덕였다.

"역시 그랬군. 흉기인 이 침이 없었다면 나도 천수를 다하신 줄 알았을 거요."

황보륭은 정원으로 나가 개를 한 마리 가져오게 하여 문제의 흉기인

침으로 살짝 찔렀다. 개는 처음에는 아무렇지 않게 움직였다. 그러나 일각 정도가 지나자 갑자기 푹 쓰러지더니 잠든 것처럼 그대로 죽어버렸다.

"지독한 독이군!"

독을 시험하는 것을 본 사람들은 하나같이 몸을 떨었다. 황보륭은 이번에는 잔에 물을 담아오게 한 다음 침을 물에 담그고 휘휘 저었다. 그리고 그 물을 몇 개의 작은 병에 나눠 담은 다음, 몇 가지 약재를 가져오게 하여 조합한 후 가루를 내어 병에다 넣었다.

"이건 반응을 보고 독약이 무엇인지 알아보는 방법입니다."

황보륭은 병에 담은 물의 냄새와 색을 한참 동안 살피더니 설명했다.

"이 독의 이름은 만년수면산이라고 합니다. 독에 당하면 잠든 것처럼 그대로 목숨을 잃어 영원히 깨어나지 못한다는 뜻이지요."

유지정이 생각해 봤지만 처음 들어보는 이름이었다.

"처음 들어보는 이름인데, 강호에 이 독을 쓰는 자가 있나요?"

"이 독은 독으로보다는 치료를 위한 마취용으로 더 많이 사용합니다. 몇 개의 약물을 추가하고 물로 희석하여 수술 부위에 바르면 신경이 마비돼 수술할 때 통증을 느끼지 않게 되지요. 원래 이 독을 개발한 사람은 오십여 년 전 독각신수 장악심이라는 사람인데, 그의 사형 되시는 성의신수 위을평이 마취용으로 용도를 변경하여 많은 사람들을 구했다고 합니다."

강연수가 물었다.

"그럼 의원들이 이 독의 제조법을 알겠군요."

"그렇지는 않습니다. 조합이 어렵고, 필요한 약재도 귀해 의원들 사이에서도 널리 퍼지지 못했습니다. 아마 천하에 이 독을 만들 수 있는 의원은 백 명도 채 안 될 겁니다."

사람들은 모두 생각에 잠겼다. 도대체 누가 주청백을 살해했단 말인가?

임예정이 황보릉에게 물었다.

"주 노선배께서 살해당한 시각이 언제지요?"

"아마 자시에서 축시 사이일 겁니다. 그분은 독을 마시고 다시 손가락을 독침으로 찔렀습니다. 이 독은 원래 피부를 통해 흡수해야 효과가 있는데, 뱃속에 들어가면 위산 때문에 효력이 사라집니다. 그런데 독을 마실 때, 그만 혓바닥을 통해 흡수되어 돌아가신 것 같습니다. 범인은 그것만으로는 안심이 안 되었는지 다시 손가락에 독침을 찔렀는데, 그때는 이미 돌아가신 후일 겁니다. 손가락을 찌른 독침은 사실 의미가 없다고 볼 수 있겠죠. 그런데 이상한 것은 독을 마신 것과 독침이 찔린 시간 차이가 상당히 길다는 것입니다."

유지정이 물었다.

"얼마나 길다는 거죠?"

"적어도 한 시진 이상일 겁니다. 침으로 손가락을 찔렀는데도 제대로 피가 나지 않았습니다. 그건 죽어서 몸속의 피가 돌지 않고 시체가 굳어져 있었기 때문이라 생각됩니다. 침이 바닥에 떨어져 있기도 하고요. 아마도 깊게 박히지 않아 시간이 지나자 빠져 버린 것이겠지요."

"그러니까 범인은 주 선배님이 독을 마시게 한 다음, 방 안에서 한 시진 이상이나 뭔가를 하다가 나가기 전에 만일에 대비해 다시 한 번 독침으로 찌르고 갔다 이거군요."

사람들은 왜 범인이 방 안에 오래 있었을까 의문을 가졌고, 곧 해답을 유추해 냈다. 가신풍이 주자청에게 물었다.

"방 안에 없어진 물건이 있습니까?"

"글쎄, 방 안이 평소와 마찬가지라 그쪽으로는 미처 생각해 보지 못했네."

사람들은 다시 주청백의 방으로 몰려갔다. 주자청의 두 제자가 방 안을 지키고 있었다.

"아무도 들어간 사람이 없습니다."

"잘했다."

주자청은 방 안으로 들어가 없어진 물건을 찾았다. 한참 후 밖으로 나온 그는 잔뜩 찌푸린 얼굴로 말했다.

"책이 한 권 없어졌네."

황보룡이 물었다.

"어떤 책입니까?"

"무공 비급이라네."

"……!"

사람들은 범인이 무공 비급을 노리고 주청백을 살해한 것으로 확신했다. 무인이라면 모두 무공 비급이라는 말에 관심을 가지게 마련이라 모두들 호기심을 보였다. 가신풍이 모두의 궁금증을 대표해 물었다.

"어떤 무공 비급입니까?"

"아버님께서 스승에게 물려받아 보관하고 있던 것이지. 책의 겉표지에는 무공총람이라고 적혀 있다네."

강연수와 임예정이 깜짝 놀라 동시에 물었다.

"무공총람이라고요?"

"그래, 맞네."

황보륭이 눈살을 찌푸리며 잠시 생각하다가 말했다.

"소문에 의하면 소면신귀 최진방이 무공총람의 무공을 익혀 고수가 되었다고 하더군요. 또한 숭산파의 임 장문인께서도 무공총람의 무공을 익혔다고 하고요."

임예정의 표정이 어두워졌다. 사실 소문의 정확한 내용은 임한정이 숭산파의 무공총람을 훔쳤다는 것이었기 때문이다.

황보륭은 말을 이었다.

"이야기를 듣자니 무공총람은 각기 무공을 분류하여 여러 권이라고 하던데, 이곳에 있던 무공총람은 어떤 내용입니까?"

주자청은 대답했다.

"내공편이라고 하네. 하지만 소문처럼 그렇게 대단한 비급은 아니네. 우리 집안 사람 모두 익혔으나 그냥 흔해빠진 내공심법보다 나은 점이 있을 뿐, 엄청난 효과를 거둔 사람은 단 한 명도 없네."

모두들 각기 깊은 생각에 잠겼다. 여러 가지 단서가 나왔긴 하지만 범인에 대해서는 감조차 잡을 수 없었다. 장소산 역시 생각하고 있었는데 그가 가진 의문은 다른 것이었다.

'내가 내공편을 가지고 있는데 여기서 또 내공편이 나오다니? 책이야 원래 몇 권이든 늘릴 수 있는 것이긴 하지만 비급이라는 것은 하나뿐인 것이 보통인데… 거기다 말을 들어보니 책은 두 개의 내공심법 중 심공편이 필요한 내공심법은 없고, 성과가 늦는 내공심법만 적혀 있는 것 같으니 그것도 이상하군.'

유지정이 지금까지의 정황을 정리했다.

"황 소협의 조사와 지금까지의 상황을 보고 추리해 보자면, 범인은 주 선배님에게 먼저 독을 마시게 하여 살해한 다음 방 안을 뒤져 무공총람을 찾아냈어요. 원하는 것을 찾아낸 그자는 오랜 시간을 들여 방 안을 깨끗이 정리하여 뒤진 흔적을 없애고 방을 나가려다 혹시나 하는 생각에 다시 주 선배님의 손가락을 독침으로 찌르고 도망쳤지요. 그 와중에 독침이 바닥에 떨어진 것이고요.”

그녀는 잠시 생각하고는 말했다.

“이 과정에는 한 가지 이상한 것이 있어요. 범인은 오랜 시간 동안 방 안을 정리하는 꼼꼼함을 보였는데, 막상 떠날 때는 독침을 제대로 회수하지 않고 허겁지겁 도망쳤어요. 왜 그랬을까요?”

유지반이 물었다.

“왜 그랬을까요?”

유지정은 웃으며 말했다.

“잘 생각해 보렴.”

임예정이 알겠다는 듯 손뼉을 치며 외쳤다.

“범인은 방 안을 뒤진 사실을 알지 못하게 하려고 했군요. 그것이 그 무엇보다 중요했던 거예요!”

가신풍이 모르겠다는 표정으로 물었다.

“아니, 그게 왜 중요하지? 누가 올지도 모르는데 빨리 도망치는 것이 더 중요하지 않나?”

유지정이 웃으며 설명했다.

“범인은 무공총람이 없어진 사실을 모르기를 바란 거예요. 왜냐하면 그 사실을 사람들이 알면 당연히 무공총람을 가진 사람이 범인인 줄 알 수 있으니까요. 또한 이 사실은 범인이 이 현재 장원 안의 사람들 중 하나라는 것을 말해주는 것이기도 하지요.”

“아니, 그건 또 무슨 이유요?”

"범인이 외부인이면 정리할 시간에 멀리멀리 도망가면 그만이지요. 내부인이기에 소지품을 조사할까 두려워한 것이 아니겠어요."

유지정의 추리에 모두들 감탄했다. 주자청이 고개를 끄덕이고는 장원을 관리하는 총관에게 물었다.

"하인들은 모두 어디 있는가?"

"아가씨가 충격을 받으신 듯하여 하녀 둘이 보살피고 있고, 남은 모두는 정원 밖에 모여 있게 했습니다."

살펴보니 총관이 설명한 사람들 외에 가족과 손님들은 모두 이곳에 모여 있었다.

"좋아, 모두 이곳에 모여 조금도 움직이지 마시오. 먼저 방을 하나씩 조사하고 다음에 사람을 조사할 것이오!"

상황을 보고 있던 장소산은 깜짝 놀랐다.

'아이쿠, 이거 큰일났구나! 나는 무공총람을 세 권이나 가지고 있고, 그중에 하나는 확실히 내공편이 아닌가. 이러다간 꼼짝없이 내가 범인으로 몰리겠구나!

그는 이번 여행이 끝날 때 설죽산장으로 돌아가지 않고 중간에 빠져나가 원래 살던 집으로 갈 생각이었다. 설죽산장에 책을 숨겨두자니 특별히 숨겨둘 만한 장소도 없고, 다시 가서 챙겨오기는 귀찮은 노릇이라 가지고 다니고 있었는데, 하필이면 일이 이상하게 꼬이고 만 것이다.

그는 재빨리 이곳을 빠져나가 책을 숨기고 싶었지만 서로가 서로를 감시하는 상황이라 빠져나갈 수가 없었다.

'이거 어떡하지? 아니라고 주장해야 하나? 아니면 도망쳐야 할까?

그가 방법을 찾지 못하고 전전긍긍하고 있는 중에도 주자청과 황보룡이 대표로 둘이 함께 방을 하나하나 뒤졌다. 그러기를 얼마 후, 외침이 터져 나왔다.

"찾았다!"

장소산은 심장이 덜컥 내려앉는 기분이었다. 하지만 생각해 보니 자기 것이 아니었다.

'내 책은 지금 내 품 안에 있는데?

가신풍이 급히 물었다.

"누구 방에서 나왔소?"

황보룡은 잠시 곤란한 표정을 짓더니 입을 열었다.

"임 소저의 방에서 나왔네."

임예정의 안색이 새파래졌다.

2

사람들은 모두 임예정에게 시선을 집중했다. 그들의 눈에는 의혹과 의심이 깃들어 있었다. 임예정의 방에서 사라진 무공총람이 나타남으로써 그녀가 주청백 살인의 용의자가 되어버린 것이다.

평소에 말 잘하던 임예정도 이런 상황에 처하자 어쩔 줄 모르며 더듬거렸다.

"저, 전 모르는 일이에요. 책을 본 적도 없어요."

주자청은 곤란한 표정을 지었다. 임예정은 자기 집안의 골치 아픈 문제를 해결해 주었을 뿐 아니라 숭산파 장문인의 외동딸이다. 단지 그녀의 방에서 책이 발견되었다는 사실 하나만으로 그녀를 범인 취급할 수는 없는 노릇이었다.

“흠흠, 이 문제는 쉽게 결정을 내릴 수 없네. 누군가가 누명을 씌운 것일 수도 있고, 책과 살인과는 관계없을 수도 있고……."

강연수가 임예정을 감싸 안으며 날카로운 목소리로 말했다.

“당연히 누명이죠! 이런 어린아이가 어떻게 무공의 고수인 주 선배님을 살해할 수 있겠어요.”

“독을 썼으니 누구라도……."

말을 꺼내려던 유지반은 강연수의 날카로운 시선에 급히 입을 막고 시선을 돌렸다. 상황이 이상하게 돌아가자 황보륭이 말했다.

“이 문제는 섣부르게 판단할 수 없습니다. 좀 더 자세한 조사를 해 본 다음 결론을 내려야 할 것입니다. 미안하지만 임 소저는 방으로 가 있는 편이 좋겠소.”

돌려 말하긴 했지만 사실상 용의자로 보고 방에 가서 나가지 말라는 말이나 다름이 없었다. 임예정은 따져 말하려다 지금 상황에서는 소용없다는 것을 깨닫고 한숨을 내쉬었다.

“걱정하지 마라, 절대로 네가 누명을 쓰는 꼴은 두고 보지 않을 테니.”

강연수의 말에 위안을 얻은 임예정이 그녀의 손을 잡고 감사를 표하고는 방으로 돌아가려 하는데, 유지정이 그녀를 붙잡았다.

“잠깐, 가기 전에 어젯밤부터 오늘 아침까지 누구와 만났고, 무슨 일을 했는가 말해주고 가세요.”

강연수의 눈빛이 좋지 않자 유지정은 웃으며 해명했다.

“사실상 이 집 안의 모두가 용의자라 할 수 있어요. 우리 모두가 어젯밤부터 오늘 아침까지의 일을 말해야 해요. 임 소저가 방으로 가면 다시 불러 물어봐야 하기에 먼저 질문한 것뿐이에요.”

임예정이 고개를 끄덕였다.

"예, 그럼 제가 어젯밤 일을 설명할게요. 전 주 선배님이 붙잡고 계셔서 늦게까지 그분 방에 있었죠. 그러다 주 소저가 찾아와서는 주 선배님께 찾으시던 책을 찾았다고 책 한 권을 주고 바로 갔고, 전 그 후 좀 더 있다가 돌아갔어요. 방에 가보니 여기 주자청 어르신과 영 부인, 그리고 주 소저가 보내주신 선물이 잔뜩 있더군요. 전 피곤하기도 하고 날도 늦어 선물을 풀어보지 않고 그냥 아침까지 잤어요."

황보릉이 어 하고 놀라더니 말했다.

"그리고 보니 책은 선물 꾸러미 속에 있었소!"

강연수가 소리쳤다.

"그렇다면 범인이 선물 속에 책을 넣어 누명을 씌운 것이군요!"

유지반이 반박했다.

"꼭 그렇다고는 할 수 없지. 선물 속에 책을 숨겨놓고 받은 것이라고 하면서 당당히 가지고 나갈 생각이었을지도 모르니까."

그는 이번에는 강연수의 시선을 받고도 끝까지 하고 싶은 말을 했다.

"그렇게 해두면 만약 나중에 책이 발견되었어도 난 모르는 일이라고 하던가, 아니면 죽은 주 선배께서 감사 표시로 준 것이라고 우길 수도 있지 않겠소?"

사람들은 확실히 그 말이 일리가 있다고 생각했다. 임예정은 입술을 깨물며 울음을 참는 목소리로 말했다.

"전 할 말은 다 했어요. 여러분께서 반드시 진범을 찾아주시길 바래요."

그녀는 말을 마치자마자 몸을 돌려 방으로 가버렸다. 주자청은 어색

한 표정을 지으며 사람들에게 말했다.

"사람들이 많아 복잡하니 우선 대청으로 가세."

사람들은 대청으로 몰려갔다. 하인들이 의자를 가져와 모두들 각자 자리를 잡고 앉았다. 잠시 침묵과 함께 어색한 공기가 감돌았다.

현재 이곳에 있는 사람은 주자청, 그의 아내 영 부인, 제자인 신전과 이부평, 총관, 이상 주씨 집안 사람과 유씨 남매, 황보륭, 가신풍, 연사랑, 하인인 장소산과 수산, 이상 손님들, 마지막으로 손님이지만 임예정과 친분이 있는 강연수와 네 명의 숭산파 제자로 나뉜다고 할 수 있었다.

만일 임예정이 범인으로 지목된다면 강연수와 숭산파 제자들이 가만있지 않을 것이다. 게다가 뒤에 화산과 숭산이라는 두 개의 문파가 있으니 그 힘을 무시할 수 없었다. 화산파야 오래전부터 대문파로 이름이 높았고, 숭산파 역시 임한정이 장문인이 된 후 크게 세력이 커져 무시할 수 없었다.

황보륭이 침묵을 깨고 입을 열었다.

"여러분, 이 사건은 제가 볼 때 간단히 밝혀낼 수 있는 문제가 아닌 것 같습니다. 만일 친분이나 세력 같은 것 때문에 밝혀야 할 사실을 숨기는 일이 있다면 자칫 사건이 미궁에 빠질 우려가 있습니다. 사실 솔직히 말해 여기 있는 모두가 용의자라 할 수 있습니다. 모두들 의심 가는 점이나 생각이 있으면 허심탄회하게 말하고, 설사 기분 나쁜 점이 있어도 마음에 두지 않기로 하는 것이 어떻습니까?"

유지정이 찬성하고 나섰다.

"좋은 말씀이세요. 우리 맹세를 하는 것이 어떨까요? 설사 자신이 의심받게 되거나 기분 나쁜 일이 있어도 결코 마음에 두지 않을 것이며, 나중에 보복 같은 저열한 행동을 할 경우 스스로 신의없다고 인정한다고 말이지요."

모두들 찬성하고 손을 들어 맹세했다. 황보륭은 고개를 끄덕이고는 말했다.

"자, 그럼 모두들 어젯밤부터 오늘 아침까지 무엇을 했나 설명해 봅시다. 그럼 우선 저부터 말하겠습니다."

그는 스스로 먼저 행적을 밝혔다.

"저녁까지는 모두 이곳에서 먹고 마시고 놀았으니 굳이 설명할 필요가 없을 것입니다. 잔치가 끝난 후, 주 선배님께서 저희들보고 묵어가라고 하셔서 방을 배정받았지요. 저는 여장을 풀고는 여기 계시는 공동파 제자 연사랑 연 형을 찾아가 따로 한잔 하려고 했습니다. 그런데 방에 안 계시더군요. 그래서 어디 가셨나 장원을 둘러보다가 찾을 수 없자 이번에는 가신풍 가 형의 방으로 갔는데 역시 그 방도 비어 있는 겁니다. 마지막으로 설죽산장의 유 동생을 찾아가니 그제야 사람이 있어서 밤늦게까지 대작을 하다가 방으로 돌아가 잤습니다."

다음으로 말한 것은 공동파 제자 연사랑이었다.

"황보 형이 절 찾고 있을 때 전 정원을 거닐고 있었습니다. 마침 연못 옆에 정자가 있기에 그곳에 앉아 달을 감상했습니다. 한참 그렇게 있는데 강 소저가 오더니 말을 걸더군요. 그제야 방으로 돌아가 잤습니다."

화산파 제자 강연수가 나서서 말했다.

"예정이와 오랜만에 만나게 되어 밀린 이야기를 하려고 찾아갔는데 주 노선배님 방에 계시다고 하더군요. 기다려도 이야기가 끝날 기미가 보이지 않아 방으로 돌아가려는데 방문 앞에 가 소협께서 계시더군요."

가신풍이 얼굴을 붉혔다. 여자의 방 앞에서 기다리는 행위는 그다지 남에게 말할 만한 행동은 아니었다. 강연수는 그를 흘금 보고는 말을 이었다.

"번거로워 별로 만나고 싶지 않아 슬쩍 빠져나와 정원으로 갔습니다. 보니 정자에 여기 연 소협께서 무슨 생각을 하고 있는지 달을 보며 넋이 빠져 있더군요. 말을 거니 깜짝 놀라 가버리는 겁니다. 정자에 남은 저는 잠시 시간을 보내다 방으로 돌아가니 가 소협이 없었고, 저는 잤습니다."

가신풍이 나서서 말했다.

"이미 강 소저가 이야기했으니 전 별로 할 말이 없습니다. 방 앞에서 강 소저를 기다리다 안 와서 돌아가 잤습니다."

유지정은 하녀 소산과 방에서 이야기를 나누었다고 했고, 유지반은 황보륭과 술을 마신 것이 전부였다. 네 명의 숭산파 제자들은 모두 한 방에 모여 골패놀음을 밤늦게까지 하다가 그 자리에서 다 함께 잤다고 한다.

자기 빼고는 모든 손님들이 행적을 말하자 마지막으로 장소산이 나섰다.

"에, 저는……."

그런데 가신풍이 손을 저으며 말하는 것이었다.

"넌 됐어. 하인들까지 일일이 확인할 필요는 없지."

무시당하는 것을 싫어하는 장소산은 속으로 욕을 했다.

'내가 범인이면 어쩌려고 그러냐? 이 멍청한 놈아!'

황보륭이 끼어들었다.

"혹시 단서가 있을지 모르지 않소. 자, 어디 말해보게."

"예."

장소산은 고개를 끄덕이고는 말했다.

"방에서 뒹굴거리다가 그냥 아침까지 잤습니다."

"…끝인가?"

"끝입니다."

가신풍은 실소하고, 황보륭은 그냥 아무 말 하지 않고 있을 걸 그랬다고 생각했다.

어찌 되었든 손님들의 행적은 모두 말한 셈이다. 이제는 주씨 집안 사람들 차례였다. 먼저 입을 연 것은 가장인 주자청이었다.

"나는 어제 떠나는 손님들과 일일이 인사하고 하인들을 지휘하여 정리를 했네. 바쁘게 지내다 보니 날이 늦었고, 피곤하여 방으로 돌아가 잤지."

그의 제자 신전이 말했다.

"저도 사제와 뒷정리를 하는데 주 사매가 부르더군요. 가보니 사모님과 함께 받은 선물을 정리하고 있더군요. 주 사매는 사모님에게 임 소저가 오늘 우리 집안에게 큰 은혜를 베풀었으니 감사 표시로 선물을 하는 것이 어떻겠냐고 했고, 사모님도 맞다고 하여 두 분은 선물을 준비했고 저와 사제는 도왔습니다. 선물 준비가 끝나자 주 사매가 자신이 직접 임 소저에게 전하고 싶다고 하여 마침 하인들이 바빠 저와 사제가 가마를 메고 임 소저의 방으로 갔습니다. 그런데 방에는 아무도 없더군요. 그래서 선물을 그냥 방에 두고 나왔습니다."

황보륭이 끼어들어 물었다.

"방문이 열려 있었습니까?"

“예.”

“그럼 당신들이 간 후에 누구나 마음대로 들어갔다 나올 수 있었겠군요.”

신전은 생각해 보고는 고개를 끄덕였다.

“그렇겠지요.”

“알겠습니다. 계속하시지요.”

“예, 주 사매는 주 사조님 방으로 가자고 했습니다. 가마를 메고 주 사조님 방으로 갔지요. 가보니 임 소저가 있더군요. 사매는 주 사조님께 책을 드린 다음 돌아가자고 했고, 곧바로 다시 방에다 데려다 주었습니다.”

황보륭이 고개를 끄덕이고는 말했다.

“이야기를 모두 들으니 주 선배님이 살아 계신 것을 마지막으로 본 사람이 임 소저로군요.”

“그런 것 같습니다.”

주자청의 아내 영 부인과 총관에게서도 특별한 점을 찾을 수 없었다. 영 부인은 선물을 준비하고 잔치 준비를 하느라 피곤하여 일찍 잤다고 했고, 총관은 잔치 정리에 정신이 없었다고 했다.

“이것으로 일단 모두의 말이 끝난 것 같군요. 솔직히 말해 특별한 점은 찾을 수 없군요.”

황보륭의 말에 가신풍이 투덜거렸다.

“뭐야, 그럼 지금까지 헛수고한 거야?”

유지반이 이의를 제기했다.

“아직 주 소저의 말을 듣지 못했으니 모두의 말을 들었다고 할 수 없습니다.”

모두들 쓸데없는 짓이라고 생각했다. 다리를 못 써 혼자서는 맘대로 돌아다니지도 못하는 여자의 말을 들어 무슨 의미가 있단 말인가?

"주 소저는 이미 두 제자 분의 말을 들어 행적을 아니 굳이 물어볼 필요는 없을 것입니다."

황보룡이 말하는데 가마에 실려 주아리가 나타났다. 아름다운 미녀의 등장에 모두들 말을 잊고 그녀를 바라보았다. 그녀는 오면서 대화를 들었는지 말했다.

"아닙니다. 누구 한 명 예외를 두면 안 되는 법이지요."

주아리는 즉시 자신의 행적을 말했다.

"다른 분은 잔치가 끝날 때까지 모두 모여 있었으나 전 시끄러운 것은 익숙하지 않아 하인들에게 시켜 제 방으로 돌아갔어요. 그곳에서 쉬고 있다 잔치가 끝난 후에 어머니를 찾아갔지요. 그 다음은 두 사형의 이야기를 들어 아시겠지요."

황보룡이 고개를 끄덕였다.

"좋습니다. 이것으로 행적을 모두 밝힌 셈이군요."

다음으로 하인들을 불러 의심 가는 점이 없었는지 물었다. 하인들은 잔치 때문에 워낙 정신없다 보니 생각나는 것이 없다고 했다.

사람들은 중구난방으로 자신들의 생각을 떠들어댔다. 그러나 특별한 것은 없었다. 그때 갑자기 주아리가 물었다.

"솔직히 말해주세요. 현재 가장 의심 가는 사람이 누군가요?"

모두들 입을 다무는데 유지반만이 입을 열었다.

"임 소저입니다."

그는 거침없이 생각을 말했다.

"임 소저는 가장 오랫동안 주 선배님과 같이 있었고, 또한 가장 마지막까지 있었습니다. 그녀가 차에 독을 타고 범행을 저지르고 돌아왔다면 모든 일이 아주 간단히 풀리지요.”

유지정이 동생의 말에 이의를 제기했다.

“그것만으로는 함부로 그녀를 범인으로 몰 수 없다.”

그런데 유지반이 피식 웃으며 말하는 것이었다.

“어째서입니까. 저는 한 가지 소문을 들었습니다. 항간에는 그녀의 아버지 숭산파 임 장문인이 과거 숭산파의 서고에서 무공총람을 훔쳤고, 전 장문인 박노해가 이 일을 알고 다그치자 그를 살해했다고 하더군요. 이 사건 역시 임 장문인이 무공총람을 노리고 딸에게 사주하여 저지른 짓인지 어찌 압니까?”

3

이곳에 있는 무인 중 몇 명도 그런 소문을 들은 적이 있었다. 하지만 이 문제는 숭산파 내의 일이라 남이 상관할 수 있는 것이 아니었다. 또한 함부로 언급했다가 숭산파와 원수지간이라도 되면 곤란하기도 했다. 그래서 듣고도 단지 소문이라 여기고 신경 쓰지 않았는데, 유지반이 이번 사건으로 인해 소문을 끄집어낸 것이다.

숭산파 제자 하나가 벌떡 일어나며 소리쳤다.

“이건 터무니없는 모함이오! 원래 세상에는 남이 잘되는 꼴을 보면 배가 아파 있지도 않은 사실을 지어내 비방하는 무리들이 곧잘 있소. 우리 숭산파는 임 장문인께서 다스리게 된 이후 태평할 뿐만 아니라 크게 이름을 떨치고 있소. 이를 시기하는 무리들이 임 장문인을 모함하는 헛소리를 사실인 양 지껄여 숭산파의 명예를 떨어뜨리니, 숭산의 제자로서 그런 일은 절대 좌시할 수 없소!"

숭산파 제자 넷은 일제히 유지반을 노려보았다. 당장 사생결단을 낼 것 같은 기세였다. 하지만 유지반은 물러서지 않고 당당히 말했다.

"우리는 아까 전에 뭐라고 했습니까. 모두들 의심 가는 점이나 생각이 있으면 허심탄회하게 말하고, 설사 기분 나쁜 점이 있어도 마음에 두지 않기로 하자고 하지 않았습니까. 또한 나중에 보복 같은 저열한 행동을 할 경우, 스스로 신의없다고 인정하기로 맹세까지 했습니다. 전 그저 의심 가는 점이 있기에 허심탄회하게 솔직히 말했을 뿐입니다."

숭산파 제자들은 식식거렸다. 확실히 지금 그와 싸우게 되면 맹세를 어기는 것이니 참을 수밖에 없었다.

"여기서 다투는 것은 사건 해결에 도움이 되지 않습니다. 숭산파 분들께서는 마음을 진정시키고 앉으세요."

같은 편이라고 생각하는 강연수까지 이렇게 말하자 숭산파 제자들은 자리에 앉았다. 하지만 당장이라도 싸우려 들 기세로 유지반을 노려보았다.

유지반은 어디 덤빌 테면 덤비라는 태도로 오연히 앉아 있었다. 강연수가 그런 그를 바라보며 말했다.

"확실히 사건 해결을 위해 의심 가는 점을 허심탄회하게 말하는 것은 좋은 일입니다. 저 역시 강호를 돌아다녀 재작년쯤 잠시 그런 소문이 돌았던 것은 알고 있습니다. 하지만 그것은 확인되지 않은 소문일 뿐입니다. 단순한 소문을 사실인 양 가정하여 한 어린 소녀를 범인으로 모는 것은 잘못된 행동이 아닐까요?"

유지정이 재빨리 일어나 고개를 숙이며 숭산파 제자들을 향해 사과했다.

"제 동생이 아직 어려 철이 없습니다. 선배로서 아직 철없는 후배의 생각없는 말을 너그러이 용서해 주시기 바랍니다."

유지반은 솔직히 말한 것뿐이라고 소리치려다가 유지정이 고개를 돌려 노려보자 입을 다물었다.

"방으로 돌아가 있어라. 함부로 돌아다니지 말고 꼼짝 말고 있어라."

유지정의 눈빛을 보자 단단히 화가 나 있는 것 같았다. 유지반은 풀이 죽어 대답하고는 자신의 방으로 돌아갔다.

그 후 대청의 분위기는 답답하기 이를 데 없었다. 잠시 이런 저런 의견이 오갔지만 별 의미가 없었다.

조사와 의논을 하는 동안 어느새 시간이 많이 지나 해가 지려 하고 있었다. 사람들은 좀 더 각자 생각해 보자고 하고는 흩어져 자신의 방으로 돌아갔다.

장소산 역시 자신의 방으로 돌아가려 했다. 그런데 유지정이 그를 보고는 살짝 고개짓을 했다. 따라오라는 뜻임을 안 그는 유지정을 따라 그녀의 방으로 갔다.

유지정은 하녀인 수산에게 나가 있으라고 한 다음, 장소산과 둘만 남자 입을 열었다.

"당신이 보기에 이 사건이 어떤 것 같나요?"

장소산은 곧바로 대답했다.

"임예정은 범인이 아니오."

"어떻게 그렇게 단정할 수 있죠?"

"그녀는 아버지가 시켰다고 해도 그런 일을 할 성품이 아니오. 또한

만일 그녀가 그런 일을 하게 되었다고 해도 이런 식으로 혐의를 받게
될 리가 없지.”
“그건 또 어째서죠?”
“임한정이라면 치밀한 계획을 세웠을 테니까, 이렇게 쉽게 범행이
드러날 리가 없지.”
유지정은 의아한 표정으로 장소산을 쳐다보았다.
“임 장문인 부녀와 잘 아는 사이인 모양이군요.”
장소산은 씁쓸하게 웃으며 대답했다.
“잠시 만난 사이이긴 하지만 어쩌다 보니 잘 알게 되고 말았소.”
유지정은 물었다.
“좋아요. 그럼 임 소저가 범인이 아니라고 치면 대체 누가 범인일까
요?”
“모르겠소. 하지만 무공총람을 노리고 한 짓은 아닌 것 같군. 그렇
다면 임 소저의 방에 놔둘 리가 없지. 그렇다면 목적은 주청백을 살해
하는 것인데, 그가 죽으면 가장 이익을 보는 것은 재산을 물려받을 아
들인 주자청이지.”
그러나 유지정은 고개를 저었다.
“그건 아닌 것 같군요. 현재 사실상 재산을 관리하고 있는 것은 주
자청이고, 어차피 주청백의 나이 칠순인데 기다리면 자연스럽게 물려
받게 되지 않겠어요.”
“꼭 그렇지만도 않소. 어제 일을 잊었소? 개방의 추 장로님이 약속
대로 재산을 포기하라고 하지 않았소. 임 소저의 말로 대충 넘어가긴
했지만, 추 장로님이 생각해 보고 속은 것을 알고 다시 따지고 들면 곤
란하지. 이때 약속을 한 주청백이 죽어버리면 아버님이 무슨 약속을

했는지 우린 모르는 일이라고 발뺌할 수가 있지."

들고 보니 일리있는 말이라 유지정은 고개를 끄덕였다.

"그러니까 당신은 주자청을 의심하고 있군요."

"아니, 그냥 가능성을 말한 것뿐이오. 또한 설사 이 가능성이 맞다고 해도 꼭 주자청이 범인이라고 할 순 없소. 그의 부인일 수도 있고, 손녀인 주아리일 수도 있고, 두 제자일 수도 있지. 그들도 재산을 잃으면 손해 보는 것은 마찬가지니까."

"그럼 임 소저에게 누명을 씌우려는 목적으로 저지른 범행이라는 것은 어떤가요?"

장소산은 눈살을 찌푸렸다.

"그녀는 나이도 어리고 남에게 원한을 살 만한 성격도 아니오. 그녀의 아버지를 노리고 누가 저지른 짓일지도 모르지만, 그녀 자신에게 원한 같은 것은 없을 것이오."

유지정은 피식 웃고는 물었다.

"그녀와 친분이 있나요? 꼭 애써 변호해 주는 것 같네요."

장소산은 멈칫했다.

'내가 그녀와 친분이 있다고? 하긴 친분이 있다고 할 수 있긴 하지. 하지만 그녀 아버지가 날 죽이려 했고 삼 년이나 가둬두었으니 친분은 커녕 원한이 안 생기면 다행이다.'

그는 퉁명스럽게 대꾸했다.

"사실이 그렇다는 거요."

유지정은 잠시 곰곰이 생각해 보다가 말했다.

"내가 보기에 이 범행은 임 소저를 노리고 한 짓인 것 같아요."

"독침이 떨어져 있었기 때문에?"

"맞아요. 그 독침이 없었다면 주청백은 나이도 많으니 자연사했다고 생각할 가능성이 높아요. 모처럼 완전 범죄를 만들어놓고, 방을 뒤지고 정리까지 할 시간이 있었으면서 중요한 침을 회수할 잠깐의 시간이 없었다고 한다면 이건 좀 이상하죠. 그날 밤 누가 인기척을 느끼고 방으로 가서 다급히 도망쳤다면 또 모를까. 하지만 그랬다는 사람은 한 사람도 없잖아요."

장소산은 고개를 끄덕였다.

"일리가 있는 말이오. 하지만 한 가지 의문이 가는 점이 있지. 무공총람이 과연 주청백의 방에 있었을까 하는 점이오."

유지정이 그 의미를 깨닫고 소리쳤다.

"정말 내가 그 생각을 못했군요! 애초에 책을 따로 훔쳐 놓고 있었다면 방을 뒤질 필요도 정리할 필요도 없죠. 그런데 그렇다면 독을 마신 시간과 침으로 찌른 시간이 다른 이유가 뭘까요?"

"미리 죽여놓고, 나중에 살해 증거를 만들었다고 할 수 있겠지. 그러니까 직접 살해한 것이 아니라 살해할 장치를 만들어 주청백이 스스로 독을 마시게 해놓고, 모두가 잠든 시간에 다시 방으로 가서 장치를 회수하고 살해 증거를 놓고 돌아왔다면 맞아떨어지는 것이 아니겠소. 주청백의 방에서 책을 훔치고 정리까지 한 다음, 다시 임예정의 방으로 가서 책을 놓고 온다는 것보다 이 편이 간단하겠지."

장소산의 조리있는 설명에 유지정은 손뼉을 쳤다.

"훌륭해요! 당신은 정말 똑똑하군요."

"당신만큼은 아니지. 그리고 어디까지나 추측일 뿐, 사실이라고 볼 순 없소. 그리고 이 추측이 맞다고 해도 여전히 범인이 누군지 모르겠는걸."

그런데 유지정이 곰곰이 생각해 보다가 눈살을 찌푸렸다.

"당신의 이 추리가 맞다면 범인은 집안 사람일 확률이 높겠죠. 그래야 미리 무공총람을 훔칠 수 있을 테니까. 그런데 한 가지 문제가 있어요. 임 소저가 이 집에서 묵게 된 이유는 개방 추 장로를 쫓아내준 덕분이라 할 수 있는데, 이 사건에서 그녀가 나선 것은 우연이라 할 수 있어요. 그녀가 이 일을 그냥 넘기고 돌아가 버렸다면 누명이고 뭐고 아무것도 못하는 것이잖아요."

장소산은 솔직히 인정했다.

"내 이 추측은 틀린 것 같군. 하지만 그렇게 보면 애초에 임예정에게 누명을 씌우려 했다는 것부터가 틀려 버리는 것이오. 이미 멀리 떠난 사람에게 무슨 수로 누명을 씌우겠소."

유지정은 곰곰이 생각하다 고개를 저었다.

"난 혹시 이 계획이 즉흥적으로 이루어진 것이 아닐까 생각했는데, 그렇다면 독과 무공총람을 미리 준비할 수 없다는 문제가 가로막는군요."

그때였다. 밖에서 누군가 문을 두드렸다.

"유 동생 있어?"

강연수의 음성이었다. 장소산은 놀라 어깨를 움찔했다. 그 모습을 보고 속으로 웃으며 유지정은 일어나 문을 열어주었다.

"들어오세요."

"고마워."

안으로 들어오던 강연수는 장소산을 발견하고 쳐다보았다. 유지정은 웃으며 설명했다.

"전 이 하씨 하인과 오늘 사건에 대해 의논하고 있었어요. 이 사람은 하인의 신분이긴 하지만 굉장히 똑똑하여 어려운 문제도 척척 풀어 내고는 한답니다. 문제를 해결하는 데 있어서는 저보다 낫다고 할 수 있지요."

그녀의 말에 장소산은 속으로 다시 한 번 놀랐다. 전에 강연수가 그에 대해 말할 때 문제를 해결하는 데 자신보다 낫다고 말했는데, 그 말을 거의 그대로 적용시켜 말하는 것이 아닌가!

'역시 이 여자는 이번 일에 날 데려온 것도 그렇고 은근히 정체가 탄로나길 바라고 있구나! 내가 강 소저에게 빚이라도 있어 피하는 줄 아는 건가?

다행히 강연수는 이번 사건 문제로 머리 속이 꽉 차 있어 말속에 담긴 의미를 깨닫지 못했다.

"그것참 잘된 일이네, 유 동생."

그녀는 유지정의 손을 꼭 잡고 부탁했다.

"나는 무공을 겨루고 싸우라면 싸우겠지만 이런 문제에 대해서는 솔직히 자신이 없어. 유 동생은 총명하니 제발 날 도와주었으면 좋겠어."

그녀가 임예정을 대신해 부탁하는 것을 알아차린 유지정은 고개를 끄덕였다.

"저 역시 임 소저가 누명을 쓰고 있다고 생각해요. 다만 그녀는 나이도 어리고 성격도 좋아 원한을 살 사람이 아닌 것 같은데 왜 이런 일을 당하게 된 것인지 아무리 생각해도 그걸 알 수가 없군요."

강연수도 고개를 끄덕였다.

"나도 같은 생각이야. 아, 그렇다면 그녀를 찾아가 물어보는 것은 어떨까? 본인이라면 짚이는 사람이 있을지도 모르잖아."

"좋은 생각이네요."

강연수와 유지정은 그 즉시 임예정의 방으로 향했다. 그런데 막 그녀의 방문 앞에 이르렀을 때, 갑자기 방 안에서 비명 소리가 들려오는 것이 아닌가!

"까악!"

동시에 강연수가 몸을 날렸다. 그녀는 단숨에 발로 차 문을 부수고 안으로 들어갔다. 보니 한 복면을 쓴 괴한이 검을 들고 임예정을 습격하고 있는 것이었다. 강연수는 노해 검을 뽑으며 소리쳤다.

"네놈은 누구냐!"

4

복면의 괴한은 임예정을 살해하려 했지만 임예정도 강호의 여자로 어느 정도 무공을 가지고 있었다. 재빠르게 이리저리 피하고 비명까지 지르니 당황하고 있는데, 강연수가 너무나 빠르게 나타나 소리를 지르자 기겁을 하고 창문 밖으로 달아났다.

"어딜 도망가려고!"

강연수는 훌쩍 뛰어 창문을 통과하는 순간, 창틀을 박차고 다시 한번 몸을 날렸다. 그녀의 신형은 화살처럼 괴한의 뒤를 습격해 갔다.

괴한은 강연수의 놀라운 경공에 깜짝 놀라 검을 휘둘러 댔다. 강연수는 코웃음 치며 검법을 펼쳤다.

그녀가 삼 년 전 얻은 두 권의 무공총람 중 하나인 점혈편은 단순히 점혈하는 법이 적혀 있는 것이 아니라 혈도를 전문적으로 노리는 각종 무공이 적혀 있었다. 이에 그녀는 무공총람 점혈편의 무공과 사문인 화산의 검법을 그녀의 재능과 부단한 노력으로 하나로 합쳐 하나의 새로운 검법을 만들어내었다.

이 검법으로 강호의 수많은 악당들을 쓰러뜨리니 강호의 사람들은 그녀의 뛰어난 검법에 찬탄하며 비천검화라는 별호를 붙여주었다. 그녀는 자신이 창안한 이 검법에 일검혈(日劍穴)이라는 이름을 붙였다.

그녀가 자랑하는 일검혈을 펼치자마자 괴한은 금세 수세에 몰려 어쩔 줄 몰라 했다. 도망치려 했지만 사방팔방에서 빛을 뿌리는 검광에 도무지 도망갈 틈이 보이지 않았다. 그녀는 싱긋 웃고는 말했다.

"네가 무슨 속셈으로 임 동생을 해치려 했는지 알아봐야겠다."

이 일검혈이라는 검법은 전신의 삼백육십여 개의 혈도를 모두 공격하는 것이 가능할 정도로 변화무쌍하기도 했지만, 또한 검끝으로 혈도를 짚는 것이 가능하다는 장점이 있었다. 강연수는 일부러 괴한이 어쩔 수 없이 본신의 무공을 펼치도록 핍박하다가 가볍게 손을 떨쳐 검끝으로 괴한의 중요 대혈을 점해 버렸다.

"정말 놀라운 검법이군요. 오늘 큰 공부를 했어요."

뒤따라온 유지정이 강연수의 검법을 칭찬했다. 강연수는 자신있게 웃어 보인 다음, 괴한을 끌고 임예정의 방으로 들어갔다. 놀라 가슴을 쓸어내리던 임예정이 보더니 기뻐했다.

"언니가 잡았군요."

강연수가 웃으며 대답했다.

"그래, 분명 이놈은 살인 사건과 관계가 있을 거야. 어쩌면 범인일 수도 있지. 어디 어떤 상판인지 보기로 하자."

그녀는 말을 마치자마자 괴한의 복면을 벗겼다. 세 여자는 복면인의 정체가 드러나는 순간 놀라 소리쳤다.

"앗!"

놀랍게도 복면인은 주자청의 두 제자 중 하나인 신전이 아닌가? 그는 모든 것을 포기한 듯 고개를 푹 숙였다.

놀람을 진정시킨 강연수가 그를 다그쳤다.

"왜 임예정을 해치려 했지? 네가 주 노선배를 해친 범인이냐?"

신전은 소리쳤다.

"난 사조님을 해치지 않았소!"

"그럼 왜 복면을 쓰고 들어와 임예정을 해치려 한 것이냐?!"

그때 비명 소리를 들은 사람들이 하나둘씩 몰려왔다. 그들은 신전이 잡혀 있는 상황을 보고 영문을 몰라 하다가 유지정의 설명을 듣고 모두 놀라워했다.

"말해봐라. 네가 정말 아버님을 해쳤느냐?"

물어보는 주자청의 얼굴은 당장이라도 일장에 쳐 죽이고 싶은 것을 참고 있는 모습이었다. 신전은 다급히 변명했다.

"아닙니다, 사부님. 전 정말 사조님을 해치지 않았습니다."

"그럼 왜 이런 짓을 저지른 것이냐?"

신전은 망설이다 입을 열었다.

"전 사조님의 원수를 갚고자 했을 뿐입니다."

"뭐?"

그는 임예정을 노려보며 말했다.

"저 계집애가 범인인 것이 분명한데, 배경이 무서워 아무도 벌하려 하고 있지 않고 있지 않습니까. 그래서 제가 모두를 대신해 나선 것뿐입니다."

어이없어하며 황보륭이 말했다.

"그녀가 범인이라는 확증은 없소. 어찌하여 그대는 이처럼 성급하단 말이오. 게다가 그것이 사실이라고 해도 떳떳이 벌을 내려야 할 것이지, 복면을 쓰고 암살이라니 이 무슨 비겁한 짓이오.”

신전은 얼굴에 부끄러움을 띠고 고개를 숙였다.

“다 내 잘못이오.”

유지정이 뭔가 이상하다는 생각이 들어 물었다.

“이 일은 당신이 혼자 결정하고 저지른 일인가요?”

“그렇소.”

강연수가 코웃음 치고는 말했다.

“혹시 어찌 알겠나, 누명을 씌우려고 했는데 잘 안 되자 죽이려 했는지.”

신전이 화를 내며 외쳤다.

“함부로 누명을 씌우지 마시오!”

“먼저 누명을 씌운 것이 누군데 그래!”

황보릉이 나서서 둘을 진정시켰다. 그는 일단 신전을 결박해 두고 잠시 진정하는 시간을 갖기로 하고 모두가 보는 앞에서 심문해 보자고 했다. 찬성한 사람들은 신전을 밧줄로 묶어 빈방에 가둔 다음, 가신풍과 연사랑을 감시하는 사람으로 놔두고 물러 나왔다.

황보릉은 사람들에게 말했다.

“자, 그럼 먼저 신 형의 방을 조사해 보도록 합시다. 잘하면 뭔가 의심 가는 점을 찾아낼지도 모르고, 그렇게 된다면 그도 더 이상 변명할 수 없을 것이오.”

사람들은 좋은 생각이라고 찬성하며 신전의 방으로 몰려갔다. 너무 사람이 많으면 오히려 거추장스럽기에 황보릉은 주자청, 유지정에게 도와달라고 하여 세 사람만으로 방을 뒤졌다. 그러나 한참을 찾았으나 별다른 것은 찾을 수 없었다.

"휴우~ 아무런 단서가 없군요."

한숨을 내쉬던 황보릉은 유지정이 뭔가를 들고 골똘히 생각하고 있는 것을 발견했다. 뭔가 특별한 것을 찾았나 기대하던 그는 그녀가 들고 있는 것이 자신이 별 생각 없이 넘긴 구석에 처박혀 있던 평범한 이야기책 중의 하나라는 것을 알고 실망했다.

"그 책에 뭔가 있소?"

"글쎄요."

대답한 유지정은 주자청에게 물었다.

"신전은 책을 읽는 것을 좋아했나요?"

"전에는 아니었지만 최근에 흥미를 느껴 읽기 시작하는 것 같더군."

"그럼 이 책은 그가 직접 산 건가요?"

"아니, 이런 책은 내 딸 아리의 방에 가면 잔뜩 있네. 몸이 불편하다 보니 어려서부터 책 읽는 것을 좋아했거든."

"그렇군요. 또 한 가지 묻고 싶은 것이 있는데, 무공총람은 평소 어디에 두고 있나요?"

"아버님 방 침대 밑의 상자 속이네."

"자주 꺼내 보시나요?"

"그럴 필요는 없지. 이미 내용을 모두 기억하고 있는데 굳이 꺼내볼 필요가 없지 않은가. 아마 마지막으로 꺼내본 것이 십 년 전일걸."

유지정은 알겠다는 듯 고개를 끄덕였다.

"과연."

황보릉이 궁금해하며 물었다.

"진상을 알아냈소?"

"지금은 대답해 드릴 수 없군요. 반은 알겠지만 반은 모르겠거든
요."

한편, 강연수와 유지정이 임예정을 만나러 갈 때, 장소산은 따라가
지 않았다. 강연수와 함께 있기 부담스러운 탓도 있지만 혼자 차분히
조사해 보고 싶었기 때문이다. 그는 이 사건을 풀기 위해서는 좀 더 정
보가 필요하다고 생각했다.
'우리 개방에 천하의 모든 정보가 모이는 이유는 수가 많고, 아무도
신경 쓰지 않는 낮은 자리에 있기 때문이다. 어쩌면 이 집의 하인들이
뭔가 알고 있을지도 모르지.'
그는 하인들을 찾아나섰다. 하인들은 장원 뒤편에 모여 있었는데 자
기들끼리 뭔가 실랑이를 벌이고 있었다.
"무슨 일 있습니까?"
장소산이 물어보니 하인들은 죽은 주청백의 시신을 옮기는 일을 서
로 하지 않으려 하고 있는 것이었다. 주청백이 독살되었다고 들었고,
흉기라는 작은 독침이 간단히 개를 죽이는 것을 보자, 자칫 옮기다가
독에 중독되어 죽게 될까 봐 다들 겁내고 있었다.
'하인들에게 솔직한 대답을 들으려면 은혜를 입혀두는 것이 좋겠
지.'
속으로 생각한 장소산은 스스로 나서 자신이 그 일을 하겠다고 했
다. 하인들은 모두들 그에게 고마워했다.
장소산은 시신을 옮기기 위해 다른 두 명의 하인과 함께 주청백의
방으로 갔다. 주청백은 여전히 죽을 때 자세 그대로 의자에 앉아 있었
다. 그는 장갑을 끼고 두 하인이 가져온 들것에 주청백의 시신을 옮겼

다. 꺼리던 시신에 손을 대는 일을 그가 처리해 주자 두 하인은 혹시나 시신에 닿을까 주의하며 들것을 들어 밖으로 나갔다.

장소산은 밖으로 나가려다 책상 위에 작은 책장에 십여 권의 책들이 꽂혀 있는 것을 발견했다. 살펴보니 평범한 이야기책들이었다. 그는 두 하인을 쫓아가며 물어보았다.

"죽은 주 어르신은 이야기책을 보는 것을 좋아했습니까?"

"그래, 최근에 취미를 붙이신 것 같더군."

들것을 뒷문 쪽에 내려놓은 하인들은 천으로 시신을 덮은 다음, 총관에게 가서 물어보았다.

"장의사는 어디로 부를까요?"

"전에 불렀던 그곳이 있지 않느냐."

장소산이 의아하여 하인에게 물어보았다.

"전에도 죽은 사람이 있습니까?"

"그래, 주 아가씨의 남동생이 사 년 전에 죽었지. 건강하던 그분이 갑자기 죽자 모두들 놀라고 상심했다네."

"과연 그렇군요."

장소산은 곰곰이 생각하며 유지정의 방으로 갔다. 사람들과 함께 신전을 심문했으나 아무 성과도 못 얻은 유지정이 곧 돌아왔다.

유지정은 장소산을 보자마자 말했다.

"범인이 누군지 알 것 같아요, 아직 확실치 못한 점은 많지만."

장소산도 말했다.

"나도 알 것 같소. 나 역시 아직 미심쩍은 곳이 몇 군데 있지만."

유지정은 동시에 두 사람이 범인을 짐작했다는 사실이 놀랍기도 하고 재미있기도 했다.

“그럼 이렇게 해보는 것이 어떨까요. 각자 종이에 범인이라고 생각
되는 사람의 이름을 쓴 다음 동시에 보여주는 거예요.”

“제갈량과 주유의 고사를 흉내 내자는 것이오? 좋소, 그렇게 해봅시
다.”

둘은 종이에 이름을 적고는 하나, 둘, 셋을 외치며 종이를 보였다.
양쪽 종이에 같은 이름이 쓰여 있는 것을 본 유지정은 크게 웃었다.

“우리의 생각이 똑같군요!”

두 사람의 종이에 적힌 이름은 다름 아닌 ‘주아리’였다.

第十章

염탐

염탐 1

　장소산과 유지정은 둘 다 살해당한 주청백의 손녀인 주아리를 범인으로 지목했다. 유지정이 웃으며 물었다.
　"그녀는 다리를 쓰지 못하는데 어떻게 범인으로 지목했지요?"
　장소산이 답하고 물었다.
　"다리가 없어도 사람을 죽일 수 있지. 독으로 죽이는데 갓난아기라도 못할 법이 없지. 그러는 당신이야말로 왜 그녀를 생각했소?"
　"주자청의 제자인 신전이 임예정을 죽이려 했어요. 자기 입으로는 범인을 가만 놔두고 있는 것을 보다 못해 자신이 직접 사조의 원수를 갚으려 한 것이라고 했지만, 솔직히 말해 그다지 설득력이 없더군요. 전 범인이 기껏 임예정을 범인으로 몰았는데 강연수와 숭산파 제자들이 그녀를 변호하려 하고, 주자청 쪽에서도 좀 더 알아보자는 쪽으로 나오자 시간을 끌수록 좋지 않다고 생각하여 손을 쓴 것이라 생각했죠."

유지정은 심각한 표정으로 말을 이었다.

"신전의 어설픈 수법으로는 살인은 성공할 수 있어도 곧 잡힐 것이 분명해요. 그렇게 되면 주자청은 자기 집안 사람이 이미 일을 저질러 버렸으니 '원수를 갚은 것뿐이다!' 라고 주장할 수밖에 없죠. 물론 숭산파에서 가만있지 않겠지만 그건 더 이상 사건 조사가 아닌 양측의 대립일 뿐, 어찌 되었든 사건 자체는 끝이 나버리죠."

장소산은 고개를 끄덕이고는 물었다.

"신전을 조종한 사람이 왜 주아리라고 생각한 거요?"

"남자가 무리하게 바보 같은 행동을 하는 이유는 몇 가지 되지 않는데, 대부분이 자존심 아니면 여자 때문이죠."

유지정은 싱긋 웃고는 설명했다.

"신전은 자기 혼자 생각으로 했다고 하지만 범인의 충동질에 넘어간 것이 뻔히 보이더군요. 이 집안에서 그에게 명령을 내릴 위치에 있는 사람이라고는 사부인 주자청뿐인데, 숭산파와 적이 되고 싶지 않아 임예정에게 신중히 대하는 그가 그런 명령을 내릴 리가 없죠. 그가 아니라면 남은 경우는 본인이 스스로 명령에 따르고 싶어 하는 경우, 즉 반한 여자의 부탁 아니겠어요?"

장소산은 말했다.

"물론 주아리는 미녀이니 그가 반할 수 있겠지. 하지만 남자가 꼭 예쁜 여자에게만 반한다는 법은 없지."

"그야 그렇죠. 그건 남자 쪽만이 아니라 여자 역시 마찬가지예요. 대표적인 예로 초라한 거지였을 당신에게 강호의 여걸 강연수가 반했으니까요."

장소산은 황당하다는 표정이 되었다.

"그건 또 무슨 말도 안 되는 이야기요?"

"그녀가 당신에게 반하지 않았다면 어째서 당신을 생각하며 한숨짓고, 삼 년이란 세월이 지나도 당신과의 작은 약속을 잊지 않고 있겠어요."

유지정은 재미있다는 표정으로 장소산의 반응을 살폈다. 하지만 장소산은 퉁명스러운 얼굴로 대꾸했다.

"당신이 이번 여행에 굳이 날 데려온 이유가 그것 때문이었군. 미안하지만 그녀와 나의 삼 년 전 일은 당신이 기대하는 쪽과는 거리가 아주 멀지. 뭐, 환난을 함께 극복한 친구쯤은 될 수 있을지 모르지만."

유지정은 입을 가리며 웃었다.

"호호, 함께 고난을 이겨가며 남녀 간의 정은 깊어가는 법이지요."

"바보 같은 소리, 그때의 난 열다섯 살짜리 어린 거지에 불과했고, 강 소저는 지금 당신과 비슷한 나이였소. 당신이라면 어린 거지 소년을 좋아할 수 있겠소?"

장소산의 반박에 유지정은 손뼉을 쳤다.

"아하! 그녀는 어린 소년을 좋아하는 취미가 있었나 보군요. 그럼 당신이 그녀를 피하는 이유가 이미 성장해서 소년다움이 없어진 것을 보고 실망할까 봐인 건가요?"

그녀의 집요함에 장소산은 두 손 두 발 다 들고 항복했다. 그는 얼굴을 구기며 따져 물었다.

"우리는 지금 사건을 풀고 있는데, 왜 갑자기 쓸데없는 쪽으로 넘어간 거요?"

"남녀 간의 일이 이 사건의 열쇠 중 하나이기 때문이지요. 신전은 반한 주아리에게 잘 보이기 위해 일을 저질렀어요. 반대로 보면 범인

인 주아리가 신전을 조종한 것이죠. 주아리가 신전이 반한 여자라고
생각한 이유는 그녀가 아름답기 때문이기도 하지만 그의 방을 뒤질 때
몇 권의 이야기책을 발견했기 때문이에요."

장소산이 알겠다는 듯 고개를 끄덕였다.

"주아리가 빌려준 것이군."

"맞아요. 그런데 막상 보니 책들은 구석에 처박혀 있더군요. 빌려놓
고 제대로 읽지도 않은 것이었어요. 왜 보지도 않을 책을 빌렸을까요?
책을 좋아하는 주 소저와 이야깃거리를 만들기 위해 읽을 생각도 없으
면서 책을 빌려달라고 했겠지요. 또한 어제 행적을 이야기할 때, 그는
자기 신분으로 주 소저의 가마를 멘 것을 부끄러워하지 않고 오히려
당연히 여기더군요. 그는 주 소저에게 반했으니 주 소저가 시키는 것
이라면 뭐든지 하려 하겠죠."

장소산은 이의를 제기했다.

"그것 가지고는 부족한 것 같은데?"

"설명한 것이 절반의 확증, 나머지 부족한 절반은 여자의 감으로 채
울게요."

"좋소, 그렇다고 칩시다."

"감사합니다."

유지정은 웃으며 살짝 고개를 숙여 보이고는 말을 이었다.

"주 소저는 임예정이 범인이 분명한데 아무도 제대로 나서 할아버지
의 원수를 갚아주지 않는다고 탄식하며 원수를 갚아주는 사람의 은혜
를 잊지 않겠다고 했겠지요. 신전은 사조의 원수를 갚는 것이니 정당
한 일이며, 또한 사랑하는 여인의 마음까지 얻을 수 있으니 일석이조라
고 생각하고 생각없이 나섰겠지요. 어리석은 사람이에요."

설명을 끝낸 유지정은 장소산에게 물었다.

"그녀는 어떻게 주청백을 살해했을까요?"

이제부터는 장소산이 주아리를 범인으로 지명한 이유를 설명할 차례였다.

"주청백은 이야기책을 읽는 취미가 생겼고, 주아리는 그날 밤 독이 묻은 책을 주었소."

장소산은 말하며 책을 읽는 시늉을 냈다. 그는 가상의 책이 잘 넘겨지지 않자 손가락에 침을 발라가며 책장을 넘겼다. 유지정이 손뼉을 쳤다.

"그렇게 하면 자연스럽게 혀와 손가락에 독이 묻는군요!"

"별로 새로울 것도 없는 수법이오. 내가 예전에 사부에게 들은 이야기에서 이와 같은 방법으로 복수를 하는 내용이 나오지. 원수에게 책을 읽게 하여 자신도 모르게 독을 마시게 한다는 거요. 책을 읽는 것을 좋아했다니 그녀 역시 책에서 이 방법을 봤을지도 모르지. 이야기와는 달리 혀로 안 묻어도 손가락으로도 독이 침투하니까 책만 읽게 하면 살인은 문제없소."

유지정도 이 사실을 짐작하고 있었기에 이어받아서 설명했다.

"황보릉이 조사한 바로 혀 쪽의 독이 사인이 된 이유는 피부가 두껍고 신경 중추에서 멀리 있는 손가락과는 달리 바로 흡수하고 중추 신경과 가까운 혀 쪽의 독이 더 빨리 효과가 나타난 것이죠. 두 독에 한 시진의 차가 있다고 한 이유는 침을 아주 늦게 찔렀기 때문이에요. 그는 당연히 침으로 찔러 손가락에 독이 침투했다고 생각했기 때문에, 손에 빨리 퍼진 독과 이미 굳어버린 시체를 찌른 너무 늦은 침 자국과의 차이에서 어중간한 시간을 추정하고 말았죠."

장소산은 고개를 끄덕이고는 말했다.

"침을 찌른 것은 바로 아침의 일이오. 주아리는 살인을 저지른 후, 아침에 가장 먼저 주청백을 찾아갔소. 사실 조금만 생각해 보면 몸이 불편한 그녀가 일부러 노인의 잠을 깨우러 갔다는 것이 이상한 일이지. 그것도 다들 잔치 때문에 피곤하여 늦잠을 잘 이런 날에 말이야. 그녀는 가마를 써야 하기 때문에 언제나 어딜 가려면 늘 하인이 대동해야 하지만, 주청백이 죽은 것을 발견하여 사람들에게 알리라고 명령해 보내면 자연스럽게 방에 혼자 남을 수 있지. 그때 독이 묻은 책을 회수했소. 아마 자기가 타고 다니는 가마 속에다 넣어서 자기 방으로 가져간 다음 처리했겠지. 그리고 독침을 바닥에 놓아 살인 사건임을 알게 했소. 그렇게 하지 않으면 자연사로 생각하게 될 것을 알았거든."

"그건 어째서죠?"

"그녀는 사실 전에도 그런 식으로 동생을 죽였던 거요."

장소산은 하인에게 들은 사 년 전 사건을 설명했다.

"그녀는 독을 오래전부터 가지고 있었던 거요. 그러니 임예정이 갑작스럽게 묵게 되었을 때 바로 사용할 수 있었던 것이지."

"그럼 무공총람은요?"

"글쎄? 언제 손에 넣었을까? 그건 내가 모르겠는 것 중에 하나요."

유지정은 싱긋 웃었다.

"그건 제가 설명할 수 있겠군요. 그녀는 이미 오래전에 책을 훔쳤을 거예요. 굳이 책을 꺼낼 필요가 없으니 책이 없어졌어도 아무도 몰랐던 거죠."

그녀는 주자청에게 들은 무공총람을 상자 안에 두고 오랫동안 확인하지 않았다는 사실을 설명했다.

"그녀는 어머니에게 고마운 임예정에게 감사 표시로 선물을 주자고 하면서 선물을 준비할 때 은근슬쩍 무공총람을 넣어두었어요. 주청백이 자신의 방에서 살해당한 것을 알면 당연히 없어진 물건을 생각해내고 무공총람을 찾게 되리라 생각한 거죠. 또한 임예정의 아버님이 과거 무공총람을 훔쳤다는 유언비어까지 돌았으니 누명을 씌우기에는 이보다 좋은 제물이 없었을 거예요."

장소산은 생각했다.

'임한정이 무공총람을 훔친 것은 유언비어가 아니고 사실이다. 또한 작당을 하여 숭산 장문인을 죽이고 날 가두었지. 거참, 그리고 보니 내가 지금 원수를 도와주는 꼴이로군.'

하지만 아무리 미운 자라도 있지도 않은 죄를 뒤집어씌울 수는 없는 일이다. 게다가 지금 억울한 당사자는 임한정이 아닌 임예정이 아닌가.

'어떻게 생각하면 그 애도 불쌍하지. 자기 아버지가 좋은 사람이라고 철석같이 믿고 있을 테니……'

장소산과 유지정이 서로 자신의 생각을 설명하고 나자 사건은 대부분 풀려 버렸다. 그러나 아직도 의문은 남아 있었다.

유지정이 눈살을 찌푸리고는 말했다.

"하지만 왜 그녀가 무공총람을 훔쳤는지는 모르겠군요. 책을 훔치는 일은 그다지 어렵지 않았을 거예요. 들켜도 한집안이니 죄가 되지 않고 간단히 넘어갈 테니까. 하지만 그녀는 무공을 익히지 않았으니 봐봐야 소용없고, 굳이 익히고 싶다면 자기 아버지에게 달라고 하면 되는 문제인데……."

장소산도 말했다.

“또한 하나뿐인 친동생에다, 이번에는 조부를 죽여 잘 알지도 못하는 임예정을 해치려 했으니, 도대체 왜 그런 짓을 할 생각을 했는지 그 속도 모르겠소.”

유지정은 한숨을 내쉬며 고개를 저었다.

“이 두 가지의 의문을 해결하지 않으면 그녀를 잡을 수 없을 거예요. 그녀는 자기 스스로는 돌아다니지도 못하는 무공을 모르는 여자인데 누가 그녀가 범인이라고 상상할 수 있겠어요. 우리가 추리한 사실을 말한다고 해도 결정적인 물증이 없으니 조부와 동생을 잃은, 몸도 성치 않은 가련한 여인을 핍박했다는 소리나 듣겠죠.”

장소산은 고개를 끄덕이며 생각했다.

‘지금 내가 임한정의 악행을 밝혀도 비슷한 소릴 들을 가능성이 높겠지.’

순간 한 가지 생각이 떠올랐다.

“우리가 그녀의 속셈을 알 수 없다면 그녀 스스로 속셈을 말하게 하는 것이오.”

유지정은 놀라며 물었다.

“어떻게 그렇게 할 수 있죠?”

“함정을 파는 거요. 그녀가 어쩔 수 없이 다시 행동하게 만들어 그때를 잡는 것이지.”

장소산은 잠시 생각을 정리한 다음 차근차근 계획을 설명했다. 이야기를 모두 들은 유지정은 한 가지 걱정을 했다.

“그런데 우리가 자극을 해도 그녀가 행동을 취하지 않으면 어떡하죠?”

장소산은 낙천적이었다.

"그럼 마는 거지 뭐. 그러니 중요한 것은 우리가 한 짓인지 모르게 해야 한다는 거요. 그래야 잘못되어도 '우린 아무것도 모릅니다' 라고 시치미를 뗄 수 있지."

고개를 끄덕이던 유지정은 그를 흘겨보며 웃었다.

"많이 함정을 파본 솜씨 같군요."

장소산은 속으로 대답했다.

'난 주로 당하는 쪽이었지.'

2

주자청은 하녀를 통해 한 통의 편지를 받았다.

이번 사건에 대해 긴히 들려드리고 싶은 말이 있습니다. 지금 바로 정원의 정자로 혼자서만 와주시길. 사건의 진상을 아시게 될 것입니다.

주자청은 의아해하며 하녀에게 물었다.

"이 편지는 어디서 얻었느냐?"

"손님인 유씨 아가씨의 하녀가 주더군요. 자기도 부탁받은 것으로 누군지 모르겠다고 하던데요."

잠시 생각해 보던 주자청은 정자로 향했다. 현재는 저녁 무렵으로 늦은 시간은 아니었지만 사람이 죽은 다음이라 돌아다니는 사람이 없어 정원은 조용하기만 했다.

주자청은 긴장하여 주변을 살피었다. 아무도 보이지 않았다. 그의 눈에 정자 기둥에 붙어 있는 종이가 발견되었다.

'……?'

그는 정자로 올라가 종이를 집어 적혀 있는 글을 읽어보았다.

실례하겠습니다.

밑도 끝도 없는 문장에 의아해하는 순간 위에서 바람 소리가 느껴졌다. 깜짝 놀라 올려다보는데 등 뒤가 따끔하더니 혈도가 마비되었다.

'당했구나!'

그도 충분히 경계하고 있었지만 상대의 은신술이 놀라워 정자 천장에 달라붙어 있는 것을 알아차리지 못했고, 습격당하는 순간에 종이에 적힌 글의 뜻을 생각하느라 빈틈을 보인 것이다. 무엇보다 상대의 몸놀림이 실로 놀라웠다.

'누구지?'

그나마 움직이는 고개를 돌려 보니 상대는 복면을 쓰고 있었다. 그자는 주자청을 점혈하자마자 재빨리 안아 구석으로 숨었다. 그리고는 주자청을 업고는 살금살금 장원 건물로 접근했다.

몸은 움직일 수 없었지만 소리는 들려 장원 안의 상황을 들을 수 있었다. 신전을 다시 심문한다며 사람들이 모두 대청으로 향하고 있었다. 무공을 지닌 사람이 모두 대청에 모이니 밖에서 움직이는 자신과 괴한이 발견되는 요행을 바라긴 힘들 것 같았다.

'설마 그런 것까지 생각하고 움직이는 것인가?'

상대의 치밀함에 주자청은 식은땀이 났다.

복면인은 주자청을 업고 주아리의 방 쪽으로 향했다. 방 앞에 다가

간 그는 창문을 통해 방 안을 살짝 훔쳐보았다. 주자청은 겁이 더럭 났다.

'설마 내 딸마저 해치려는 것인 아니겠지?'

복면인은 그럴 뜻은 없는지 들여다보기만 했다. 방 안에서는 주아리와 하녀의 목소리가 들려왔다.

"아가씨, 대청에서 심문을 하니 참석하시라고 합니다."

"나는 별로 가고 싶지 않아. 아버님이 계시니 잘하시겠지."

"어르신은 대청에 안 계십니다."

"아니, 그건 왜지?"

"유 아가씨의 말에 의하면 알아볼 것이 있다고 잠시 어디 가신다고 하셨대요."

주아리의 목소리가 날카로워졌다.

"그럼 대청에는 우리 집안 사람이 이 사형 혼자뿐이란 말이냐? 그자들이 임씨 계집을 편들기 위해 신 사형에게 모든 책임을 돌려도 막아 줄 사람이 없단 말이지 않느냐."

"예, 예."

"좋아, 내가 가겠다."

가마가 방으로 들어오고 주아리는 하녀와 함께 대청으로 갔다. 이제 방에는 아무도 남지 않았다. 복면인은 잠긴 창문을 가볍게 열고는 주자청을 끌고 방 안으로 들어갔다. 잠시 방 안을 둘러보던 그는 침대 위로 올라가 천장을 열고 올라갔다. 천장에 밧줄을 매단 그는 다시 내려오더니 주자청의 몸에 밧줄을 묶었다. 그는 자신이 먼저 밧줄을 타고 올라가더니 밧줄을 당겨 주자청도 끌어 올렸다.

주자청으로서는 영문을 알 수 없었다.

'이자는 무슨 속셈일까?

복면인과 주자청은 대들보 위에 올라가 있었다. 복면인은 조심스럽게 올라간 흔적을 지우고는 아래 방 안을 들여다볼 수 있도록 두 개의 구멍을 뚫었다. 그리고는 주자청의 얼굴 바로 옆의 구멍을 손가락으로 가리키고는 자신은 다른 구멍에 눈을 가져갔다.

'나보고 들여다보라는 건가? 내가 뭐 하러 딸의 방을 훔쳐본단 말이냐.'

주자청은 생각하며 복면인을 노려보았다. 복면인은 구멍에서 눈을 떼고는 그를 보며 쉰 목소리로 말했다.

"사건의 진상을 알고 싶으면 조용히 있으시오."

복면인은 바로 장소산이었다. 그가 손을 써서 주자청을 잡고, 유지정은 편지로 유인하고 또한 사람들을 대청으로 모아 그를 도운 것이었다.

주자청은 장소산의 말의 의미를 생각해 보았지만 알 수 없었다. 한참 후, 주아리가 방으로 돌아오는 소리가 들렸다. 장소산은 바로 구멍을 통해 들여다보았고, 주자청도 호기심을 참지 못하고 구멍에 눈을 가져갔다.

"모두 나가 있어라."

하녀를 내보낸 주아리는 뭔가 골똘히 한참 동안 생각에 잠겨 있었다. 그런데 그때 누군가 문을 두드렸다.

"들어가도 되겠어요?"

유지정의 목소리였다. 주아리는 깜짝 놀라며 대답했다.

"들어오세요."

안으로 들어온 유지정은 주아리가 권하는 의자에 앉으며 말했다.

“밤이 늦었는데 찾아와서 미안해요. 긴히 드리고 싶은 말이 있어서요.”

“무슨 일이죠?”

“이번 사건 말이에요.”

주아리가 날카로운 목소리로 물었다.

“이번 사건에 대해 뭔가 알아내셨나요?”

“예, 아무래도 이번 사건은 사 년 전 사건의 재현인 것 같아요.”

유지정의 말에 주아리는 깜짝 놀랐다.

“사 년 전 사건이라니요?”

“제가 알아보니 사 년 전에 동생 분이 돌아가셨더군요. 특별한 이유도 없이 갑자기 말이에요. 어쩌면 그것 역시 살인 사건이 아닐까요? 그때는 흉기가 발견되지 않아서 모르고 넘어간 것이…….”

주아리는 놀람을 억지로 감추며 말했다.

“그럴 리가요.”

“아니, 제 생각에는 그것이 분명해요. 그리고 그 범인은 바로 이번에 잡힌 신전이고요.”

“신 사형이요?”

유지정은 흥분한 목소리로 설명했다.

“그래요. 그는 이 집안의 막대한 재산을 노리고 있는 것이 분명해요. 그래서 사 년 전 동생 분을 살해한 것이에요. 그가 죽고 당신과 결혼하면 이 집안의 재산은 전부 그의 것이 되는 것 아니겠어요. 이번 사건도 그가 재산 때문에 저지른 짓이죠.”

주아리는 의아해했다.

“아니, 어째서죠?”

“그야 주 어르신이 과거의 약속대로 재산을 백성들에게 나눠줄까 겁이 났겠지요. 그래서 그분을 살해하고 임 소저에게 혐의를 넘겼죠. 그리고 이번에는 임 소저를 살해하여 그녀가 죄책감을 못 이겨 자살한 것으로 만들면 모든 것이 끝나는 거죠.”

주아리는 잠시 생각해 보더니 고개를 끄덕였다.

“듣고 보니 그럴 수도 있겠군요.”

유지정은 손뼉을 치며 기뻐했다.

“당신도 제 추리가 맞다고 생각하는군요. 좋아요, 내일 모두가 보는 앞에서 신전에게 제 추리를 말하겠어요. 그럼 신전은 자신의 비밀이 드러난 것이 깜짝 놀라 모든 비밀을 술술 불 수밖에 없을 거예요.”

주아리는 당황했다.

“아, 아니, 그것은…….”

그러나 유지정은 신이 나서는 인사를 하자마자 바로 나가 버렸다. 다리를 쓰지 못하는 주아리는 그녀가 가는 것을 붙잡지 못하고 보고 있을 수밖에 없었다.

천장에서 보고 있던 주자청은 생각했다.

‘설마 정말 신전이 범인이란 말인가?’

주아리는 유지정이 가고 나자 뭔가를 중얼거리며 손톱을 깨물었다. 상당히 초조해진 것 같았다.

한참을 고민하던 그녀는 하녀를 부르는 벽의 줄을 잡아당겼다. 그리고 지필묵을 꺼내 뭔가를 썼다. 하녀가 오자 그녀는 쓴 종이를 봉투에 넣어 밀봉하고는 건네며 말했다.

“지금 당장 아래 동네에 사는 최씨 노인에게 전해주어라.”

하녀는 이와 같은 심부름이 이번이 처음이 아니었는지 바로 알겠다고 하고는 나갔다. 상황을 살피던 장소산은 의문이 생겼다.

'최씨 노인이 누구지?'

장소산은 주아리가 유지정의 말을 들으면 행동에 들어갈 것이라 생각했다. 유지정의 지어낸 추리에 범인으로 몰려 버리면, 자신에게 반한 신전이라도 별수없이 임예정을 죽이라고 한 것이 자신이라는 것을 밝힐 것이다. 이렇게 생각한 그녀가 신전을 죽여 입을 막으려 할 것이기 때문이다.

하지만 그녀가 누군가를 불러 시킬 것이라고는 생각하지 못했다.

'혼자서는 마음대로 밖으로 나가지 못하는 그녀가 어떻게 한패거리를 만들었지?'

주아리는 침대 위에 앉아 최씨 노인을 기다리고 있고, 장소산과 주자청도 천장 위에서 잠자코 있었다. 그러는 사이 시간은 계속해서 흘러 밤은 깊어갔다.

그때였다. 갑자기 창문을 통해 누군가 뛰어들었다. 마치 귀신처럼 아무 조짐도 없이 순식간에 사람이 나타나자 장소산은 깜짝 놀랐다.

'신법이 대단하군! 엄청난 고수다!'

주아리는 예상하고 있었던 듯 담담히 말했다.

"왔군요."

나타난 자는 웃으며 대답했다.

"주 아가씨가 부르는데 내가 어찌 안 올 수 있겠소."

장소산은 다시 한 번 놀랐다. 어디서 많이 들어본 음성이었다. 구멍을 통해 나타난 사람을 자세히 살핀 그는 헛바람을 삼켰다.

'어이쿠, 최진방이 왜 나타났지?'

3

삼 년 만에 다시 최진방을 만난 장소산은 심장이 쿵쿵 뛰었다. 장소산은 과거 최진방의 무공총람을 훔치고 그의 일을 방해했고, 최진방은 장소산을 함정에 빠뜨려 삼 년이나 감금했다. 둘의 사이는 그야말로 상극이라 아니 할 수 없었다.

장소산은 숨을 죽이며 생각했다.

'최씨 노인이 바로 최진방을 말하는 것일 줄이야! 최진방이 날 보면 당장 죽이려 들겠지. 내가 삼 년 전에 비해 무공이 크게 증진되긴 했지만, 최진방 역시 무공총람을 얻어 증진되었을 테니 나는 아직 그의 상대가 되지 않을 것이다.'

그는 최진방이 동료를 배신한 것만 알았지, 죽은 최진방의 동료 사공방, 김진파가 강연수에게 두 권의 무공총람을 넘긴 것은 몰랐다. 그래서 최진방이 배신한 동료 셋의 무공총람을 모두 얻었다고 생각했다.

'현재 그의 무공 수준이 어느 정도일까? 설마 과거의 오절신군 수준은 아니겠지?

장소산이 생각하는 동안 아래에서는 최진방과 주아리가 대화를 나누고 있었다.

"왜 날 불렀지?"

"부탁하고 싶은 것이 있어요. 사람 하나를 죽여주세요."

"아니, 죽이고 싶은 사람이 있으면 직접 죽이는 그대가 왜 내 손을 빌리려 하지?"

주아리는 눈살을 찌푸리며 대답했다.

"시간이 없어요. 내가 죽일 수 있으면 뭐 하러 당신을 불렀겠어요."

최진방은 웃었다.

"좋아, 누굴 죽이고 싶지? 할아버지를 죽였으니 이번에 죽일 차례는 아버지인가?"

"소식을 들었군요."

"근처에 사니 바로 귀에 들어오더군. 듣는 순간 그대의 짓이라는 감이 오더군."

주아리는 고개를 끄덕였다.

"그래요. 바로 내가 한 짓이에요."

장소산은 흘금 주자청을 보았다. 주자청은 충격을 받은 듯 얼굴 근육이 떨리고 있었다.

'안됐군.'

친딸이 범인이라는 것을 알았으니 그 충격이 오죽할까. 안됐다는 생각이 들긴 했지만 그는 이 사실을 알아야만 했다. 그의 집안에서 일어난 일이니 가장인 그가 처리해야 한다. 또한 다른 사람이 대신 듣고 그에게 말하면 그는 믿지 않으려 할 것이다. 그래서 장소산은 그를 끌고 온 것이었다.

장소산은 문득 이런 생각이 들었다.

'그리고 보면 임예정이 자기 아버지가 한 짓을 알면 비슷한 충격을 받을까?'

아래에서의 대화는 계속되고 있었다. 주아리는 말했다.

"이번에 죽일 사람은 내 사형인 신전이에요."

"좋아, 죽여주지. 그래서 대가는 뭐지?"

"내가 우리 집안의 무공총람을 보여주고 조용히 무공을 수련할 은신처까지 만들어주었는데 그것으로 모자라단 말인가요?"

"그건 사 년 전에 준 만년수면산의 대가이지 이번 일의 대가는 아니지."

그 말을 듣는 순간 장소산은 의문을 풀 수 있었다.

'그녀가 무공총람을 훔친 것은 최진방에게 주기 위해서구나. 그 대가로 독을 얻었고.'

최진방은 이어 말했다.

"사실 그때의 거래는 내가 손해였어. 네가 준 무공총람 내공편은 온전한 것이 아니었다고."

주아리는 짜증스러워하며 대꾸했다.

"그때도 말했듯이 우리 집안에 내려오는 무공총람은 그것이 전부예요. 일부러 원본까지 훔쳐서 보여주었는데 더 어쩌란 말이에요."

"그럼 나도 했던 말을 또 할 수밖에. 난 예전에 진짜 내공편을 본 적이 있어. 대충밖에 보지 못했지만, 그 책에는 두 개의 내공심법이 적혀 있는데, 네 집안의 내공편에는 한 가지밖에 안 적혀 있지. 그것도 진짜 뛰어난 신공은 빠지고 떨어지는 것으로. 아마도 네 조부의 사부라는 자는 멍청하게도 내공편을 반만 베껴 네 조부에게 준 모양이야."

"당신이 진짜를 봤다면 진짜를 찾아서 익히지 왜 우리 집안의 내공편을 노리고 온 거죠? 그것도 하인으로까지 변장하고서."

"흥! 진짜를 잃어버리지 않았다면 내가 왜 여기까지 왔겠나."

대화를 듣던 장소산은 재미있다고 생각했다.

'최진방이 내공편을 노리고 이 장원의 하인으로 들어왔기에 주아리와 알게 되었구나. 원래 그는 오절신군의 하인이었으니 하인이 된 것은 변장이 아닌 원래 자리를 찾은 것이라고 할 수 있겠다.'

주아리는 말했다.

“그 문제는 더 이상 이야기하고 싶지 않아요. 그래서 이번에 원하는 것은 뭐죠?”

최진방은 히죽 웃고는 대답했다.

“그대 집안의 많은 재산 중 조금만 떼어주었으면 좋겠군.”

“재산은 아버님이 관리하고 있어 저의 손으로 줄 수 있는 돈은 얼마 되지 않아요.”

“그럼 이번에는 아버지도 죽이지 그래. 그럼 재산 전부를 마음대로 할 수 있을 것 아니야.”

주아리의 눈빛이 싸늘해졌다.

“말을 함부로 하는군요. 내가 힘없는 여자라고 얕보는 건가요?”

최진방은 무슨 소리냐며 손을 휘휘 저었다.

“내가 그대를 얕보다니 천만에 말씀이네. 내가 지금껏 강호에서 수많은 사람을 만났지만 그대보다 무서운 사람은 만난 적이 없어. 그런데 어찌 함부로 대하겠나.”

주아리는 훗 하고 웃었다.

“소면신귀께서 과찬의 말씀을 하시는군요. 당신의 손에서 죽어간 사람이 수백이 넘을 텐데 어찌 제가 비교조차 되겠어요.”

최진방은 흐흐 웃고는 말했다.

“난 이득이 있을 때만 사람을 죽이지. 하지만 그대는 기분대로, 그것도 친동생조차도 눈 하나 깜짝 않고 죽이니 내가 상대가 되겠나?”

주아리의 표정이 굳어졌다.

“그 녀석은 죽을 짓을 했어요. 그래서 죽인 것뿐이에요.”

“흐흐, 철없는 어린것이 그대를 병신이라고 좀 놀린 것이 죽을 짓이란 말인가?”

주아리는 당연한 일이라는 듯 고개를 끄덕였다.

"죽을 짓이죠."

"그럼 이번에 주청백을 죽인 이유는 뭐지?"

"그는 이번 잔치 때, 임예정에게 '내 손녀였으면 좋았겠다' 라고 했어요. 이미 손녀인 내가 있는데 다른 여자를 손녀로 두고 싶다고 하는 것은 내가 필요없다는 뜻이 아니겠어요. 흥! 그가 손녀인 내가 필요없다면, 나 역시 조부가 필요없어요."

듣고 있던 장소산은 황당해졌다.

'뭐, 저런 여자가 다 있나. 속이 좁아터졌을 뿐만 아니라 지독하게 악독하구나!'

최진방 역시 장소산과 같은 생각을 했는지 혀를 내두르며 말했다.

"그렇다면 조부의 사랑을 빼앗은 임예정도 가만두지 않겠군."

"당신에게 빌려주었다가 받은 무공총람을 원래 자리에 돌려놓지 않고 가지고 있었어요. 그걸 사용했지요."

최진방은 의아해했다.

"내가 책을 빌린 것은 사 년 전인데, 그대는 왜 지금까지 그것을 돌려놓지 않았지?"

주아리는 웃고는 대답했다.

"난 집안 사람들이 책이 없어진 것을 알기를 바랐어요. 그러면 한바탕 소동이 나고 서로를 의심할 것 아니겠어요. 그런데 다들 멍청하게도 사 년이나 지나도록 책이 없어진 줄 모르고 있을 줄은 나도 예상하지 못한 일이었죠. 그렇다고 책이 잘 있냐고 물어봤다가는 내가 의심받을 것 같고, 귀찮아서 그냥 태워 버릴까 생각도 했는데 이렇게 쓸 데가 생겼으니 가지고 있길 잘했지 뭐예요."

“그 책을 이용해 임예정을 살인범의 누명을 씌운 건가?”

“맞아요. 잘 풀린다 싶었는데 마지막이 잘 안 되더군요. 그래서 신 사형보고 그녀를 죽이라고 했는데 멍청하게도 실패했어요.”

“그 신전 녀석은 너에게 푹 빠졌으니 시키면 무슨 짓이라도 하겠지. 하지만 멍청한 녀석이라 믿고 맡기기는 부족하지.”

“맞아요. 진작에 당신에게 부탁했다면 간단했을 텐데.”

최진방은 입맛을 다셨다.

“아니, 그건 나도 곤란하군. 그 아이 아버지와 좀 아는 사이라서 말이지.”

“그 애는 내가 알아서 할 거예요. 당신은 신전만 죽여주세요. 제가 기회를 봐서 그를 풀어주고 도망치게 할 테니 당신이 밖에서 기다리고 있다가 죽이는 거예요.”

“그거야 쉬운 일인데, 받을 대가 이야기가 아직 끝나지 않았네.”

주아리는 답답해졌다.

“이 집안의 재산은 언젠가 내가 물려받을 거예요. 그때 얼마든지 줄 테니 지금은 빨리 일이나 해주세요.”

“그 언젠가가 언젠데? 주자청은 나보다 젊어. 그가 죽기를 기다리다 간 내가 먼저 죽을 텐데, 그때를 기다리라는 것이 말이 되는가?”

주아리는 화를 벌컥 냈다.

“당신은 기어코 내 아버지를 죽이겠다는 건가요?!”

“그대 아버지가 죽든 말든 중요한 것이 아니야. 내가 대가를 받느냐가 중요한 것이지.”

최진방은 돈이 들어오지 않는 한 주아리의 부탁을 들어줄 생각이 없는 모양이었다. 주아리는 결국 굴복하고 말았다.

"좋아요. 돈을 주지요. 잘 빼돌리면 삼사만 냥 정도는 곧 마련할 수 있을 거예요. 이 돈이면 일급 살인 청부 업자를 고용하고도 남을 금액이니 이 정도로 타협하는 것이 어때요?"

"좋아, 돈이 마련되면 부르게."

주아리는 놀라며 말했다.

"신전은 오늘 당장 죽여야 한다고요!"

"그 문제라면 그대가 해결할 방법이 있을 것이야. 난 그대의 총명함을 믿고 있다네."

최진방은 히죽 웃으며 말하고는 그대로 창문을 통해 빠져나가 버렸다. 주아리는 이를 갈며 분해하다가 책장에서 책을 한 권 꺼냈다. 그리고 침대 밑에서 분말이 든 병과 액체가 든 병을 꺼냈다. 그녀는 장갑을 끼고 조심스럽게 작은 그릇에 분말과 액체를 조금 덜어 섞은 다음, 책에다 바르기 시작했다.

장소산은 그녀가 책에다 독을 바르고 있음을 알았다.

'신전을 죽이려는 것인가? 아니, 잡힌 그가 책을 읽을 정신이 어디 있겠는가. 아마도 유지정일 것이다. 그녀가 신전을 심문하지 못하게 하려는 것이겠지.'

책에다 독을 바르는 것을 끝낸 주아리는 종이를 꺼내 뭔가 쓰고 있었다. 이제 슬슬 나갈 때가 되었다고 생각한 장소산은 주자청을 잡고는 단숨에 천장에서 뛰어내리며 주아리의 혈을 짚었다. 무공을 모르는 그녀가 장소산의 손을 피할 수는 없었다.

바닥에 내려선 장소산은 주아리가 쓰던 글을 보고 실소했다.

'이 책을 보시면 이번 사건의 중대한 실마리를 찾게 될 거예요? 이렇게 써서 책과 함께 보내면 유지정이 호기심에 책을 읽는다 이거로군.

나름대로 머리를 잘 굴렸지만 그녀는 네가 범인인 것을 아는데 네가 보낸 책을 읽을 것 같으냐?

주아리는 혈이 점해져 움직일 수는 없었지만 말은 할 수 있었다. 그녀는 갑자기 몸이 마비되고 움직일 수 없게 되자 어떻게 된 영문인지 알 수 없었다.

"당신은 누구죠? 왜 날 이렇게 만든 거죠? 채화음적인 건가요?"

장소산은 코웃음 치며 주자청의 혈도를 풀어주었다. 주자청은 잠시 가만히 있다가 입을 열었다.

"아리야."

그의 목소리에는 슬픔과 괴로움이 가득 차 있었다.

4

주아리는 깜짝 놀랐다.

"아버님?"

"네가 좀 전까지 최씨 노인이라는 자와 말한 것이 전부 사실이냐?"

주자청이 자신의 범죄를 모두 알았다는 것을 안 주아리는 심장이 덜컥 내려앉는 기분이었다.

"이, 이건 모함이에요! 전 함정에 빠진 거예요!"

주자청은 깊은 한숨을 내쉬며 말했다.

"네가 말하는 것을 내 귀로 직접 들었는데 어찌 거짓이 될 수 있겠느냐."

주아리는 모든 것이 탄로나서 변명해 봐야 소용없다는 것을 깨달았다. 돌연 그녀는 태도를 바꾸어 깔깔 웃으며 말했다.

"그래요. 내가 죽였어요."

주자청은 탄식을 했다.

"어쩌다 그런 마음을 먹게 되었느냐. 너는 어렸을 때부터 정숙하고 조용한 아이였는데……."

"아하하하! 정숙하고 조용하다고요? 내가 그렇게 되고 싶어서 그런 줄 아시나 봐. 난 알고 있었어요, 모두들 불구인 나를 귀찮아하고 있다는 것을. 그래서 존재 자체가 없는 듯 남과 다투지 않고 조용히 있기를 바라고 있다는 것을. 난 그저 집안 식구들이 원하는 대로의 모습을 연기하고 있었을 뿐이라고요!"

모든 것이 드러나자 주아리는 서슴없이 속마음을 토해냈다.

"모두가 여행을 갈 때 나 혼자만 빼놓고 갔죠. 손님이 와도 나에게만 소개시켜 주지 않았죠. 애초에 모두들 날 같은 식구라고 생각하지도 않았어요!"

"여행에 놓고 간 것은 네가 가고 싶지 않는 줄 알았다. 손님에게 소개하지 않은 것도 네가 사람들과 만나는 것을 싫어한다고 생각했기 때문이다. 너에게 물어봤을 때도 넌 여행에 안 가고 손님도 만나기 싫다고 했지 않니."

"흥! 그거야 다들 원하는 대답을 한 것일 뿐이죠. 내가 한 번 그렇게 대답을 하자 그 후부터는 얼씨구나 하고 아예 물어보지도 않더군요. 내가 여행에 가기 싫다고 한 팔 년 전 이후 열다섯 번의 여행을 갔지만 그 누구도 단 한 번도 같이 가자고 말조차 꺼내지 않았어요. 내가 손님을 만나기 싫다고 대답한 십 년 전 이후, 전부 오백예순네 차례 손님이 왔지만 역시 한 번도 묻지 않았죠!"

주자청의 안색이 새파래졌다. 그는 설마 자신의 딸이 횟수까지 일일이 기억하면서 가슴속에 한을 새기고 있을 줄은 상상도 하지 못했다.

"우리는 널 절대 부끄럽게 여기지 않았다. 그저 몸이 성치 않은 네가 어린 마음에 상처를 입을까 봐 걱정하다 보니 대하기 어려웠을 뿐이다. 그래, 우린 널 어떻게 대할지를 몰랐다. 그래서 네가 혼자 있기를 좋아한다고 단정하고 피하고 있었던 것이다. 넌 누구보다 관심을 받길 원하고 있었는데, 우린 그걸 모르고 널 외로움 속에 방치하여 편협한 사고방식을 가지게 만들고 말았구나!"

그는 힘이 빠져 털썩 주저앉으며 가슴을 쳤다.

"내 잘못이다. 다 내 잘못이야. 딸을 잘못 키웠구나!"

장소산은 남의 집 가정사를 일일이 듣고 있자니 껄끄러웠지만 이 사건이 어떻게 결론이 나는지 확실히 끝을 봐야겠다고 생각했다. 만일 주자청이 부녀 간의 정 때문에 이 일을 없었던 것으로 치고 넘어가려 한다면 곤란하지 않은가.

'아, 맞다. 증거를 확보해야지.'

장소산은 침대 위에 놓여 있는 만년수면산을 집어 들어 챙겼다. 그걸 보고 문득 생각이 미친 주자청이 그에게 물었다.

"그대는 누군가?"

일부러 복면까지 했는데 정체를 밝힐 수는 없는 노릇이다. 장소산은 쉰 목소리로 대답했다.

"숨겨진 진실을 파헤치고 정의를 행하는 정체불명의 나그네라고 해 두지요."

주자청은 쓴웃음을 지었다.

"뭐, 좋아. 이제 와서 자네 정체가 뭐든 무슨 소용인가. 자네가 수고를 아끼지 않고 날 여기로 끌고 와 보게 한 것은 우리 집안의 일이니 내가 처리하라는 뜻이겠지?"

"그렇습니다."

주자청은 잠시 생각하다 다시 물었다.

"이 진실은 여기 있는 우리 세 사람만 알고 있는 것인가?"

장소산은 유지정을 떠올렸지만 그녀는 확실한 진상을 알지는 못했다.

"그렇습니다."

대답을 하면서도 그는 혹시나 주자청이 자신을 죽여 입막음을 하려 하지 않을까 경계했다.

'임한정 때야 무공이 약해 어쩔 수 없이 당했지만 지금은 사정이 다르다. 당신보다 내가 더 무공이 위야.'

걱정했던 것과는 달리 주자청은 한숨을 길게 내쉬더니 책상에 앉아 주아리가 쓰던 종이를 찢어버리고 새로운 종이에 뭔가를 쓰기 시작했다.

장소산은 뭘 쓰는 걸까 궁금했지만 분위기가 심상치 않아 감히 훔쳐보지 못하고 가만히 있었다. 혈도가 봉쇄되어 움직이지 못하는 주아리 역시 앞으로 자신이 받을 벌을 걱정하느라 입을 다물고 있었다. 방 안은 적막했지만 심장이 죄어드는 것만 같이 답답하기만 했다.

한참 후 글을 다 쓰자 주자청은 품에서 자신의 집안의 무공총람을 꺼냈다. 그리고는 장소산을 쳐다보며 물었다.

"원래 무공총람 내공편에는 두 가지 내공심법이 적혀 있지만 우리 집안에 내려오는 내공편에는 한 가지 심법만이 적혀 있다. 왜 그런 줄 아는가?"

뜬금없는 소리라고 생각했지만 장소산은 고개를 젓고는 대답했다.

“모르겠습니다.”

“이 책은 나의 아버님의 사부께서 쓴 것이다. 무공총람을 지었다는 것이 아니라 원본을 베껴 썼다는 말이지. 그분은 인연이 닿아 원본을 보고 베낄 기회를 얻게 되었는데, 안에 적힌 두 가지 내공심법 중 하나는 다른 무공총람을 얻지 않으면 불완전하여 자칫 수련 자를 해칠 수 있었다. 그래서 그분은 아버님에게 책을 넘길 때 위험한 내공심법 부분을 없애 버리고 반쪽만을 주었다.”

주자청은 한숨을 내쉬고는 말을 이었다.

“아버님은 그분의 제자가 되었을 때, 자신의 집안의 부정한 재물을 백성들에게 나누어주겠다고 했다. 아버님은 그분 앞에서 협의가 넘치는 모습만을 보였다. 그러나 그분은 아버님의 마음속에 숨겨져 있는 욕심을 알고 계셨다. 그분은 아버님이 재산을 포기하지 않을 것과 내공편을 주면 무공 성취의 욕심 때문에 위험한 심법을 익히려 들 것이라 예상했던 것이다.”

그는 허탈한 웃음을 내뱉었다.

“지금의 재산을 모은 탐관오리였던 우리 조상은 위선자였다. 겉으로는 황제에게 충성한다고 하면서 백성들을 수탈했다. 나의 아버님 역시 겉으로는 백성들에게 베풀었지만 속으로는 쓸 것 다 쓰며 사치를 했다. 그리고 나의 딸도 겉으로는 정숙한 여인 흉내를 내면서 살인을 일삼았다. 그리고 나 역시… 하하하! 아무래도 위선이 우리 집안의 내력인 모양이다!”

장소산은 주자청이 안됐다고 생각했지만 어떠한 위로도 할 수 없었다. 주자청은 한탄하고는 들고 있던 무공총람을 장소산에게 던졌다. 장소산이 엉겁결에 책을 받자 그는 벌떡 일어나더니 소리쳤다.

"이것이 내가 할 수 있는 최선이니 이해해 주기 바라네!"

그는 말을 마치자마자 품에서 비수를 꺼내더니 주아리의 가슴을 찔렀다. 그리고는 바로 뽑아서는 이번에는 자신의 가슴을 찔러 버렸다.

"앗!"

장소산이 놀라 소리쳤지만 이미 때는 늦어버렸다. 주자청과 주아리 모두 왼쪽 가슴을 깊이 찔려 살아날 수 없었다. 그는 처참한 결과에 탄식했다.

'딸의 죄 때문에 자신조차 목숨을 끊다니!'

그는 책상 위에 주자청이 쓴 글을 읽어보았다.

나는 젊은 시절 강호에서 실수로 죄없는 가족을 죽이고 말았다. 아버님이 살해당한 것을 본 나는 처음에는 몰랐으나 곧 내가 죽인 가족 중 유일하게 살아남은 소년이 복수를 하러 왔다는 것을 알게 되었다.

그자는 주씨 성을 가진 모두, 즉, 나와 내 딸마저 죽이겠다고 했다. 하지만 어찌 그를 탓을 수가 있으랴, 다 내가 뿌린 씨앗인 것을.

이 글을 사람들이 보게 되었을 때 아마도 나와 내 딸은 이 세상에 없을 것이다. 그러나 부디 복수를 할 생각은 말아라. 복수를 원하지 않기에 그자가 누군지 밝히지 않겠다.

나와 내 딸이 죽으면 이 집안의 재산은 아버님의 과거의 약속대로 백성들에게 골고루 나누어주어라. 다시 한 번 말하지만, 누구라도 복수할 생각을 하지 말아다오. 그것이 나를 위한 길이다.

장소산은 쓴웃음을 지었다.

"이것이 그가 말한 최선이로군. 있지도 않는 가공의 원수를 만들어

살인을 모두 그의 짓인 것처럼 하여 집안의 치부를 감추려 한 것이로구나. 자기 집안 내력이 위선이고, 자신 역시 마찬가지라고 한 것은 이것 때문이었고, 나보고 이 일을 아는 사람이 또 있냐고 묻고 이해해 달라고 한 것은 내가 이 일을 밝히지 않고 넘어가 달라고 부탁한 것이로군.”

그는 손에 들린 무공총람으로 시선을 옮겼다.

“이 책이 입막음의 대가라 이거요? 안됐지만 이미 나에게는 원본이 있으니 이 책은 아무 소용이 없소. 하지만 죽은 사람 소원 들어준다는 말이 있으니…….”

그런데 그때였다. 문이 벌컥 열리며 강연수가 들어오는 것이 아닌가? 그녀는 방 안에 광경을 보고 눈이 휘둥그레졌다.

“헉!”

장소산 역시 놀라 눈이 커지긴 마찬가지였다.

‘아니, 왜 이 여자가 나타난 거야?’

주자청과 주아리가 죽어 있고, 복면인이 무공총람을 들고 있다. 누가 봐도 복면을 한 장소산이 주씨 부녀를 죽이고 무공총람을 빼앗은 것이라고 생각될 상황이었다. 강연수는 곧바로 검을 빼 들며 외쳤다.

“네놈이 범인이구나!”

장소산은 버럭 소리쳤다.

“난 범인 아니야!”

그리고는 무공총람을 강연수에게 던지고는 냅다 창문 밖으로 도망쳤다.

第十一章

드디어 돌아오다

드디어 돌아오다 1

　　강연수는 어떻게든 임예정의 누명을 벗겨주고 싶었다. 그리고 신전이야말로 범인을 찾을 열쇠라고 믿었다. 그래서 다른 사람들이 신전의 심문을 포기하고 돌아간 후에도 계속해서 끈질기게 그를 닦달했다.

　　그리하여 그녀의 끈질긴 노력이 마침내 빛을 발해, 마침내 신전에게 자신이 임예정을 살해할 마음을 먹은 것은 주아리의 말을 들어서라는 답변을 듣게 된 것이다.

　　강연수는 그 말을 듣자마자 밤이 늦었음에도 따져 물으려고 주아리의 방을 찾아갔다. 따져야겠다는 생각만 앞서 문을 두드리지도 않고 벌컥 열었는데, 공교롭게도 주자청, 주아리가 죽어 있고, 복면을 한 장소산이 무공총람을 들고 있는 광경을 목격하고 만 것이다. 그녀로서는 당연히 장소산을 모든 사건의 원흉이자 범인이라고 단정했다.

　　"거기 서라!"

던져진 무공총람을 쳐내 버리고 강연수는 도망치는 장소산을 악착같이 쫓아갔다. 그녀가 생각하기로는 장소산을 잡아야만 모든 사건을 해결할 수 있었으니 절대로 놓칠 수는 없었다.

'이거 환장하겠네!'

장소산 입장에서는 미치고 팔짝 뛸 노릇이었다. 이대로 그가 사라지고 사람들이 주자청의 편지를 보면 사건이 일단락될 텐데, 왜 그녀가 이때 나타나 판을 깬단 말인가! 그는 문득 유지정이 한 말이 생각났다.

'뭐, 강연수와 내가 사랑하는 사이? 사랑은커녕 웬수다, 웬수!'

장소산의 경공도 빨랐지만 강연수의 경공 역시 만만치 않았다. 둘은 순식간에 장원을 빠져나가 한적한 들판을 달리고 있었다. 둘의 거리는 시종일관 멀어지지도 가까워지지도 않고 같은 거리를 유지했다.

'완전 찰거머리가 따로 없네!'

장소산은 아무리 달려도 강연수를 떨쳐 낼 수 없자 속으로 혀를 찼다.

사실 신법의 조예나 내공 모두 장소산 쪽이 강연수보다 한 수 위라고 할 수 있었다. 장소산은 무공총람 신법편을 모두 읽고 차근차근 익혔고, 강연수는 장소산이 펼치는 것을 보고 배웠을 뿐이다. 내공 역시 장소산은 아복이 삼십여 년간 쌓아온 내공을 모두 자신의 것으로 해서 강연수에 비할 바가 아니었다.

그러나 이 차이에는 두 가지 문제가 있었다. 장소산은 삼 년간 동굴에 갇혀 있는 동안 다리를 전혀 쓰지 않아 다리의 근골이 크게 약해져 있었다. 요 근래 몇 개월간 단련하여 회복되긴 했지만 단지 삼 년 전으로 돌아갔을 뿐, 발전한 것은 아니었다. 내공도 무공총람 심공편을 얻지 못한 불완전한 것이어서 실제로 사용할 수 있는 내공은 절반도 채

되지 않았다.

장소산은 계속해서 달리는 동안 가슴 한쪽이 답답해져 옴을 느꼈다. 최근 강연수 일행들의 눈치를 보느라 몸 안의 넘치는 내공을 발출하는 것을 게을리 했더니 다시 내공이 문제를 일으키는 모양이었다.

'이러다간 꼼짝없이 잡혀 살인 누명까지 쓰고 말겠다!'

장소산은 도망치는 것을 포기했다. 그는 즉시 몸을 돌려 달려오는 강연수를 공격했다. 제압하여 쫓아오지 못하게 할 생각이었다.

"흥!"

강연수는 코웃음을 치며 자신있는 일검혈을 펼쳤다. 십여 개의 검광이 장소산의 요혈들을 일제히 찔러가는 듯했다. 장소산은 급히 몸을 몇 번이나 뒤집어 검광을 피해냈다. 그러나 검광들은 끈질기게 그를 계속 추격해 왔다. 다급해진 장소산은 양손을 앞으로 뻗었다. 그가 스스로 창안해 낸 장법 수심파였다.

보이지 않은 장력의 힘이 물밀듯이 밀려오는 것을 느낀 강연수는 철판교의 수법으로 몸을 눕혀 피하고는 빠른 속도로 세 번 발차기를 날렸다. 무공총람 퇴편에서 익힌 무공이었다. 장소산도 무공총람 수공편의 무공으로 반격했다.

발차기는 빠르고 위력 있다. 손은 교묘하고 정확하다. 양쪽 모두 장단점이 있어 막상막하였다. 둘은 순식간에 수십 초의 공격을 주고받았다. 둘은 약속이나 한 듯 동시에 뒤로 물러섰다.

장소산은 놀란 눈으로 강연수를 쳐다보았다.

'삼 년 동안 무공이 이렇게나 강해졌다니!'

강연수 역시 놀라긴 마찬가지였다.

'나와 나이도 비슷한 것 같은데 무공이 실로 대단하다!'

장소산은 강연수와 싸워 이길 자신도 없고 싸우고 싶지도 않아 목쉰 소리로 말했다.

"쓸데없는 짓 하지 말고 장원으로 돌아가시오. 난 당신이 생각하는 사람이 아니오."

강연수는 검으로 그를 가리키며 대꾸했다.

"날 믿게 하려면 복면을 벗어보시지. 떳떳이 자기 얼굴도 못 내놓는 사람의 말을 어떻게 믿을 수 있겠어?"

장소산은 그냥 확 복면을 벗어버릴까 하다가 참았다.

'지금까지 잘 숨겨왔다가 막판에 들킬 수야 없지, 암.'

강연수는 다시 검법을 펼치며 공격해 왔다. 맨손인 장소산으로서는 검을 든 상대와 싸우는 것이 여간 껄끄러운 것이 아니었다. 하지만 그의 손에는 무기가 없었고, 설사 있다고 해도 정교한 검법을 펼치는 그녀를 상대할 방법이 없었다.

또다시 검광이 뻗어오자 장소산은 맞상대하는 것을 포기하고 재빨리 뒤로 물러서다 가까이 있는 커다란 아름드리 나무 뒤로 피했다. 나무가 상당수의 검광을 대신 맞아줘서 한결 피하기 쉬웠다.

"약은 녀석!"

강연수는 소리치며 나무 뒤로 돌아가려고 했다. 하지만 장소산도 기껏 얻은 방패를 포기하지 않고 강연수와 같은 방향으로 돌며 그녀와의 사이에 나무가 있도록 했다. 둘은 이런 식으로 몇 바퀴나 나무를 중심으로 빙빙 돌았다.

덕분에 수난을 당하는 것은 애꿎은 나무였다. 나무는 강연수의 검에 의해 상처투성이가 되었다. 장소산은 재미가 있어 껄껄 웃으며 물었다.

"아니, 왜 죄없는 나무를 괴롭히시오?"

강연수는 화를 내기보다 고개를 갸웃했다. 말투가 굉장히 귀에 익었기 때문이다.

'어디서 들었었지?

그때 저편에서 그녀를 부르는 소리가 들려왔다.

"언니! 언니!"

유지정이 달려오고 있었다. 그녀는 일이 어떻게 풀릴까 궁금하여 근처에 숨어 있었다. 그러다 장소산이 도망 나오고 강연수가 추격하는 것을 보자 일이 잘못되었다고 생각해 급히 쫓아왔다. 그러나 그녀의 경공이 둘보다 떨어져 이제야 도착하게 된 것이다.

강연수는 유지정이 나타나자 좋아하며 소리쳤다.

"어서 날 좀 도와줘. 이놈이 쥐새끼 같아 도무지 잡질 못하겠어!"

장소산 역시 속으로 환성을 질렀다.

'그녀가 날 도와주러 왔구나!

그는 재빨리 몸을 날려 유지정을 습격했다. 강연수가 깜짝 놀라 막으려 했지만 이미 때는 늦고 말았다. 거기다 유지정은 피하려 하는 듯했지만 실은 그냥 시늉만 내는 것이었으니, 그녀는 장소산의 손에 간단히 사로잡히고 말았다.

"이 여자가 죽는 꼴을 보고 싶지 않으면 검을 놓고 뒤로 물러나라!"

장소산이 소리치는 것을 듣고 유지정은 속으로 웃으며 그만이 들을 수 있는 작은 소리로 속삭였다.

"많이 해본 것 같은 말투인데요."

둘이 한통속이라는 것을 강연수가 어찌 알겠는가. 그녀는 이를 갈며 소리쳤다.

"비겁한 놈!"

유지정도 장난기가 담긴 목소리로 장소산에게 속삭였다.

"비겁한 놈."

귓가를 간질이는 그녀의 말에 장소산은 하마터면 웃음이 터질 뻔했지만 꾹 참고 쉰 목소리로 다시 말했다.

"내가 하지 못할 것 같으냐. 수작 부릴 생각 말고 빨리 해!"

강연수는 할 수 없이 검을 놓고 다섯 걸음 뒤로 물러섰다. 장소산은 다시 명령했다.

"더 물러서!"

다시 열 걸음을 물러서자 장소산은 유지정을 밀어버리고 바로 줄행랑을 쳤다. 강연수가 급히 달려가 검을 줍고 다시 쫓아가려 했지만……

"언니!"

유지정이 울음을 터뜨리며 그녀에게 달려들어 와락 껴안았다. 강연수는 덕분에 멈출 수밖에 없었고, 그사이 장소산의 모습은 시야에서 사라져 있었다.

강연수는 할 수 없이 유지정과 함께 장원으로 돌아갔다. 장원은 불이 켜지고 한바탕 소란스러워졌다. 대청으로 가보니 사람들이 몰려 있고 황보륭이 주아리의 방에서 나온 주자청의 글을 읽고 있었다.

"…다시 한 번 말하지만, 누구라도 복수할 생각을 하지 말아다오. 그것이 나를 위한 길이다. 부인께서 확인해 보십시오. 남편 분의 필적이 맞습니까?"

주자청의 아내 영 부인은 눈물 젖은 얼굴로 글을 살피고는 고개를 끄덕였다.

"맞아요."

황보륭은 한숨을 내쉬고는 고개를 끄덕였다.

"이 장원에서 벌어진 사건의 의문이 풀렸군요. 하지만 죽은 사람은 다신 돌아올 수 없으니 안타까울 뿐입니다."

"어떻게 된 일이죠?"

늦게 도착하여 글을 모두 듣지 못한 강연수가 물었다. 황보륭은 대답 대신 주자청의 글을 내밀었다. 찬찬히 글을 모두 읽은 강연수는 안타까워했다.

"그때 그 녀석이 주씨 집안에 복수를 하러 온 자였군요. 그자를 보고도 잡기는커녕 정체도 못 알아냈으니 제 책임이에요."

그녀는 주아리의 방에서 복면인과 만난 경위를 사람들에게 말해주었다. 잠자코 듣고 있던 유지정은 속으로 웃었다.

'졸지에 장소산이 주씨 집안의 원수가 되어버렸군. 다행히 정체가 들키지 않았으니 상관없겠지만.'

정체를 알 수 없는 복면인 장소산은 찾을 길이 없고, 주씨 집안의 삼대가 모두 죽었으니 사건은 어찌 되었든 끝이 난 것이다. 유지정은 주씨 집안과 원수가 되었다고 장소산을 놀릴 생각에 속으로 즐거워하며 황보륭에게 물었다.

"유언에 따라 재산을 처분하는 것은 어떻게 하죠? 남은 집안 분들로는 손이 부족하니 우리가 도와야 하지 않을까요?"

그런데 황보륭이 오히려 반문하는 것이 아닌가?

"아니, 왜 재산을 처분합니까?"

유지정은 어리둥절했다.

"예? 분명 유언에 재산을 처분하여 백성들에게 나누어주라고 했잖아요."

"아직 상속자가 남아 있으니 재산은 그녀에게 돌아가야지요. 분명 유언의 내용은 나와 내 딸이 죽으면… 이라는 전제가 붙지 않습니까."

그 안에 담긴 의미를 깨달은 유지정은 깜짝 놀랐다.

"주 아가씨가 살아 계신가요?"

"그렇습니다."

2

그 당시 그곳에 있었던 장소산과 강연수, 그리고 근처에 숨어 있었던 유지정은 서로 쫓고 쫓기느라 주자청과 주아리를 그냥 놔두고 말았다. 그들은 모두 비수로 가슴을 정통으로 찔렸으니 죽었으리라 생각했지 설마 살아날 줄은 상상도 하지 못했다.

"천운이라고 해야 할까, 주 소저는 오른편에 심장을 가지고 있었습니다. 그야말로 몇십 년 만에 하나 나올까 말까 한 특이 체질이지요. 범인은 그것을 모르고 왼쪽 가슴을 찔렀으니 하늘이 그녀의 목숨을 구한 것입니다."

황보룡은 계속해서 설명했다.

"다행히 심장이 무사해 목숨을 건졌지만 그녀는 상당한 중상으로 피를 많이 흘렸습니다. 제가 응급처치를 하여 방에 모시고 가 형과 연 형에게 호위를 부탁했습니다. 혹시나 그 원수가 그녀가 안 죽은 것을 알고 다시 올지도 모르니까요."

유지정은 황당해졌다.

'설마 주자청이 딸을 차마 죽일 수 없어서 심장의 반대쪽을 찌른 것일까? 아니, 유언의 내용도 그렇고 분명 그는 딸과 같이 죽을 생각이었다. 보통 사람이야 당연히 심장이 왼쪽에 있다고 생각하겠지만 어떻게 아버지로서 딸의 심장이 반대로 되어 있다는 것을 모를 수가 있었을까?

잠시 주자청과 주아리의 대화를 떠올린 그녀는 어느 정도 이유를 짐작할 수 있었다.

'주자청은 딸을 어려워하여 멀리했다. 주아리 역시 가족들에게조차 속마음을 감추고 자신을 드러내지 않았지. 아버지는 거리를 두어 몰랐고, 딸은 자신을 감추어서 말하지 않았구나. 그야말로 아버지의 무관심이 딸의 목숨을 구한 격이로군!'

유지정은 주씨 부녀가 죽음으로써 모든 일이 끝났다고 생각했다. 그런데 죽지 않아야 할 주자청이 죽고, 범인인 주아리가 살아남았으니 오히려 일이 꼬여 잘못되어 버린 것이다.

'내가 지금 여기서 진실을 말한다고 해도 주자청의 유언이 있으니 아무도 내 말을 믿어주지 않을 것이다. 처벌받아야 할 악독한 여자가 살아 오히려 남의 동정을 받게 생겼으니 이를 어쩌면 좋담!'

주아리는 그녀가 이제까지 살면서 만나본 사람 중에 최고로 악독한 인물이었다. 이런 그녀가 살아 있을 뿐 아니라 주씨 집안의 막대한 재산까지 손에 넣게 되었으니 얼마나 세상에 해를 입힐지 알 수가 없다. 유지정은 살면서 처음으로 누굴 죽이고 싶다는 생각을 했다.

'천하를 위해서 죽이는 것이……'

그러나 곧 그녀는 고개를 저었다.

'무공을 모르는 여자를 죽이는 것은 떳떳한 행동이 아니다. 게다가 그녀는 불구이고, 지금은 중상까지 입고 있지 않은가. 설사 죽인다고

해도 있지도 않은 주씨 집안의 원수를 경계하여 사람들이 지키고 있으니 지금은 때가 아니다.'

유지정은 방으로 돌아갔다. 장소산은 평소 하인 복장으로 바꿔 입고 그녀를 기다리고 있었다. 그 역시 주아리가 죽지 않았다는 말에 놀라긴 마찬가지였다.

"어쩔 수 없는 일이로군. 하지만 우리로서는 더 이상 손을 쓰기 곤란하오. 자칫하다가는 주아리가 우리에 대해 알게 되어 반대로 우리 목숨이 위험하게 될 거요."

유지정은 의아해하며 물었다.

"주아리는 무공을 모르고 신전과 이부평의 무공은 평범하니 주씨 집안에서 그대의 적수는 없어요. 독술이야 우리가 이미 알고 있으니 그녀가 우릴 해칠 방법은 없을 텐데요?"

"당신은 방 안에서 그녀와 이야기한 최씨 아저씨가 누군지 모르는 모양이군."

주아리와 최진방의 대화에는 최진방이 이름이 언급되지 않았고, 전에 만나본 적도 없었으니 유지정으로서는 그가 누군지 알 수 있을 리가 없었다.

"독을 주고 무공총람을 얻은 그 사람이요? 그가 누군데요?"

"소면신귀 최진방이오."

유지정은 놀랐다. 하지만 곧 다시 의문이 들었다.

"당신은 그를 두려워하는 모양이군요. 분명 소면신귀 최진방은 무서운 사파의 고수로 악독할 뿐만 아니라 무공 역시 일류예요. 하지만 제가 볼 때 당신의 무공도 일류에 접어들어 그와 싸운다 해도 호각으로 겨룰 수 있을 거예요."

장소산은 쓴웃음을 지으며 물었다.

"당신이 최진방의 무공을 평가한 것은 삼 년 전의 그의 행적을 근거로 한 것이겠지. 안 그렇소?"

유지정은 고개를 끄덕여 긍정했다.

"그야 그렇죠. 최진방은 최근 삼 년간 쥐 죽은 듯이 지내 아무 짓도 저지르지 않았어요. 이미 죽은 것이 아닌가 생각될 정도였죠. 앞으로 몇 년 더 모습이 드러나지 않으면 다들 그가 죽었다고 믿어버릴걸요."

"그가 삼 년간 조용히 지낸 것은 무공을 연마하기 위해서였소. 분명 삼 년 전보다 무공이 크게 증진되었을 테니 삼 년 전의 그와 같이 본다면 큰코다칠 것이오."

장소산은 말하며 생각에 잠겼다.

'총명한 유 소저의 평가이니 상당히 정확할 것이다. 내 현재 무공 수준은 삼 년 전의 최진방과 비슷하다고 봐야겠구나. 그렇다면 당연히 지금의 최진방과는 상대가 안 되겠군. 심공편을 얻어 내 안의 내공을 제대로 쓸 수 있다면 그와 싸워볼 만하려나?'

사실 이 정도로도 놀라운 성장이었다. 삼 년 전 최진방은 그의 사부 채평안과 싸워 우세를 차지했다. 그때의 최진방 수준에 이르렀다면 장소산은 불과 삼 년 만에 사부를 따라잡은 것이라 할 수 있는 것이다.

유지정은 모르겠다는 표정이었다.

"어떻게 그 사실을 알고 있죠? 당신과 최진방 사이에 무슨 일이 있었던 거죠?"

"그건……."

"그건?"

장소산은 검지손가락을 세워 입가에 가져갔다.

"비밀이오."

"……."

비밀이라고 하니 더 이상 물어볼 수 없었다. 유지정은 한숨을 내쉬며 더 이상 묻는 것을 포기했다.

다음날, 유지정은 주아리가 의식을 회복하였다는 말에 강연수, 임예정과 함께 문병을 갔다. 창백한 안색의 주아리는 침대에 누워 멍하니 천장을 바라보고만 있었다. 임예정이 말을 걸어보았지만 그녀는 대답은커녕 쳐다보지도 않았다.

방을 나서며 임예정은 안쓰러워했다.

"불과 며칠 사이에 할아버지와 아버지를 연속으로 잃어 큰 충격을 받았나 봐요."

유지정은 생각했다.

'이 일을 계기로 그녀가 개과천선했으면 좋겠다. 그래서 재산을 풀어 백성들을 구하고 덕을 베풀면 세상을 위해 좋은 일이지.'

그 후로 며칠이 지났다. 몸을 추스르고 일어난 주아리는 사람들에게 할아버지의 약속과 아버지의 유언을 지켜 이 장원과 앞으로 살아가는 데 필요한 최소한의 것만을 남기고 모든 재산을 백성들에게 나눠주겠다고 했다.

"우리 집안의 땅과 건물을 빌려 사용하는 사람들에게 절반의 가격만을 받고 땅과 건물을 넘겨주겠어요. 당장 돈이 없으면 십 년이나 이십 년간 나눠서 내게 하고, 그렇게 해서 모인 돈은 다른 지방의 가난한 사람들에게 나누어주겠어요."

사람들은 그녀의 뜻에 감탄하고 칭찬을 아끼지 않았다. 유지정과 장소산은 놀란 표정으로 서로의 얼굴을 돌아보았다.

'정말 그녀가 개과천선한 것일까?'

그녀는 말뿐만이 아니라 직접 행동으로 옮겼다. 주씨 집안에 소작하여 살던 주변의 백성들은 그녀의 은혜에 눈물까지 흘리며 고마워했다. 유지정과 장소산은 더 이상 그녀를 죽일 필요성을 느낄 수 없었다.

"설사 그녀의 행동이 위선이라 해도 지금 우리가 그녀를 죽이면 우리가 나쁜 놈이 되어버리니 손을 쓸 순 없소. 여기 일은 이제 다 끝났다고 볼 수 있으니 그만 돌아갑시다."

최진방과 다시 만날까 걱정되었던 장소산은 유지정에게 돌아갈 것을 재촉했다. 유지정 역시 단지 칠순 잔치 축하로 온 것이 너무 시일을 지체했다고 생각하고, 남아 있는 강연수 일행에게 양해를 구하고 설죽산장으로 향했다.

그런데 출발하고 바로 다음날이었다. 여관에서 하룻밤 묵고 아침에 일어난 유지정에게 하녀인 수산이 편지를 가져왔다.

"하씨가 전해달라고 하던데요?"

'장소산이?'

유지정은 놀라며 편지를 읽어보았다.

원래 겨울만 보내고 가려 했는데 어쩌다 보니 지체하고 말았군요. 이 정도면 나도 할 만큼 한 것 같으니 부담없이 떠나겠소. 언젠가 인연이 있으면 다시 만날 날이 있겠지.

유지정은 쓴웃음을 지으며 중얼거렸다.

"그가 떠났구나."

이미 어느 정도 짐작하고 있던 사실이었다. 하지만 마상 그 때가 닥치자 마음 한쪽이 텅 빈 것같이 쓸쓸한 기분이 들었다.

"그래, 인연이 있으면 다시 만날 날이 있겠지."

한편 수산에게 편지를 맡기고 아침 일찍 출발한 장소산은 기분 좋게 길을 가고 있었다. 그는 길을 가다 진흙탕을 보자 입고 있는 깔끔한 하인 옷에 진흙을 묻혀 더럽혔다. 그리고 허리춤에 한 개의 매듭을 매니 영락없는 개방의 거지가 되었다.

"하하하!"

삼 년 만에 원래의 모습으로 돌아온 장소산은 냇물에 자신의 모습을 비춰보고는 크게 웃었다.

"드디어 원래대로 돌아왔군! 아이고, 어르신들, 한 푼만 줍쇼!"

그는 소리치며 자신이 살던 집을 향해 걸어갔다.

3

장소산은 몇 개월간 하인 일을 하며 품삯으로 받은 돈이 있었으나 쓰지 않고, 구걸로 먹을 것을 얻고 길거리에서 노숙을 하며 길을 갔다. 거지인 그를 누구도 신경 쓰지 않고 도둑들 역시 나올 것도 없는 거지를 건드릴 생각을 하지 않았기에 그는 무사태평하게 여행을 계속할 수 있었다.

그리하여 출발한 지 어언 이 개월 만에 장소산은 마침내 자신이 살던 마을에 도착할 수 있었다. 온갖 고난과 사건을 겪은 끝에 드디어 돌아왔다는 사실에 그는 감개무량한 표정으로 마을의 전경을 돌아보았다.

"삼 년 만이로구나! 정확히 삼 년 하고도 사 개월 만에 돌아왔다!"

잠깐 위험에 빠진 가족을 도와주려 했다가 삼 년이 넘게 돌아오지 못할 줄은 그도 예상하지 못한 일이었다. 그는 잠시 그 자리에 서서 자신이 돌아왔다는 것을 실감하는 시간을 가졌다.

"아, 이러고 있을 때가 아니지."

장소산은 마을 외곽에 있는 작은 돌산으로 올라갔다. 그곳에는 바위와 나무 등으로 엉성하게 지어진 조그만 집이 한 채 있었는데, 이곳이 바로 그와 사부인 채평안의 집이었다. 그는 집 안에서 인기척이 느껴지지 않는다는 것을 확인하고 안으로 들어갔다.

집 안에는 거적때기와 남들이 쓰다 버린 살림살이가 구석에 쌓여 있는 것이 전부였다. 장소산은 바닥에 먼지가 수북이 쌓여 있는 것을 보고 최소한 반년 이상 사람이 살지 않았다는 것을 짐작했다.

"사부님은 어디로 가셨을까?"

그는 밖으로 나가 집 뒤편에 있는 어른만한 크기의 바위로 다가가서는 양손을 바위에 대고 밀었다.

"헛차!"

무거워 보이는 바위는 간단히 뒤로 밀려났다. 이 바위는 겉보기에는 꿈쩍도 안 할 것 같아 보이지만, 불안한 지반 때문에 보통 사람이 밀어도 쉽게 흔들리게 되어 있었다. 일명 흔들바위라 불리는 바로 그것이었다.

장소산은 바위를 밀어 바닥과 어느 정도 틈이 생기자 발로 주변의 돌을 끌어 받쳤다. 그렇게 해놓자 손을 놓아도 바위 밑으로 머리가 들어갈 정도의 틈이 생겼다. 그는 주변의 돌로 바위 아래 바닥을 팠다. 파다 보니 나무판이 하나 나타났고, 그것을 빼내자 파묻은 항아리의 입구가 나타났다.

　이곳은 채평안과 장소산이 물건을 숨겨놓는 장소였던 것이다. 장소산은 항아리 속의 물건을 하나씩 꺼냈다. 남이 훔쳐 갈까 걱정되는 물건을 넣어두었다고 해도 거지인 처지에 값진 물건이 있을 리가 없다. 대부분 별 볼일 없는 잡동사니였는데, 그중에 편지가 하나 있었다.

　"찾았다!"

　눈을 빛내며 장소산은 편지를 뜯어 읽어보았다.

　소산아, 일 년이 지나도록 내가 돌아오지 않아 이 사부는 걱정이 되어 널 찾아다녔다. 내가 임한정 부부를 구한 일이 생각나 숭산 임 장문인을 찾아갔지만 그도 그 후에 널 만난 적이 없다고 하고, 아무리 찾아도 너의 소식을 들을 수 없구나. 설마 네가 죽은 것은 아니겠지?

　일 년간 널 찾아다녔지만 아무 성과도 못 얻은 나는 널 찾는 것을 포기했다. 너에게는 미안한 일이지만 개방 내의 중요한 일 때문에 더 이상 널 위해 시간을 낼 수가 없구나.

　하지만 넌 재주가 많은 아이니 절대 쉽게 죽지 않을 것이라고 믿고 있다. 네가 살아 있다면 반드시 이곳으로 돌아올 것이라 생각한 나는 이 편지를 남겨두었다.

　무사히 돌아와 이 편지를 보았다면 개방 장사 분타주 여삼통을 찾아가거라. 그가 나에게 연락해 줄 것이다.

　장소산은 숙연한 마음이 들었다.

　"사부님이 날 많이 걱정하고 계셨구나."

　그는 편지와 쓸모있을 것 같은 몇 가지 잡동사니를 챙겼다. 그리고 가지고 있던 세 권의 무공총람을 꺼내 나머지 잡동사니들과 함께 항아리 속에 넣었다. 다시 나무판을 덮고 흙을 덮은 다음 바위로 눌러놓자 전과 같이 감쪽같았다.

'이곳은 나와 사부님밖에 모르니 책을 숨겨놓기에는 이보다 좋은 장소가 없지.'

그리고 그는 사부와 다시 만나기 위해 장사를 향해 떠났다.

장사는 이곳과 아주 가까웠다. 장소산은 삼 일 만에 장사에 도착할 수 있었다. 그는 거리를 돌아다니다 골목길 구석에 앉아 있는 거지를 발견하고 말을 걸었다.

"여 분타주님을 만나러 왔습니다."

거지는 고개를 들어 장소산을 쳐다보며 물었다.

"뉘시오?"

"땅을 바닥 삼고 하늘을 이불 삼는 사람입니다. 하나의 묶음을 가지고 있지요."

장소산의 말은 개방도 사이의 은어로, 자신은 개방의 사람이며 일결 제자의 지위를 가지고 있다는 뜻이었다. 같은 개방도라는 것을 알자 거지는 웃으며 일어났다.

"우리 형제였군. 그래, 여 분타주님은 무슨 일로 찾으시나?"

"채 장로님의 소개로 왔습니다."

"그럼 자네가 채 장로님의 제자인가?"

지금껏 장소산은 자신의 이름을 숨기고 있었지만 같은 개방도에게까지 감출 수는 없었다.

"맞습니다. 채 장로님의 제자 장소산이라고 합니다."

"따라오게나."

장소산이 거지를 따라간 곳은 장사의 구름다리 아래였다. 그곳에는 몇 채의 지저분한 움막이 쳐져 있고, 몇 명의 거지들이 뒹굴거리고 있었다. 안내한 거지는 기다리라 하고는 움막 중 하나에 들어갔고, 곧 꼭 산도적같이 생긴 털투성이의 중년 거지가 달려나왔다. 그가 바로 장사 분타주 여삼통이었다.

"아니, 지금까지 대체 어딜 가서 소식이 없던 것인가! 채 장로님께서 얼마나 걱정하셨는지 아는가?"

그는 장소산을 덥석 잡고는 마구 흔들며 소리쳤다. 장소산은 쓴웃음을 지으며 대답했다.

"복잡한 사정이 있었습니다. 제 사부님은 지금 어디 계십니까?"

"그분은 일주일 전만 해도 이곳에 계셨다가 떠나셨네. 바로 사람을 보내 연락하지. 늦어도 보름이면 사제가 상봉할 수 있을 거네. 자, 그러지 말고 안으로 들어오게."

여삼통은 거지 하나를 불러 지시를 내리고는 장소산을 끌고 움막 안으로 들어갔다. 그는 장소산을 앉히자마자 술병을 내밀었다.

"한 잔 하게."

장소산은 술을 마시지 않았지만 호의를 거절할 수 없어 한 모금 마시고는 돌려주었다. 여삼통은 받은 술을 벌컥벌컥 마신 다음 물었다.

"그래, 지난 삼 년간 어디에 있었는가. 어디 한번 들어보자고."

"죄송합니다. 함부로 말할 만한 일이 아닙니다. 먼저 사부님에게 고하는 것이 좋을 것 같습니다. 그리고 제가 돌아왔다는 사실도 당분간 숨겼으면 합니다. 절 노리는 사람이 있을지도 모릅니다."

장소산의 말에 그가 뭔가 심상치 않은 일에 말려들었다는 것을 알아차린 여삼통은 고개를 끄덕였다.

"알겠네. 다른 녀석들에게도 입단속을 시키지. 채 장로님이 오실 때까지 이곳에서 편히 쉬며 기다리게나."

"감사합니다."

장소산은 사부가 올 때까지 이곳 장사 분타에서 신세를 지기로 했다. 그런데 그렇게 사 일 정도 지내고 있을 때였다. 하루는 한 거지가 급히 달려오더니 여삼통에게 뭔가 수군거리며 이야기했다.

"알겠네."

고개를 끄덕인 여삼통을 거지를 보내고 생각에 잠겼다. 그걸 보고 장소산이 궁금하여 물었다.

"여 형님, 무슨 일이 있습니까?"

친해진 여삼통과 장소산은 형님 동생으로 호칭하고 있었다.

"별로 큰일은 아니네. 이 장사에 있는 두 개의 문파 간에 싸움이 벌어진 모양이네."

"그래요? 세력 다툼인 것입니까?"

"세력 다툼이라기보다 한쪽이 일방적으로 다른 한쪽을 핍박하고 있다고 봐야겠지. 나는 이 일에 나서야 할까 아니면 모른 척하고 있어야 할까 그것을 고민하는 것이네."

장소산은 잠시 생각하고는 말했다.

"한쪽이 다른 한쪽을 일방적으로 괴롭힌다면 비겁한 행동이라 할 수 있으니 마땅히 도와주어야겠지요. 다만 청하지도 않았는데 도와준다고 나섰다가 오히려 자존심을 다치게 하는 것은 아닐까 모르겠네요."

여삼통은 '어' 하고 조금 놀라더니 말했다.

"나는 그런 쪽으로는 생각하지 못했네. 다만 우리 개방이 최근 사정이 좋지 않은데 나 혼자만의 판단으로 함부로 한쪽 편을 들었다가 쓸데없이 개방의 적을 하나 늘리는 것이 아닐까 그 점이 걱정이었네.”

장소산은 자신이 속한 조직이긴 하지만 개방의 사정은 전혀 알지 못했다. 삼 년이나 세상일을 알 수 없는 동굴에 갇혀 있어서이기도 하지만, 그전에도 워낙 말단 제자라 개방 내의 일을 알 만한 지위가 아니었다.

'그러고 보니 삼 년 전 임한정이 자신이 저지른 일을 우리 개방이 알까 걱정하자 최진방이 개방은 남의 일에 끼어들 겨를이 없을 것이라고 했지. 삼 년 전의 문제가 아직도 해결되지 못하고 있는 것일까?

장소산은 걱정이 되어 물었다.

“우리 개방에 무슨 문제가 있습니까?”

여삼통은 대답하지 않고 얼버무렸다.

“자네는 알 필요가 없네.”

장소산은 실망했다.

'내 지위가 낮아 아직 개방의 중대사를 들을 자격이 없나 보구나.'

그는 이 문제는 넘어가고 이번에 닥친 일을 생각했다.

“개방이 사정이 좋지 않다고 해도 여기 장사 분타는 사람이 있고 손도 남고 있지 않습니까. 총타의 손을 빌리지 않고 여기 있는 우리들만으로 이번 문제를 해결하면 괜찮지 않을까요? 저도 힘껏 돕겠습니다.”

그 말을 듣고 여삼통은 기뻐하며 그의 손을 잡았다.

“사실 이 문제의 핍박받은 문파는 승룡문이라고 하는데, 우리 장사 분타의 거지들은 무슨 일이 있을 때마다 그곳에 가서 밥을 얻어먹곤 했네. 비록 우리가 뻔뻔한 거지라지만 얻어먹은 은혜가 있는데 당하고 있는 것을 그냥 모른 척한다면 은혜를 잊는 금수나 다름이 없지 않은가. 하지만 나 혼자의 결정으로 큰 문제를 일으켜 총타에까지 알게 된다면 개방에 누를 끼치는 격이라 망설일 수밖에 없었다네."

장소산은 당연한 일이라고 고개를 끄덕였다.

"그런 일이 있었으면 당연히 도와야지요. 우리 힘만으로는 부족할지 모르지만 최선을 다해보지요."

"암, 그래야지. 그렇고말고."

여삼통은 장사 분타의 거지들을 불러 모았다. 그는 이중에 무공이 쓸 만한 다섯만을 추려 장소산과 함께 숭룡문으로 향했다.

4

숭룡문은 장사의 도심과 떨어진 한적한 곳에 자리잡고 있었다. 여삼통 일행은 출발한 지 얼마 되지 않아 숭룡문 문 앞에 이르렀다.

"이보게, 다리 밑의 여가가 왔네!"

여삼통이 문을 쾅쾅 두드리자 문지기가 나오더니 말했다.

"지금 손님을 받을 상황이 아닙니다. 나중에 다시 오십시오."

"나도 알고 있네. 그래서 이렇게 온 것이 아닌가."

여삼통이 웃으며 말하자 문지기는 놀라더니 급히 안으로 달려갔다. 잠시 후, 중년인 하나가 달려와서는 여삼통에게 물었다.

"정말 날 도와주러 왔나?"

"그럼 내가 자네 문파 망하는 꼴 구경 왔을까 봐?"

둘이 말하는 것을 보니 꽤나 친분이 있는 것 같았다. 여삼통은 장소산에게 나온 중년인을 소개했다.

"이분이 숭룡문의 문주인 십전파라고 하네. 그리고 이쪽은……."

십전파에게 장소산에 대해 말하려던 여삼통은 장소산이 이름을 숨겨달라고 한 것이 떠올라 말문이 막혔다. 장소산은 웃으며 자신이 직접 소개를 했다.

"하일서라고 합니다."

여삼통이 재빨리 말을 덧붙였다.

"그래, 하일서지. 우리 개방의 다음 대를 책임질 촉망받는 제자지."

"그렇군. 부럽네그려."

장소산은 인사하며 십전파를 살펴보았다. 체구도 왜소하고 어깨도 축 늘어져 한 문파는커녕 구멍가게 하나도 제대로 책임지기 힘들어 보였다.

'생판 남인 나도 걱정되게 생겼네!'

그의 솔직한 평가였다. 아무래도 이번 문제로 마음고생이 심한 모양이었다. 십전파는 한숨과 함께 들어오라고 했다. 여삼통과 장소산, 그리고 다섯 명의 개방도들은 안내를 받아 승룡문 안으로 들어섰다.

여삼통은 밑의 개방도들에게는 대청 앞에서 기다리고 있으라 하고, 장소산과 함께 십전파의 방으로 들어갔다. 십전파, 여삼통, 장소산, 셋은 자리에 앉았고, 십전파는 하녀에게 차를 내오라고 명했다.

여삼통은 차가 오는 것을 기다리지 않고 단도직입적으로 물었다.

"자, 어디 말해보게. 어쩌다 장사에서 가장 세력이 큰 흑룡방과 다투게 되었는가?"

십전파는 긴 한숨을 내쉬고는 말했다.

"사실 이 일은 어제오늘 일어난 사건이 아닐세. 승룡문과 흑룡방의 다툼의 역사는 무려 백 년이나 계속되어 왔다네. 그 백 년의 세월 동안 흑룡방은 끊임없이 승룡문을 핍박했고, 우리 승룡문은 꿋꿋이 버터왔지."

장소산은 놀랍기도 하고 신기하기도 하다는 생각이 들었다.

'그렇게 당했으면서 잘도 안 망하고 있었군.'

여삼통은 의아해하며 물었다.

"내가 알기도 지난 십여 년 동안 흑룡방이 승룡문을 크게 건드린 일이 없었는데?"

"그야 얼마 전까지는 화산파 제자 출신으로 외조부의 사위로 들어와 문파를 이어받은 아버님 덕분에 어쩌지 못하고 있었지. 아버지가 가진 화산파라는 뒷배경이 있어 건드리기 껄끄러웠던 거네. 하지만 삼 년 전 아버지가 돌아가시고 내가 문파를 이어받자마자 이때다 싶은지 슬금슬금 시비를 걸더니 마침내 이번에 크게 한 번 터진 거네."

상소산이 물었다.

"왜 흑룡방이 승룡문을 괴롭히는 겁니까? 이권이라도 얽혀 있나요?"

십전파는 한숨을 푹 내쉬고는 대답했다.

"에휴~ 그런 것이었다면 그냥 넘겨주고 말았을 거네. 애초의 다툼의 시작은 우리 승룡문이 자기 흑룡방과 마찬가지로 용(龍) 자가 들어 있는 것이 마음에 안 든다며 문파의 이름에서 용 자를 빼라는 것이었네."

장소산은 기가 막혔다.

"용 자가 들어가는 문파야 천하에 부지기수로 많은데 왜 하필 승룡문에게 시비를 거는 겁니까?"

"같은 장사에 살고 있어 자꾸 눈에 띠니 거슬린다나? 하지만 이백 년의 역사를 가진 문파의 이름을 남의 핍박을 받고 바꿔서야 어찌 죽어서 역대 문주님들을 뵐 수 있겠나. 뿐만 아니라 이제 이름을 바꾸는 것으로는 끝날 문제가 아니야. 그렇게 시작된 작은 다툼이 선대 대대로 온갖 은원이 얽혀 지금은 완전히 원수 사이가 되어버렸거든. 그런데 이번에 또다시 건수를 잡아 시비를 거는데 나로서는 상대할 방법이 없어."

십전파는 사정을 설명했는데, 사건의 개요는 생각보다 간단했다.

며칠 전 십전파의 아들 십전성은 주루에서 예쁜 여자를 보게 되자 술김에 수작을 걸었다. 그런데 하필 그 자리에 있던 마대진의 아들 마강서가 제지하고 나섰다. 둘은 말다툼이 발전되어 싸움이 벌어졌고, 무공이 떨어지는 십전성이 거의 일방적으로 두들겨 맞았다.

이야기를 모두 들은 여삼통과 장소산은 서로의 얼굴을 돌아보았다. 듣고 보니 십전성 쪽이 맞을 짓을 한 것 같다는 생각이 든 것이다.

십전파는 한숨을 푹 내쉬고는 말했다.

"자식놈이 골병이 들어 온 것을 보면 마음이 아프지만 솔직히 잘한 것도 없으니 인생 공부했다 치고 나도 그냥 넘어가려 했지. 그런데 적반하장도 유분수지, 맞은 것은 우리 아들인데 마대진 쪽에서 오히려 자기 자식이 내 아들에게 맞아 부상을 입었다고 치료비, 피해 보상비를 합쳐 십만 냥의 손해 배상을 하라는 것이 아닌가!"

여삼통과 장소산은 놀랐다. 피해 보상 요구도 그렇지만 십만 냥이라면 너무나 큰돈이었던 것이다. 장소산은 생각했다.

'이쪽에서는 자기 쪽이 일방적으로 맞았다고 하지만 사실 상대방 쪽도 만만치 않게 맞은 것이 아닐까?

여삼통도 같은 생각인지 물어보았다.

"서로 치고받고 싸운 것이 아닐까?"

"그랬으면 그나마 덜 억울하지. 아들 녀석에게 묻고, 당시 주변에 있던 사람에게도 알아보니 내 아들놈은 백 대가 넘게 두들겨 맞다가 맞고만 있기 억울해서 있는 힘껏 주먹을 휘둘러서 운 좋게 딱 한 대 때려 봤다고 하더군. 그것도 엄청 두들겨 맞은 상태라 주먹에 힘도 없었다는데, 그 한 대가 어찌 십만 냥의 피해 보상을 할 부상이 될 수 있단 말인가?"

장소산은 이런 비슷한 경우를 몇 번 본적이 있었다. 길거리 건달들이 흔히 쓰는 방법으로 슬쩍 한 대 맞은 것으로 온갖 엄살을 다 부리며 터무니없는 치료비를 요구하는 것이다.

'흑룡방이 아무래도 사파인 모양인데, 아무리 그래도 명색이 방파인데 하는 짓은 너무 치졸하군.'

그는 생각하고는 말했다.

"그런 상대에게는 물러서면 오히려 얕잡아보는 법입니다. 이쪽도 강하게 나서야 합니다."

십전파는 고개를 끄덕였다.

"나도 같은 생각이었네. 그래서 직접 흑룡방으로 가서 따졌지. 그러자 흑룡방주 마대진 놈이 이러는 거야. '당신 아들에게 맞은 내 아들은 불구가 되어 평생 사람 구실 못하게 생겼소. 뿐만 아니라 마씨 집안 대가 끊기게 생겼으니 십만 냥이 아니라 백만 냥을 손해 배상 받아도 시원치가 않소.'"

여삼통은 놀라 물었다.

"아니, 그게 무슨 소린가?"

"그 인산이 하는 소리가 내 아들이 우연히 휘두른 주먹이 수태음폐

경인가 뭔가에 적중하여 기맥이 끊겼다나? 그래서 하반신이 마비되고 성 기능마저 상실되어 아이를 낳게 할 수 없는 몸이 되었다는 거야.”

장소산이 의심스러워하며 말했다.

“아무래도 거짓말 같은데요.”

십전파는 고개를 끄덕였다.

“나도 그렇게 생각해. 하지만 마강서가 들것에 실려 나오고 의원까지 그렇다고 하니 나로서는 어쩔 도리가 없었네. 뿐만 아니라 장사성주도 흑룡방 편을 드니 환장할 노릇이라네.”

여삼통은 인상을 찌푸렸다. 이곳 장사성의 성주는 주성명이라는 자인데, 능력은 쥐뿔도 없으면서 황제와 친인척이라는 이유로 이 자리까지 오른 위인이다. 젊었을 때부터 멍청하다는 소리를 듣던 이 인간이 나이 일흔이 넘으니 이젠 정신까지 오락가락한다고 하니, 제대로 된 판결을 기대할 수 없었다.

그는 문득 한 가지 의문이 들었다.

“다친 것이 가짜라면 언제까지 속일 수는 없을 텐데? 다친 것을 진짜처럼 하기 위해 평생 결혼도 하지 않고 있을 셈일 리는 없잖아.”

장소산이 대신 나서서 설명했다.

“하지만 그전에 낼 수 없는 십만 냥의 돈 대신 승룡문의 건물과 토지를 모두 빼앗기겠죠. 나중에 진실이 밝혀져 이 사실을 따진다 해도 마대진은 건물과 토지를 돌려주지 않을 겁니다. 헐값에 다른 사람에게 넘겨 버린 후, 이미 팔아버렸으니 어쩔 수 없다고 돈으로 준다면 승룡문의 기반이 사라져 버리는 것이 아닙니까. 설사 운 좋게 되찾는다고 해도 한 번 남에게 넘어간 전적이 있는 문파, 무슨 낯으로 이름을 달고 있을 수 있겠습니까. 승룡문에게 피해를 입히는 것이 목적인 흑룡방으로서는 앞으로 몇 개월만 들키지 않으면 되는 것이지요.”

십전파는 탄식을 하며 고개를 끄덕였다.

“그래, 맞아. 분명 마대진 놈은 그렇게 할 거야.”

장소산이 듣고 보니 십전파로서는 참으로 답답한 상황이었다. 힘없고 배경 없으면 서럽다는데, 그 말이 딱 들어맞는 상황이 아닐 수 없다.

“문제는 어떻게 마강서란 자의 엉터리 진단을 밝혀낼 것인가 하는 점이군요.”

여삼통이 인상을 구기며 말했다.

“하지만 분명 의원 놈도 한통속이 분명한데 그가 사실대로 말해줄 리가 없지.”

“그쪽도 돈으로 해결했으니 의원에게 받은 돈보다 더 많은 돈을 주고 매수하는 것을 어떨까요?”

“흑룡방의 세력이 대단하니 돈을 준다 해도 흑룡방이 무서워 감히 사실대로 말하지 못할 거야.”

십전파, 여삼통, 장소산 셋은 머리를 맞대고 해결책을 고민했다. 그때 온몸에 붕대를 친친 감은 사람이 방으로 들어왔다.

“아버님.”

십전파가 소개했다.

“내 아들놈이네.”

해결책을 의논한다는 소릴 듣고 걱정이 되어 아픈 몸을 억지로 끌고 온 모양이었다. 불쌍하다는 눈으로 십전성을 보던 장소산은 한 가지 생각이 떠올랐다.

“우리 이렇게 하는 것을 어떨까요?”

“무슨 좋은 수가 있나!”

　모두의 기대를 받으며 장소산은 입을 열었다.

　"눈에는 눈, 이에는 이. 상대가 그렇게 나오면 우린 더 독하게 나가는 겁니다."

第十二章

사부와의 재회

사부와의 재회 1

그로부터 며칠 후였다. 흑룡방 방주 마대진은 승룡문으로부터 아무 연락이 없자 슬슬 닦달하러 가야겠다고 생각했다.

"가서 강서를 불러라."

"예."

하인이 대답하고 나선 지 한참 후, 그의 아들 마강서가 못 움직인다는 두 다리로 걸어서 나타났다. 마대진은 눈살을 찌푸리고는 물었다.

"왜 이렇게 늦었냐?"

"잤습니다."

그러나 마대진은 귀신같이 짐작했다.

"계집질 했지? 내가 승룡문을 삼킬 때까지 들키지 않게 조심하라고 하지 않았냐?!"

마강서는 항의했다.

"그럼 방구석에 처박혀 뭐 하고 있습니까? 나가지도 말라, 여자 만나지도 말라, 그럼 저보고 뭘 하라는 겁니까?"

"이 기회에 책이라도 좀 읽으면 좋지 않느냐."

"에이, 제가 책만 보면 잠 오는 체질이라는 것을 아시면서."

"그럼 그냥 자던가!"

한바탕 야단을 친 마대진은 짜증을 내며 말했다.

"됐다, 빨리 이 문제를 매듭지어야겠다. 승룡문으로 갈 테니 준비해라."

"예."

그가 말한 준비라는 것은 멀쩡한 마강서가 들것에 실려가는 것이었다. 어서 빨리 이 문제를 처리하고 맘대로 돌아다니고 싶었던 마강서는 재빨리 준비를 마쳤다. 마대진은 들것에 실린 마강서와 십여 명의 부하들과 함께 기세등등하게 승룡문으로 향했다.

그런데 승룡문 문 앞에 도착한 마대진은 어리둥절하고 말았다. 승룡문 문 앞에 상을 당한 것을 나타내는 등이 걸려 있는 것이 아닌가?

'십전파 놈이 우리를 피하려고 수작을 부리나?'

잠시 이런 생각을 했던 마대진은 대문을 마구 두드렸다.

"문을 열어라!"

곧 문지기가 문을 열었고, 마대진은 일행과 함께 안으로 들어갔다. 그는 승룡문 안으로 들어가자마자 기세 좋게 소리쳤다.

"불구가 된 내 아들의 보상금을 받으러 왔다!"

그런데 당황해야 할 십전파가 오히려 기세등등하게 달려오는 것이 아닌가?

"너 이놈, 잘 만났다! 내 아들이 네 아들에게 맞아 죽었으니 너야말로 보상금을 내놓아라!"

마대진은 깜짝 놀랐다.

"그게 무슨 소리냐?"

"내 아들 십전성이 네 아들에게 두들겨 맞은 상처가 악화되어 죽어 버렸단 말이다!"

마대진과 마강서는 놀라 서로의 얼굴을 돌아보았다. 죽는 것보다는 불구가 되는 편이 훨씬 낫다. 이렇게 되면 오히려 자신들 쪽이 보상금을 내놓아야 할 판이 아닌가?

마대진은 슬그머니 마강서에게 물어보았다.

"너, 그놈을 죽을 정도로까지 팼냐?"

마강서는 기억을 더듬고는 자신없는 목소리로 대답했다.

"딱 죽기 직전까지 팼다고 생각했는데 혹시 모르죠. 실수로 거기서 한 대 더 때렸는지……."

마대진은 멍청한 아들놈을 확 패버리고 싶은 것을 참고 생각을 해보았다.

'며칠 전까지는 아무 소리 없다가 갑자기 죽었다니 아무래도 수상하다. 혹시 손해 배상 안 하려고 연극하는 것 아냐?'

그는 반드시 이 일을 확인해야겠다고 마음먹고 헛기침을 하고는 말했다.

"험! 귀 문의 자손이 죽었다니 실로 안타까운 일이오. 그런데 정말 죽은 것이 확실하오?"

십전파는 잔뜩 화가 난 얼굴로 대꾸했다.

"그럼 내가 보상금을 내기 싫어 멀쩡한 녀석을 죽은 척이라도 시켰단 말이오?"

마대진은 '바로 그렇소' 라고 대답하고 싶은 것을 꾹 참고는 허허 웃었다.

"세상일이라는 것은 앞일을 알 수가 없는 법이지 않소. 혹시 모르지, 죽은 아들이 갑자기 되살아날지도. 만일 그렇다면 산 채로 사람을 묻는 격이니 큰일이 아니겠소. 내가 마침 의학에 조예가 있으니 정말 죽었는지 아닌지 확인해 주지."

십전파는 화를 벌컥 냈다.

"감히 죽은 사람을 모욕할 셈인가?!"

"아니, 난 그냥 확인해 보기만 한다니까."

마대진은 막무가내로 대청 안으로 들어갔다. 사람들이 막으려 했지만 그의 부하들이 버티고 서자 어쩔 수 없었다.

"하하, 난 그냥 확인해 보자는 거요."

분노하여 노려보는 사람들에게 마대진은 웃으며 변명을 늘어놓고는 관을 열었다. 빈 관이 아닐까 생각했는데 안에는 정말로 사람이 누워 있었다. 마대진은 눈살을 찌푸렸다.

'정말인가?

관 안에 든 시신은 맞아 죽은 것을 증명하듯 온몸에 멍투성이에다 곳곳에 핏자국이 있고, 붕대까지 친친 감겨 있었다. 마대진은 기분이 나빠 그대로 관을 닫으려 하다가 확실히 해야 한다고 생각하고 손목의 맥을 잡았다. 손목이 차갑고 맥박이 느껴지지 않았다.

'이거 정말 죽었잖아?

십전파가 달려와 마대진의 손을 낚아채고는 소리쳤다.

"이제 만족하시오?!"

마대진은 어색하게 웃으며 손을 뿌리쳤다.

"미안하게 됐소이다."

이곳에 오래 있다가는 좋은 꼴을 못 볼 것 같았다. 그는 즉시 일행들을 데리고 돌아갔다.

그런데 그가 간 후 얼마 지나지 않았을 때였다. 갑자기 관 안의 시체가 벌떡 일어나는 것이 아닌가?

"갔습니까?"

시체가 물었다. 조문객으로 와 있던 여삼통이 웃으며 엄지손가락을 치켜 올렸다.

"갔어. 정말 훌륭했네."

시체의 정체는 장소산이었던 것이다. 마대진은 십전성의 얼굴을 세세한 곳까지 알아볼 정도로 잘 알지는 못하는 데다가, 솜씨 좋은 화가를 불러 가짜 멍을 만들어 얼굴을 부어 보이게 한 다음, 붕대를 감고 닭의 피를 뿌리자 다른 사람이라는 것을 알아차리지 못했다. 거기다 장소산이 마대진이 맥박을 잴 때 귀식대법으로 일시적으로 맥을 멈추고, 무공총람 내공편의 적힌 방법을 이용해 내공을 음기로 바꾸어 체온까지 낮춰놓으니 완전히 속아 넘어가고 만 것이다.

"아직 안심할 수 없습니다. 진짜 중요한 것은 다음부터입니다."

장소산은 말하며 음흉한 미소를 지었다.

그날 밤이었다. 장소산은 복면을 하고 흑룡방으로 향했다. 사부인 채평안에게 도둑 기술을 배우고 무공까지 일류의 경지에 이른 그에게 장사에서 가장 세력이 크다지만 강호 전체를 본다면 이류에 불과한 흑룡방에 잠입하는 것쯤은 일도 아니었다.

간단히 경비를 피해 담장을 넘어 들어간 그는 익숙하게 계속해서 안으로 들어갔다. 사람들의 눈을 피해 계속해서 안으로 들어가니 척 봐도 방주가 기거하는 것으로 보이는 큰 전각이 보였다.

전각에는 불이 켜져 있었다. 장소산이 창문으로 다가가 보니 안에서 마대진과 그의 아들 마강서의 목소리가 들려왔다.

"설마 하니 그 십전파 놈이 이런 대담한 계획을 짤 줄은 생각도 못했다."

"아버님은 아직도 십전성 녀석이 가짜로 죽은 것이라 생각하고 계십니까?"

"물론이지. 그렇지 않고서야 다친 지 며칠이 지나서야 갑자기 죽을 리가 없지 않느냐. 그 녀석은 죽은 척하고 있다가 네가 멀쩡히 돌아다니는 모습을 보이고 나서야 다시 살아났다며 나타날 것이 틀림없다."

마강서가 투덜거리며 물었다.

"그렇다면 오늘 확인한 시체는 십전성이 아니란 말이 아닙니까. 왜 그때 그 사실을 밝히지 못한 겁니까?"

마대진 역시 인상을 쓰며 대답했다.

"그때야 경황이 없어서 미처 그 생각을 못했지. 돌아와 차근차근 생각해 보니 그놈들의 속셈을 알 것 같더군."

이야기를 들으며 장소산은 속으로 웃었다. 만약 그때 마대진이 시체가 다른 사람의 것이라고 주장하면 승룡문 사람들은 분명히 십전성이 맞다고 우기기로 약속이 되어 있었다. 사람의 얼굴이란 주관적인 것이기에 가부(可否)로 확실히 나눌 수가 없다. 가족들이 본인이 맞다고 하는데 타인이 아니라고 해봤자 어쩌겠는가.

마강서가 걱정하며 물었다.

"그럼 우린 어떡하죠?"

“당연히 죽었다는 십전성 녀석을 찾아내야지. 그래야 십전파 녀석이 빼도 박도 못할 것 아니겠느냐.”

“아니, 그럼 저보고 그때까지 앉은뱅이 흉내를 내란 말입니까?”

“그래야지 별수있겠냐.”

“그러지 말고 그만두는 것이 어떨까요? 사실이 밝혀진다고 해도 승룡문 따위가 우릴 어쩌지는 못할 텐데…….”

“애초에 계획을 짠 것은 네놈이지 않느냐. 그래 놓고 이제 와 빼겠다니 그게 뭐냐. 사내놈이 시작을 했으면 끝장을 봐야지!”

“하지만 십전성 녀석이야 먼 고장으로 떠나 있으면 되지만, 저의 경우는 계속 이곳에 있어야 하지 않습니까. 우리 쪽이 들킬 확률이 더 높습니다.”

“그건 그렇군. 그렇다면 너 역시 내일 당장이라도 장사를 떠나라. 어떻게든 치료해 보려고 각지의 유명한 의원들을 찾아나섰다고 하면 되지 않겠느냐.”

“에에?!”

숨어서 듣고 있던 장소산은 속으로 키득거렸다.

‘이런 것을 두고 제 꾀에 제가 빠진다고 하는 것이로군. 좋아, 네가 떠난다면 나로서는 더욱 잘된 일이다.’

마강서로서는 당연히 떠나기 싫을 수밖에 없었다. 자신이 이곳에서 기세등등할 수 있는 이유는 흑룡방의 소방주이기 때문이다. 객지를 전전해서는 이곳에서의 위세의 반도 내지 못할 것이다.

“그러지 말고 그만두는 것이…….”

“그 말은 다신 꺼내지 마라!”

마대진의 성격에 히디기 포기하는 것은 있을 수 없는 일이었다. 게다가 상대가 승룡문인 이상 더 더욱 그랬다.

"시작은 문파 이름 글자 때문이지만, 지금은 그런 것이 문제가 아니다. 내 형님께서 승룡문의 여자 일로 비명횡사하셨다. 아버님께서는 이 일을 두고두고 슬퍼하시며 승룡문을 쓸어버리지 못하는 것을 한으로 여기셨다. 우리가 지금 이 사실을 밝히면 우리 명예는 땅에 떨어지고, 승룡문의 비웃음거리가 된다. 죽으면 죽었지 그럴 수는 없다!"

"…예."

마강서는 풀이 죽어 자신의 방으로 물러났다. 칭찬 좀 들어보겠다고 나서서 수작을 부린 것이 후회막급이었다.

'아버지는 승룡문과 관계된 일만 되면 앞뒤를 안 가리신다. 이럴 줄 알았으면 일을 벌이지 말 것을……'

그는 마대진이 시키는 대로 당장 떠나지 않고 어떻게든 버텨보기로 마음먹었다. 그러나 일은 그의 생각대로 되지 않았다. 숨어서 따라오던 장소산이 창문으로 뛰어들어 단숨에 그의 혼혈을 짚어버린 것이다.

마강서는 그대로 혼절하여 쓰러져 버렸다. 장소산은 그를 이불로 둘둘 말아서 어깨에 들쳐 메었다.

"월척을 건졌구나~ 에헤라 디야~"

그는 콧노래를 흥얼거리며 흑룡방을 빠져나왔다.

2

마강서는 눈을 뜨자마자 코를 찌르는 피비린내에 눈살을 찌푸렸다.

"뭐야?"

주변을 둘러보니 어떤 방 안이었다. 도끼, 칼, 집게 같은 심상치 않은 느낌의 도구들이 벽에 걸려 있고, 벽과 바닥 여기저기 핏자국이 눌러붙어 있었다. 상당히 살벌한 분위기였는데, 옆에 말 한 마리가 한가롭게 풀을 뜯고 있어 약간 생뚱맞은 느낌이 들었다.

"으악!"

마강서는 깜짝 놀라 일어나려 했지만 몸이 움직이지 않았다. 의자에 결박당해 있었던 것이다.

'아니, 내가 왜 이런 곳에 있지?

방에 돌아와 생각에 잠겨 있던 것 이후로는 생각이 나지 않았다. 마강서는 불안감과 공포에 마구 소리를 질렀다.

"날 꺼내줘! 어딘 어디야!"

그때 문이 열리며 허리가 구부정한 노인이 들어왔다.

"이제 정신이 드나 보군."

마강서는 이 노인이 자신을 납치한 범인이 틀림없다고 단정하고 험악한 목소리로 외쳤다.

"이게 무슨 짓이냐? 후환이 두렵지 않나? 내가 누군지 알아?"

노인은 빙그레 웃고는 고개를 끄덕였다.

"물론 알지. 흑룡방주의 아들이며, 최근 다치는 바람에 성 기능을 상실했다며? 그래서 내가 이렇게 자넬 모셔온 것이 아닌가."

"뭐, 뭐요?"

"난 의원이라네. 자넬 치료해 주려고 온 사람이지."

마강서는 조금 안심이 되면서도 의심스러워졌다.

"날 치료하려고 한 것이라면 흑룡방으로 찾아올 것이지 왜 날 납치했단 말이오?"

"그건 이 몸의 치료가 세상의 상식과 조금 거리가 있어서일세."

“상식?”

노인은 반문했다.

“자네 옥보단이란 소설을 읽어본 적이 있나?”

마강서는 열다섯 살 때 이미 금병매, 소녀경, 옥보단을 독파한 인물이었다.

“있소.”

“그 소설 속에 주인공인 미앙생은 물건이 작아 고민이었다가 화타의 후예인 의원을 만나 말의 물건을 달게 되지.”

마강서는 뭔가 불길한 예감에 사로잡혔다.

“그, 그래서 어쨌다는 거요?”

“그 화타의 후예인 의원이 바로 내 선조라네.”

“뭐요?”

노인은 한숨을 내쉬며 설명했다.

“나는 선조의 의학서를 보고 성기 교환 수술법을 익혔지. 그런데 막상 수술을 실습하려고 하니 누구도 수술 받으려 하지 않는 거야. 너무나 안타까운 일이지. 이 놀라운 비법이 이러다 사장되고 만다면 정말 큰 손실이 아닌가!”

그는 마강서의 어깨에 손을 턱 올려놓고는 빙그레 웃었다.

“그런데 때마침 자네의 대한 소문을 들었네. 물건이 말을 안 듣는다면서? 내가 쓸모없는 자네 것을 싹둑 잘라내 버리고 큼지막한 말XX를 달아주지.”

마강서는 안색이 새파랗게 질려 버렸다. 그러니까 이 노인의 말인즉, 자신을 고자로 만들어 버리겠다는 소리가 아닌가!

“피, 필요없소! 난 치료받기 싫으니 어서 날 풀어주시오!”

노인은 실실 웃었다.

"에이~ 수술이라니까 미리 겁먹을 필요없네. 마취도 확실히 해줄 테니까 한숨 자고 일어나면 자네는 물건이 힘차게 기지개 켜고 있는 것을 볼 수 있을 거야."

마강서는 다급해져 소리쳤다.

"난 수술 안 받는다니까! 만일 수술이 잘못되면 난 어떻게 되는 거야. 당신이 책임질 수 있어?"

그런데 노인은 고개를 갸우뚱하며 오히려 반문했다.

"아니, 내가 왜 책임을 져야 하는가?"

"뭐, 뭐요?"

"어차피 자네는 불능이 아닌가. 수술이 성공하면 불능 회복, 수술이 실패하면 여전히 불능, 완전 밑져야 본전 아닌가."

마강서는 미칠 것 같았다.

'이 인간은 내가 잘못 맞아 불구가 되었다는 거짓 소문을 믿고 실패해도 상관없다는 생각으로 날 납치한 모양이구나. 하지만 난 사실 멀쩡한 몸인데 수술이 잘못되어 버리면 그야말로 인생이 끝장나 버리고 만다!

그러는 사이에도 노인은 콧노래를 흥얼거리며 벽에 걸려 있는 커다란 가위를 들었다.

"한 번에 싹둑~ 한 번에 싹둑~ 자르자~ 잘라 버리자~"

뭘 싹둑 하려고 하는 건지는 안 봐도 뻔했다. 마강서는 철커덕거리는 가위 날을 보며 사시나무 떨듯 몸을 떨었다. 노인은 그런 그를 보더니 씨익 웃고는 옆의 있는 말을 가리키며 말했다.

"저 말의 다리 사이의 그거 보이지? 곧 저게 자네 거가 될 거야."

마강서는 더 이상 참을 수 없었다.

"난 불능이 아니오! 멀쩡하단 말이오. 그러니까 수술이 필요가 없소!"

노인은 살짝 눈살을 찌푸렸다.

"수술이 무서워 거짓말할 생각 말게."

"거짓말이 아니란 말이오. 정말 난 멀쩡하오!"

마강서의 외침에 노인은 심드렁한 표정을 짓더니 말했다.

"그럼 세워봐."

"예?"

"물건이 멀쩡하면 그 증거로 벌떡 세워보란 말이야."

"아예."

그러나 그게 말처럼 쉬운 일인가? 현재 마강서의 물건은 겁에 질려 잔뜩 오그라들어 있는 상태였다. 아무리 온갖 음탕한 상상을 머리 속에 떠올려보아도 그의 다리 사이에는 아무 반응이 없었다.

노인은 그럴 줄 알았다며 코웃음 쳤다.

"그럼 그렇지. 지금 이 순간을 모면하려고 거짓말을 한다고 내가 속을 것 같으냐?"

마강서는 필사적으로 말했다.

"상황이 이래서 그런 것이오! 그, 그래, 기녀를 데려와 보시오. 그러면……."

"그럴 시간 없어!"

노인은 거침없이 마강서의 허리춤을 잡더니 바지를 쑥 내렸다. 이어 속옷까지 벗겨지고 날이 선 가위가 다가왔다.

"자, 자른다."

마강서는 기절할 것 같았다. 하지만 이대로 기절해 버리면 다음에 깨어났을 때는 몸의 일부와 영영 이별이라는 생각으로 정신을 붙잡고 있는 힘을 다해 소리쳤다.

"난 정말 멀쩡하단 말이오! 승룡문을 속이기 위해 다친 척 속임수를 쓴 것이오!"

순간 다가오던 가위가 멈추었다.

"그게 무슨 소린가?"

마강서는 정신없이 거짓으로 다친 것처럼 하여 승룡문으로부터 막대한 보상금을 타려 한 계획을 이야기했다.

이야기를 다 들은 노인은 인상을 쓰더니 물었다.

"설마 이 상황을 모면하려고 지어낸 이야기인 것은 아니겠지?"

"저, 정말입니다. 하늘에 맹세합니다."

"그럼 지금 한 말이 진실이라는 증명서를 쓰게. 그래야 나중에 딴 소리 안 하지."

마강서는 재빨리 말했다.

"쓰겠습니다. 쓰고말고요."

노인은 곧바로 지필묵을 가져왔다. 마강서는 붓에 먹을 묻혀 열심히 승룡문을 속이려 한 계획을 쓰기 시작했다. 그런데 몇 자 쓰는 동안 퍼뜩 떠오르는 생각이 있었다.

'아차, 속았다!'

마강서는 어리석은 사람이 아니었다. 자기 물건을 자른다는 말에 정신이 없어 넘어가긴 했지만, 어느 정도 위급한 순간을 넘기자 자신이 승룡문 쪽의 계략에 넘어갔다는 것을 깨달은 것이다.

"네놈은 승룡문 사람이지? 그렇지!"

노인의 정체는 바로 변장한 장소사이었다. 그는 마강서를 납치해서는 푸줏간 하나를 빌려 한바탕 연극을 한 것이었다.

장소산은 상대가 눈치채자 조금 놀랐지만 곧 피식 웃고는 반문했다.

"그렇다면 어쩔 테냐?"

마강서는 이를 박박 갈았다.

"감히 승룡문 따위가 흑룡방의 소방주인 날 납치하다니! 내 곧 흑룡방의 힘을 총동원해서 승룡문을 쑥대밭으로 만들 것이다!"

장소산은 여유있게 응수했다.

"그런데 어쩌나? 그보다 네 물건이 잘리는 것이 먼저일 텐데?"

"그, 그런 짓을 하면……."

"어차피 너는 세상에 알려지기로 불구에다 앉은뱅이가 아니냐. 내가 지금 널 그렇게 만든다고 해도 원래 그런 것이니 내가 한 짓이라고 하진 못하겠지."

"……."

"그러니까 잔말 말고 진술서나 써라."

마강서는 정말로 그렇게 할까 봐 감히 더 이상 따지지 못하고 묵묵히 진술서를 썼다. 장소산은 서명과 지장까지 찍게 하고는 마강서의 혼혈을 짚은 다음 흑룡방에 옮겨놓았다.

3

자기 방에서 아침에 깨어난 마강서는 어젯밤의 일이 꿈이 아니었나 생각했다. 그는 즉시 자기 물건이 멀쩡한지 확인에 들어갔다. 바지를 내려보고 괜찮은 것을 확인한 그는 안도의 한숨을 내쉬었다.

"꿈이……."

그때 그의 배에 가위 그림이 그려져 있는 것이 눈에 띄었다. 그 큼지막한 가위는 당장이라도 그의 물건을 잘라 버릴 것처럼 입 쩍 벌리고 있는 것이 아닌가!

"…아니로구나!"

어젯밤 일이 똑똑히 기억났다. 그와 동시에 자신이 진술서를 썼다는 것을 아버지 마대진이 안다면 자신을 가만두지 않을 거라는 생각이 들었다. 도저히 그 분노를 감당할 자신이 없자 즉시 짐을 챙겨서는 마대진을 찾아갔다.

"아버님, 시키시는 대로 지금 당장 장사를 뜨겠습니다."

마대진은 가기 싫어하던 마강서가 의외로 순순히 떠나겠다고 하자 좋아하며 여비를 넉넉하게 주었다.

"한 반년 푹 세상 유람하다 오너라. 알겠지."

"예."

마강서는 대답하며 속으로 생각했다.

'그 정도 시간이면 아버지 화도 풀리겠지.'

그는 인사를 올리고 수하 둘만을 데리고 장사를 떠났다.

그가 떠나고 마대진은 어떻게 승룡문주 아들의 가짜 죽음을 밝혀낼까 궁리했다. 그런데 그가 한참 생각에 잠겨 있는데 수하 하나가 달려오더니 말했다.

"승룡문주가 왔는데, 죽은 아들의 보상금을 내놓으라고 합니다."

"뭐가 어째?!"

마대진은 화가 치밀었다.

'감히 십전파 따위가 나에게 따지러 왔다고?!'

화가 치밀어 오른 그는 직접 달려 나갔다. 정문 앞으로 나가 보니 십전파와 승룡문도들뿐만 아니라 개방 장사 분타와 이 지방의 유력 무림 인사 네다섯 명이 함께 있었다.

'네가 한패를 불렀다, 이거지?'

이런 생각을 하며 찾아온 사람들을 둘러보던 마대진은 한 사람을 발견하고 눈이 휘둥그레졌다. 자신이 그토록 찾고 싶어 하는 죽었다던 십전파의 아들 십전성이 서 있는 것이었다.

"아, 아니, 넌 십전성이 아니냐. 네가 여기 왜 있는 거냐?"

마대진의 외침에 십전파는 빙그레 웃고는 이렇게 대답하는 것이 아닌가?

"방주께서 착각하셨나 보군요. 이 아이는 죽은 내 아들이 아니라 조카인 십전경이라오."

마대진은 황당했다. 그는 십전성의 얼굴을 세세하게 정확히 기억하지는 못한다. 그래서 장소산의 변장에 속아 넘어가기도 했다. 하지만 누가 봐도 본인이 뻔한 얼굴을 눈앞에 두고 못 알아볼 정도는 아니다.

그가 눈뜬장님도 아닌데 이런 뻔한 수작에 넘어갈 리가 없지 않은가! 그는 화를 벌컥 내며 소리쳤다.

"분명 네 아들이 분명한데 무슨 엉뚱한 소리냐?"

십전파는 대꾸했다.

"그게 무슨 소리요. 내 아들이 죽은 것은 어제 방주께서도 직접 확인하셨지 않소."

옆에 있던 개방 장사 분타주 여삼통도 맞장구를 쳤다.

"그럼. 나도 옆에서 봤는걸."

십전파는 옆의 십전경을 보며 이어 말했다.

"이 아이는 다른 지방에서 살다가 부모님이 돌아가시고 의탁할 곳이 없어 어제 날 찾아왔소. 마침 자식도 잃은 판에 죽은 내 아들과 꼭 닮아서 죽은 아들 대신 내가 양자로 삼아 키우기로 했지."

마대진은 자신이 함정에 빠졌음을 깨달았다.

'내가 일부러 자식이 죽은 것을 확인하게 한 다음, 자식을 다른 녀석으로 바꿔치기 해서 들여올 줄이야! 이렇게 되면 숭룡문주 아들놈은 이름에서 한 글자만 바꾸는 것을 끝으로 아무 일 없이 여기서 살 수 있지만, 내 아들은 언제까지 타향을 떠돌아야 되지 않는가!'

그는 분노해 펄펄 뛰었다.

"이건 음모야! 누가 봐도 이 녀석은 십전성이 분명한데 누굴 속이려고!"

십전파 역시 화를 냈다.

"내 아들을 죽인 책임을 지지 않으려고 수작 부리지 마시오!"

둘은 서로 주장을 굽히지 않고 싸웠다. 양쪽 모두 물러날 생각이 전혀 없으니 결론이 날 리가 없다. 마대진은 힘으로 해결해 버리고 싶은 생각이 간절했지만, 옆에서 보고 있는 여삼통 이하 강호 인사들이 있는 앞에서 폭력을 휘두를 수는 없었다.

"자자, 그러지 말고 아무리 싸워도 결판이 나지 않으니 성주님을 찾아가 판결을 내려달라고 하는 것이 어떻겠소."

여삼통의 말에 시간만 낭비하는 말다툼에 지겨워하던 주변의 사람들은 모두들 그러자고 했다. 마대진, 십전파 이하 이곳의 사람들은 관아로 향했고, 이 사건에 대한 소문이 퍼져 많은 구경꾼들이 이들을 따라나섰다.

마대진과 십전파는 얼마 후 재판정 앞에 섰다.

"그래, 이번에는 또 무슨 사건이고?"

당장이라도 저 세상으로 갈 것 같은 비루먹은 노인이 심드렁한 표정으로 물었다. 그가 바로 이 장사의 성주인 주성명이었다.

"예, 사실은……."

마대진과 십전파는 각기 자신들의 주장을 담아 사건을 설명했다. 주성명은 인상을 찌푸리고는 십전경을 쳐다보았다.

"그러니까 저 청년이 십전성인가 십전경인가, 그것이 문제로군."

마대진은 십전성이 자주 다니던 가게의 주인들을 증인으로 데려왔다. 그들은 십전경이 아무리 봐도 십전성과 똑같이 생겼다고 증언했다. 주성명은 고개를 끄덕이고는 말했다.

"그럼 저 청년이 십전성이 맞는가 보군."

십전파가 나서서 말했다.

"성주님, 세상은 넓고 사람은 많으니 어쩌다 아주 비슷하게 생긴 사람이 있는 것은 있을 수도 있는 일입니다. 더구나 한집안 사람이라면 서로 닮는 것이 이상할 것도 없고 말이지요. 안 그렇습니까?"

주성명은 고개를 끄덕였다.

"그렇지."

"분명 제 아들 십전성은 죽었습니다. 이 사실은 여기 마 방주도 직접 확인한 사실입니다. 확인까지 해놓고 우연히 저의 집에 죽은 아들과 닮은 사람이 나타나자 제 자식을 죽인 책임을 지기 싫어 억지 주장을 하고 있는 것입니다."

여삼통이 마대진이 십전성이 죽은 것을 확인하는 것을 봤다고 증언했다. 주성명은 이번에도 고개를 끄덕였다.

"과연 그렇군. 네 말이 맞다."

마대진이 소리쳤다.

"그럼 확인해 보자! 정말 네 아들이 죽었다면 시체가 아직 있을 것이 아닌가!"

십전파는 대꾸했다.

"어제 화장을 해서 뼈도 이미 강에다 뿌렸소."

"그럼 그렇지. 성주님, 이자는 거짓이 들킬까 봐 시체를 화장했다고 하는 것입니다!"

주성명은 고개를 끄덕였다.

"네 말도 맞다."

십전파가 말했다.

"속지 마십시오, 성주님. 마 방주는 화장을 한 것을 미리 알고 꼬투리를 잡고 있는 것입니다."

"네 말도 맞다."

주성명은 마대진과 십전파가 주장을 할 때마다 맞다고 고개를 끄덕여 댔다. 쌍방의 주장이 팽팽히 대립하고, 재판을 하는 주성명은 줏대 없이 이리저리 흔들리니 결론이 도무지 나지 않았다. 구경하던 사람들은 슬슬 지겨워지기 시작했다.

그때 앞으로 나선 사람이 있었으니 다름 아닌 장소산이었다.

"성주님, 제가 보여드리고 싶은 것이 있습니다."

"뭐냐?"

장소산은 마강서가 쓴 진술서를 내놓았다.

"마 방주의 아들이 자신의 잘못을 깨닫고 모든 사실을 고백한 진술서입니다."

주성명은 서기에게 진술서를 읽어보라고 했다. 마강서가 거짓으로 불구가 된 척하여 보상금을 타내려 한 행위가 모조리 드러났다. 마대진의 안색이 새파래졌다.

"아니, 이건 사기야!"

그는 진술서를 확인해 보았다. 분명 자기 아들의 글씨가 분명했다.

'이놈의 자식이!'

주성명은 구경꾼들과 마찬가지로 재판이 슬슬 지겨워지던 참이었다. 그런데 때마침 마씨 부자의 범죄 사실이 밝혀지고, 마대진 본인도 변명을 못하자 그대로 판결을 내려 버렸다.

"마씨 부자의 사기와 살인의 유죄를 선고한다. 마땅히 처벌을 내려야 하지만 무림방파 간의 사건인 점을 참작하여 쌍방 간의 합의를 인정한다. 합의가 안 될 경우 마씨 부자는 십 년형에 처한다."

마대진은 당황했다.

"아니, 잠깐! 분명 제가 사기를 치려 했다는 점은 인정합니다. 하지만 그 문제와 승룡문주 아들이 죽었느냐 하는 것은 다른 문제입니다. 십전성은 살아 있고, 저 녀석이 분명합니다!"

그러나 원래 한 가지 범죄가 드러나 나쁜 놈으로 선입관이 박혀 버리면 다른 일에도 신뢰를 주기 힘든 법이다. 게다가 주성명은 명판관과는 거리가 십만 팔천 리는 동떨어진 인물이었기에 이 두 가지 사건을 따로 생각할 수 없었다. 왜냐하면 귀찮았기 때문이다. 그는 나쁜 놈이라고 밝혀진 마대진은 무조건 틀리고, 반대로 십전파 쪽은 맞다는 단순명쾌한 논리를 내세웠다.

"시끄럽다! 판결은 내려졌다."

마대진이 억울함을 호소했지만 아무도 그를 편들어주지 않았다. 그는 땅을 치며 분해하다 일을 들통 내고 혼자 도망가 버린 자식에게 원망의 화살을 돌렸다.

"강서, 이놈의 자식, 가만두지 않겠다!"

그러나 원망한들 무슨 소용이랴! 이미 다 끝나 버린 후인 것을!

십전파는 당한 그대로 십만 냥의 보상금을 요구했다. 그러나 마대진으로서도 그런 큰돈을 낼 여유는 없었다. 결국 그는 삼만 냥을 내고 앞으로 다신 승룡문에게 해코지를 하지 않겠다는 각서를 써야 했다.

4

장소산 덕분에 위기에서 벗어났을 뿐만 아니라 보상금까지 받게 되자 승룡문주 십전파는 뛸 듯이 기뻐하여 개방 장사 분타의 거지들을 초대하여 잔치를 벌였다. 그리고 그 자리에서 마대진에게 받은 보상금 삼만 냥을 장소산 앞에 내놓았다.

"이 돈은 자네가 가져야 옳네."

장소산은 웃으며 사양했다.

"거지인 제게 이런 큰돈은 어울리지 않습니다. 문주님께서 저를 대신해 가난한 사람에게 나눠주시는 것이 어떨까요."

십전파는 장소산의 말에 감탄했다.

"정말 훌륭한 젊은이로군. 이런 인재가 있는 개방이 부럽군!"

그는 장소산의 뜻대로 돈을 백성들에게 나눠주고 삼 일 밤낮으로 개방 거지들을 대접했다. 매일매일 산해진미가 넘쳐 나니 거지들에게는 그야말로 천국이 따로 없었다. 며칠간 실컷 놀고먹은 거지들은 다리 밑의 본래 집으로 돌아왔다.

그리고 며칠 후, 장소산은 또 한 번의 기쁜 일을 맞이한다. 사부 채평인이 찾아온 것이다.

"사부님!"

"어이쿠, 그동안 많이 컸구나!"

채평안은 못 보던 삼 년 사이에 어른이 되어버린 제자를 힘차게 껴안았다.

"이야기는 들었다. 네가 이곳 장사의 두 문파 문제를 명쾌하게 해결했다면서? 못 보던 사이 재주가 더욱 늘었나 보구나."

"사부님, 삼 년간 정말 많은 일이 있었습니다."

여삼통은 사제 간의 상봉을 방해하지 않기 위해 다른 거지들을 데리고 자리를 피해주었다. 둘만 남자 장소산은 무공총람의 문제에 얽혀 들어가 최진방, 임한정에게 속아 삼 년간이나 갇혀 있었던 사정을 설명했다.

이야기를 모두 들은 채평안은 놀라지 않을 수 없었다.

"그런 일이 있었을 줄이야! 숭산의 임 장문인에게 네 일을 물었을 때 모른다고 들었는데 내가 감쪽같이 속아 넘어가고 말았군. 최진방이야 원래 악명이 높은 자였지만 임한정이 그렇게 겉과 속이 다를 줄은 몰랐구나."

그는 잠시 생각해 보다 눈살을 찌푸렸다.

"사문의 존장을 해쳤으니 임한정의 행동은 처벌받아 마땅하다. 게다가 우리 개방의 제자가 이 일에 관계되어 있으니 우리 개방이 임한정의 악행을 밝히고 나서야 옳은 일이지. 그러나 지금은 그리 사정이 좋지 않구나."

장소산은 걱정스러워하며 물었다.

"우리 개방의 사정이 그렇게 좋지 않습니까?"

"아니, 그런 것은 아니다. 다만 한 가지 골치 아픈 문제 때문에 다른 일을 신경 쓸 여유가 없다."

채평안은 장소산의 머리를 쓰다듬으며 말했다.

"사부 된 입장으로 제자가 당한 억울한 일을 갚아주어야 하겠지만, 이 일은 당분간 우리 둘만 알아두는 것이 좋겠다. 미안하지만 좀 더 참아다오."

장소산은 고개를 흔들었다.

"전 복수 같은 것은 그다지 바라고 있지 않습니다. 최진방과 임한정이 절 더 이상 해치려 하지 않는다면 저 역시 그들과 상관하고 싶지 않습니다. 그보다 개방의 일이 걱정이군요. 최진방의 개방이 다른 일을 생각할 겨를이 없다는 말을 들은 것이 삼 년 전인데, 그 일이 아직도 해결되지 않은 것입니까?"

채평안은 한숨을 내쉬었다.

"이 일은 어떻게 보면 아주 간단한 문제다. 사람 한 명과 물건 하나를 찾는 일이지. 하지만 몇 년이 지나도록 아무 소득이 없구나."

"사람은 누구고 물건은 무엇입니까?"

"사람은 열다섯 살 정도 되는 어린아이, 사 년이 지났으니 지금 네 나이쯤 되는 청년이고, 물건은 바로 우리 개방 방주의 권위를 상징하는 타구봉이다."

장소산은 깜짝 놀랐다.

"타구봉이 남의 손에 들어갔다는 말입니까?"

채평안은 고개를 끄덕였다.

"그래, 원래 이 사건은 개방의 수뇌부들만이 아는 일이다. 하지만 이번에 네가 승룡문과 흑룡방의 일을 해결하는 솜씨를 보니 어쩌면 네가 이 문제를 해결할 수 있을지도 모르겠다는 생각이 드는구나. 그래서 특별히 말해주는 것이니 너는 이 사실을 아무에게도 말해서는 안 된다."

"예."

장소산이 약속을 하자 채평안은 이야기를 시작했다.

"사건은 지금으로부터 사 년 전으로 거슬러 올라간다. 본 방의 방주 사공방, 사공 방주는 방의 문제 한 가지를 처리하기 위해 성도로 갔다가 무사히 일을 해결하고 다시 돌아오고 있었다. 그런데 상용 부근의 한 객점에서 잠시 쉬고 있을 때 한 대의 마차가 오더니 한 쌍의 소년, 소녀가 내려 객점으로 들어왔다. 그 한 쌍의 어린 남녀는 차림으로 보아 부잣집 자제 같았는데 마치 옛날이야기에 나오는 동자와 동녀처럼 예쁘게 생겨 사공 방주를 포함한 객점 안의 사람들은 잠시 멍하니 둘을 바라보았다. 그런데 객점 안의 손님 중 하나가 자신도 모르게 '고것들 참 귀엽게도 생겼구나' 라고 말해 버린 거야."

장소산은 의아해했다.

"그 말이 무슨 문제가 있습니까?"

"사내아이는 그 말이 귀에 거슬린 모양이었다. 그 말을 한 손님에게 다가더니 갑자기 따귀를 세차게 때렸다. 얼마나 세게 때렸는지 그 손님은 자리에서 굴러 떨어졌다. 사내아이는 그 손님을 내려다보면서 말했다. '고놈 참 재수없게 생겼네'."

장소산은 자신도 모르게 피식 웃어 버렸다.

"그 손님이 가만있지 않았겠군요."

"그렇지. 새파랗게 어린아이에게 당했으니 얼마나 화가 났겠느냐. 그는 노호성을 지르며 벌떡 일어나 사내아이에게 덤벼들었다. 그러나 사내아이는 무공을 익히고 있었다. 일어나 덤비는 족족 바닥에 나동그

라졌다. 그 손님은 그제야 상대가 무림인이라는 것을 깨닫고 새파랗게
질렸다. 사내아이는 그런 그에게 말했지. '한번 귀엽게 굴어봐라. 내
가 이놈 참 귀엽게 생겼네라고 말하게 한다면 용서해 주지. 개처럼 멍
멍 짖어보는 것이 어때? 하지만 자존심이 있는데 어찌 그럴 수 있겠
느냐.'

채평안은 인상을 썼다.

"사공 방주는 더 이상 보고 있을 수가 없어 나서게 되었다. 이 손님
이 말을 함부로 하긴 했지만 이 정도면 벌을 받고도 남았으니 그만 보
내달라고 말했지. 그런데 그 사내아이는 사공 방주에게 이렇게 말하는
것이었다. '그럼 당신이 대신 멍멍 짖겠소?'"

장소산 역시 사부와 마찬가지로 인상을 썼다.

"그 녀석 참으로 무례하군요."

"사공 방주 역시 그렇게 생각했다. 하지만 어린아이와 다투고 싶지
않아 타구봉을 보이며 말했다. '적당히 하는 것이 좋겠네. 네가 밖에서
이러고 다니는 것을 부모나 사부가 아시냐? 개방 방주의 신물인 타구
봉은 청록의 영롱한 빛을 띠어 다른 일반 봉과는 확연히 다르다. 이 봉
은 수백 년간 개방 방주의 신물이었으니 사공 방주는 타구봉을 보이면
상대가 자신의 신분을 알아차리고 스스로 물러날 것이라 생각한 것이
다. 그런데 두 아이는 타구봉을 모르는 모양이었다. 타구봉을 보자 지
금까지 가만히 보고 있던 소녀가 말했다. '저 봉이 정말 예쁜데요. 가
지고 싶어요' 그러자 소년은 고개를 끄덕였다. '좋아, 그럼 내가 그대
에게 선물하지' 그와 동시에 손을 뻗어 사공 방주의 손에 들린 타구봉
을 낚아채 버린 것이다."

장소산은 놀라 물었다.

“그 소년의 무공이 그렇게나 뛰어났다는 말입니까?”

채평안은 고개를 끄덕였다.

“사실 사공 방주의 무공은 그리 뛰어난 편은 아니다. 나보다 조금 낫다 정도이지. 나는 도둑질이 전문이라 싸우는 쪽이 서툴고, 사공 방주 역시 무공의 재능과는 좀 거리가 있는 편이다. 하지만 아무리 그래도 족히 일류고수라 불릴 정도는 되는 그가 두 눈을 뜬 채 개방 방주의 신물을 빼앗기고 말았으니 그 아이의 무공은 실로 놀랍다고 할 수 있겠지.”

“그래서 어떻게 되었습니까?”

“개방 방주의 신물을 빼앗기고 말았으니 사공 방주로서는 가만히 있을 수 없었다. 곧바로 소년에게 달려들어 타구봉을 되찾으려 했다. 소년은 이리저리 피하는데 그야말로 신출귀몰이라 사공 방주는 아무리 해도 잡을 수 없었다. 소년은 계속해서 피하다가 사공 방주를 발로 걷어차 바닥에 뒹굴게 만들고는 말했다. ‘이 봉은 분명 귀한 보물인데 당신의 형편없는 실력으로는 도저히 지킬 수 없겠군. 가지고 다니다가 봉변당하기 십상이니 내가 가지고 있는 편이 낫겠어’ 그리고는 소녀와 함께 마차를 타고 가버렸다.”

자신이 몸담은 개방의 방주가 모욕을 당했으니 어찌 참을 수 있겠는가. 장소산은 화가 치밀어 올랐다.

“그자는 참으로 되어먹지 못한 녀석이로군요! 그래서 어떻게 되었습니까?”

“사공 방주는 타구봉을 되찾으려고 했으나 마차의 종적을 못 찾고 결국 총타로 돌아왔다. 그리고 두문불출 틀어박혀 나오지 않았다. 우리 장로들은 어찌 된 영문인지 알 수 없어 조사한 결과 당시 객점에 있던 사람들을 통해 사실을 알 수 있었다. 우린 이 사실을 일반 제자들에게 알려지지 않도록 하고 즉시 그 소년과 타구봉의 행방을 찾았다. 그러나 사 년이 지나도록 아무 성과도 얻지 못했지."

장소산은 곰곰이 생각해 보고는 말했다.

"이 사실이 세상에 알려지면 우리 개방의 체면이 크게 떨어지겠군요."

채평안은 긴 한숨을 내쉬었다.

"사실 이 문제는 생각하기에 따라 아무것도 아닐 수도 있다. 원래 물건 자체에는 아무 의미가 없는데, 사람이 자기들 멋대로 의미를 두는 법이다. 타구봉이 없어진다고 해도 사공 방주가 방주가 아니게 되는 것도 아니고, 물건이야 얼마든지 다시 만들 수 있는 법이지."

장소산은 인상을 쓰며 물었다.

"또 다른 문제가 있는 것입니까?"

"문제는 사공 방주다. 사공 방주는 이 일로 자존심에 큰 상처를 입었다. 어린애에게 타구봉을 빼앗기고 놀림까지 받았으니 누구라도 그렇겠지만 그냥 훌훌 털어버렸으면 좋았을 것을, 그만 개방의 대소사를 팽개치고 폐관수련에 들어가 버린 것이다."

채평안은 눈살을 찌푸리며 설명했다.

"우리 개방 내에서만도 사공 방주보다 무공이 뛰어난 사람을 찾으면 적어도 열 명이 넘을 것이다. 집법장로 양경청, 양 장로의 무공은 개방 제일일 뿐만 아니라 천하를 통틀어도 열 손가락 안에 든다. 그럼에도 그보다 훨씬 무공이 떨어지는 사공 방주가 방주 직에 오르고 누구도 이의를 제기하지 않은 것은 사공 방주가 무공은 떨어져도 성실하고 매사에 공정하기 때문이었다. 그런 그가 자신의 일을 팽개치고 폐관수련을 하는 것은 장점을 버리고 단점을 취하는 격이니 참으로 답답한 노릇이지."

장소산 역시 이야기를 듣고 보니 걱정이 되었다.

"정말 골치 아프게 되었군요."

"그래, 정말 골치 아프게 되었다. 지난 사 년간 방주는 폐관수련 중이었고, 수뇌부는 소년과 타구봉을 찾고 방주 대신 일을 처리하느라 정신없었다. 그러다 보니 자연히 다른 강호 일을 상관할 겨를이 없을 수밖에."

채평안의 이야기를 모두 들은 장소산은 생각에 잠겼다. 도대체 개방 방주의 신물을 빼앗아간 소년은 누구일까?

'놀라운 것은 그 소년의 무공도 무공이지만 개방에서 사 년이나 조사하고도 찾지 못한 사실이다.'

잠시 침묵이 지난 후 채평안이 입을 열었다.

"골치 아픈 문제로 네 정신을 어지럽게 한 모양이구나. 이 문제는 넘어가고, 어디 네 무공이 삼 년간 얼마나 성장했나 보자."

"예."

채평안은 장소산을 데리고 아무도 오지 않는 공터로 데려갔다.

"자, 어디 최선을 다해 덤벼봐라!"

그는 말이 끝나기가 무섭게 공격을 시작했다. 장소산도 정신을 바짝 차리고 대응해 갔다.

말이 사제 간이지 장소산이 채평안에게 가르침을 받은 기간은 삼 년간에 불과했다. 그 삼 년간 그가 배운 것은 기초적인 것들뿐이었고, 실전에서 쓸 만한 무공 대부분은 무공총람을 보고 익힌 것이다. 그렇기에 사제지간이면서도 채평안과 장소산의 무공은 비슷한 점을 찾기 힘들었다.

　채평안은 장소산이 익힌 무공을 알지 못했고, 장소산 역시 채평안의 무공을 거의 모르긴 마찬가지였다. 그렇기에 둘은 신중에 신중을 기하며 싸워갔고, 어느덧 백여 초를 넘기었다.

　싸우는 동안 채평안은 놀라지 않을 수 없었다. 장소산의 무공이 자신에 비해 조금도 뒤떨어지지 않는 것이었다.

　'불과 삼 년 사이에 무공이 이토록 증진되다니!

　그는 장소산이 일부러 초식에 여유를 두고 있음을 알아차리고 손을 저었다.

　"이제 그만 하자."

　"예."

　장소산은 즉시 대답하고 물러났다. 자신이 가르쳐 주지 않았는데도 놀랍게 성장한 제자를 보며 채평안은 감탄과 서운함을 동시에 느꼈다.

　"네 무공이 나보다 낫구나."

　"그렇지 않습니다."

　"아니, 분명히 나보다 낫다. 단지 몇 가지 문제점이 있다."

　장소산은 공손히 고개를 숙였다.

　"가르침을 주십시오."

　"문제점은 크게 두 가지다. 하나는 쓸 수 있는 무공의 적음이다. 넌 무공총람 내공편, 신법편, 수공편, 이상 세 가지를 익혔다고 했지? 하지만 그중에 실제로 상대방을 공격하는 무공은 수공 하나뿐이다. 수공편의 무공이 대단하긴 하지만 한 가지 무공만을 사용하면 공격이 단조로워지기 쉽고 장시간 싸우면 밑천이 드러나 버리고 만다."

　장소산은 고개를 끄덕였다.

“예.”

“또한 이 수공이 극에 이르면 상관없을지 모르지만 상대가 무기, 특히 날이 있는 무기를 들면 사용하기 곤란하다. 거리도 문제인데다가 날이 번뜩이는 무기 속에 손을 집어넣는 것은 보통 위험한 일이 아니다.”

이 문제는 강연수와 겨루면서 절실히 경험한 사실이었다. 장소산은 고개를 끄덕이며 물었다.

“어떻게 하면 좋겠습니까?”

“다른 무공들도 익혀야지. 내가 권각법 하나와 봉법 하나를 가르쳐 주마.”

채평안은 무쌍연비라는 권각법과 소타구봉법을 가르쳐 주었다.

“이 무쌍연비는 내가 사부에게 전수받은 무공으로 빠르고 변화무쌍한 공방이 특징이다. 그리고 소타구봉법은 개방에서 전해 내려오는 타구봉법을 익히기 쉽게 바꾼 것으로 비록 위력과 교묘함이 떨어지지만 충분히 절기라 할 수 있다.”

장소산은 밤이 늦도록 가르침을 받아 두 가지 무공을 습득할 수 있었다. 채평안은 장소산이 펼치는 동작이 틀림이 없자 고개를 끄덕였다.

“모두 기억했으면 되었다. 시간날 때마다 꾸준히 연마하면 성과가 있을 것이다. 지금은 다른 한 가지 문제점을 해결하는 쪽이 급하겠지.”

채평안이 말하는 다른 한 가지 문제점은 장소산도 짐작하고 있는 것이었다. 바로 불완전한 내공심법이었다.

“내공을 발출하는 것으로 당장은 괜찮지만 언제 주화입마가 될지 걱정입니다.”

장소산의 말에 채평안은 빙그레 웃었다.

"무공총람 심공편이 필요하다고 했지? 좀 더 빨리 날 찾아왔다면 좋았을 것이 아니냐."

심공편의 행방을 알고 있다는 뜻임을 알아차린 장소산은 기뻐하며 말했다.

"그때 당시 탈출에 성공했을 때는 제대로 걷기조차 힘들어 몸을 추스를 시간이 필요했습니다. 혹시 심공편을 가지고 계십니까?"

"나야 가지고 있지 않지만 누가 가지고 있는지는 알고 있지."

"그게 누굽니까?"

"본 방의 추월락, 추 대장로님이시다."

第十三章

누가 적인가

장소산은 자신이 필요한 무공총람 심공편이 개방 대장로 추월락에게 있다는 말에 기뻐하며 사부인 채평안에게 물었다.

"추 장로님을 두 달 전쯤에 만나본 적이 있습니다. 하지만 지금은 어디 계신지 알 수가 없군요. 혹시 사부님께서는 아십니까?"

"한 달 전쯤 여남에 있었다고 하더구나. 워낙 크게 사고를 많이 치는 사람이니 찾는 것이 어렵지는 않을 것이다."

채평안은 개방의 일에 바빠 장소산이 추월락을 찾는 일을 도와줄 수 없었다. 그는 삼 일 동안 장사 분타에 머물며 장소산의 무공 수련을 봐주고는 떠나기 전에 당부를 했다.

"넌 머리도 좋고 무공도 뛰어나지만, 너보다 머리가 좋거나 무공이 뛰어난 인물은 천하에 무수히 많다. 천하를 뒤집을 수 있는 무공의 소유자도 독 한 방울에 목숨을 잃을 수 있는 법. 넌 이 강호에서 목숨을 지킬 가장 좋은 방법이 무엇인지 아느냐?"

"무엇입니까?"

"바로 별 볼일 없는 사람이 되는 것이다. 볼일이 없으니 해칠 이유도 없지."

장소산은 그 안에 담긴 의미를 바로 깨달을 수 있었다.

'사부님은 내가 너무 재주를 뽐내다 위험을 자초할까 걱정하시는구나.'

그는 고개를 숙이며 말했다.

"명심하겠습니다."

채평안은 장소산의 어깨를 두드렸다.

"심공편을 얻어 내공 문제를 해결하면 날 찾아오거라. 반년 후 중추절에 개봉에서 개방의 큰일을 의논하는 대회가 열린다. 그곳에서 널 다른 개방 수뇌들에게 소개할 것이다. 지금의 넌 일결제자에 불과하지만, 그곳에서 정식으로 직책을 받으면 사결의 지위를 받게 된다. 그때부터 진정한 개방도로서 개방의 대소사에 참여하게 될 것이다."

"예, 그럼 반년 후에 뵙겠습니다."

채평안이 떠나자 장소산도 여삼통과 장사의 개방 제자들에게 작별을 고하고 장사를 떠났다.

길을 서둘러 보름 만에 여남에 도착한 장소산은 여남 분타를 찾아갔다. 채평안이 써준 소개장을 보이고 추월락의 행방을 물으니 여남 분타주는 추월락의 이름을 듣는 것만으로도 기겁하며 손사래를 쳤다.

"그 인간은 한 달 전에 떠났네. 동쪽으로 갔을 거야."

장소산이 보니 여남 분타 거지들의 얼굴이 핼쑥한 것이 영 상태가 안 좋아 보였다. 분위기를 보아하니 추월락에게 뭔가 당한 모양이었다.

'대체 무슨 짓을 당했기에……?'

의문이 든 장소산은 참지 못하고 물어보았다.

"추 장로님이 무슨 짓을 했습니까?"

"말도 말게. 그 인간이 우리 먹을 것을 다 뺏어 먹었네!"

여남 분타주의 말에 장소산은 자신도 모르게 웃음이 터졌다.

"명색이 장로님인데 먹을 것 정도는 대접해 드려야지요."

"그 인간이 좀 많이 먹어야지! 우리가 구걸한 것 절반을 혼자서 다 처먹으니 그 인간이 한 달만 더 여기 있었다면 우리가 몽땅 굶어 죽을 뻔했어."

장소산은 왠지 추월락을 찾아내도 별로 좋은 꼴을 보지 못할 것 같은 기분이 들었다. 하지만 무공총람 심공편이 절실한 입장이라 여남 분타 개방도들에게 인사를 하고 동쪽으로 향했다.

그런데 동쪽으로 가며 지나치는 마을의 분타를 찾아가 보면, 분타의 거지들이 하나같이 핼쑥하니 상태가 안 좋았다. 물어보면 나오는 대답은 전부 똑같았다. 추월락이 먹을 것을 다 뺏어 먹었다는 것이다.

'꼭 메뚜기 떼가 훑고 지나간 것 같군.'

당한 거지들이 안됐긴 했지만 덕분에 종적을 놓칠 걱정은 없었다. 장소산은 계속해서 뒤를 쫓아 마침내 합비에서 추월락을 찾아낼 수 있었다.

"밥 가져와!"

거지들의 움막 안에서 걸걸한 외침이 들려오고, 주변의 거지들이 오만상을 찌푸리고 있었다. 장소산이 움막 안으로 들어가니 추월락이 드러누워 배를 득득 긁고 있다가 물었다.

"밥 가져왔냐?"

장소산은 먼저 절부터 올렸다.

"안녕하십니까. 전 채평안 장로님의 제자인 장소산이라고 합니다."

"네가 누구든 중요한 것이 아니다. 밥을 가져왔느냐, 안 가져왔느냐가 중요하지."

"밥은 나중에 드시고 제 이야기를 들어주십시오. 밥보다 중요한 이야기입니다."

추월락은 화를 버럭 냈다.

"아니, 세상에 밥보다 중요한 것이 어디 있단 말이냐! 밥을 안 먹고 어찌 사람이 살 수 있나. 세상 사람들이 다 밥을 안 먹으면 모조리 굶어죽어 인류가 멸망해 버릴 것이 아니냐. 네가 하고자 하는 이야기가 인류가 멸망하느냐 마느냐보다 더 중요하단 말이냐? 어디, 들어보고 아니기만 해봐라, 그냥 콱!"

"…밥 가져오겠습니다."

밥을 안 가져오면 전혀 이야기를 들어줄 것 같지 않아 장소산은 할 수 없이 움막을 나왔다. 주변 거지들에게 물어보니 먹을 것이 전혀 없다고 해서, 장소산은 식당으로 가서 전에 설죽산장에서 하인 일을 하면서 번 돈으로 음식을 사가지고 돌아왔다.

"밥을 가져왔습니다."

"진작 그럴 것이지."

추월락은 벌떡 일어나 음식을 입속에 쑤셔 넣었다. 옆에서 기다리고 있던 장소산은 식사가 끝나자마자 입을 열었다.

"식사도 끝나셨으니 제 이야기를……."

"부족해."

"예?"

“이 정도 가지고는 간에 기별도 안 간다. 더 가져와라.”

“…예.”

장소산은 다섯 번을 식당과 움막을 오가며 음식을 사 날랐고, 그제야 추월락은 배를 두드리고 만족했다.

“꺼억! 배부르다.”

속으로 안도하며 장소산은 입을 열었다.

“그럼 제 이야기를…….”

그러나 추월락은 그대로 돌아누워 버렸다.

“나 잘 테니 귀찮게 하지 마.”

장소산은 기가 막혔다.

“제 이야기부터 들어주고 주무십시오!”

“사람은 잠을 안 자면 살 수가 없는 법이다.”

“지금은 낮인데요?”

그러나 추월락은 대답없이 그대로 곯아떨어졌다. 장소산은 한숨을 내쉬고는 추월락의 코 고는 소리를 참고 그가 일어나기를 두 시진 동안 기다렸다.

“아함, 잘 잤다.”

드디어 추월락이 일어났다. 장소산은 기뻐하며 재빨리 말했다.

“제 이야기를 들어…….”

“밥 줘.”

“예?”

“밥 달라고.”

장소산은 뭐 이런 인간이 다 있냐는 생각이 들었다.

“밥은 아까 전에 실컷 먹었잖아요!”

추월락은 무슨 소리냐며 반문했다.

"언젯적 이야기를 하는 거냐? 이미 소화 다 된 지가 오랜데."

장소산은 추월락이 거쳐 간 분타의 거지들이 왜 그런 모습일 수밖에 없는지 절실히 느낄 수 있었다.

'완전 아귀가 따로 없군.'

그는 이번에도 추월락이 원하는 대로 먹을 것을 주면 실컷 먹고 자고 일어나 또 먹을 것을 요구할 것이라는 것을 알았다. 그런 식으로 가게 되면 언제 이야기를 꺼내보기나 할지 알 수가 없다.

'아무리 상대가 장로라도 더 이상 예의를 차릴 수는 없다.'

속으로 결심한 장소산은 강하게 나갔다.

"제 이야기를 들어주십시오. 그러기 전에는 먹을 것을 안 드리겠습니다."

추월락이 장소산의 얼굴을 보니 단단히 결심한 모양이라 할 수 없이 고개를 끄덕였다.

"좋아, 어디 해봐라."

"예."

장소산은 자신이 무공총람 내공편의 내공을 잘못 익혀 언제 주화입마가 될지 알 수 없는 상태가 되었고, 이 문제를 해결하기 위해서는 무공총람 심공편이 필요하다는 사실을 간단히 설명하고는 말했다.

"제가 듣기로 추 장로님께서 무공총람 심공편을 가지고 계시다고 들었습니다. 후배를 위해 심공편을 빌려주시면 감사하겠습니다."

추월락은 고개를 끄덕였다.

"음, 그래서 날 찾아온 것이로군."

"예."

"밥 가져와."

"…예?"

"밥 가져오라고."

장소산은 이해가 되지 않았다.

"이 문제를 두고 이야기하는데 왜 밥이 나오는 겁니까?"

"네가 이야기 다 들어주면 밥 준다고 그랬잖아. 다 들었으니까 밥 가져와야지."

장소산은 화가 머리끝까지 치밀어 오르는 것을 간신히 참고 입을 열었다.

"제 부탁을 들으셨으면 대답이 있어야 할 것 아닙니까."

"그 대답은 밥 다 먹고 생각해 보기로 하지."

추월락은 다시 한차례 실컷 먹고 한숨 잔 다음에야 장소산과 다시 대화할 마음이 생겼다. 그것도 장소산이 먹을 것을 안 주겠다는 협박성 발언 덕분이었다.

"그러니까 무공총람 심공편을 달라 이거지?"

"예, 빌려주시는 것도 괜찮습니다."

"공짜로?"

"예?"

추월락은 놀라는 장소산을 보며 물었다.

"너, 공짜로 무공 비급을 달라는 것이 뻔뻔스럽다는 생각 안 드냐?"

장소산은 황당해하며 반문했다.

"지금까지 제가 가져온 것을 잘만 드시고 그게 무슨 소립니까?"

"그건 그거고 이건 이거지."

그럼 지금까지 처먹은 것 다 토해내라고 말하고 싶은 것을 참고 장소산은 인정에 호소했다.

"전 개방의 제자입니다. 추 장로님의 후배가 되지요. 후배를 구하기 위해 책을 좀 보여주시는 것도 안 되겠습니까? 제가 안 되면 제 사부님을 봐서라도 도와주십시오. 좀 본다고 닳는 것도 아니지 않습니까."

그러자 추월락은 말했다.

"네가 시키는 대로 잘하면 봐서 주마."

"아니, 같은 개방의 제자가 목숨이 경각에 달려 있다고까지 하며 부탁하는데 장로씩이나 되시는 분이 치사하게 그러깁니까?"

"이 책은 나도 고생해서 얻은 거야. 공짜로 그냥 달라는 너야말로 잘못 아니냐?"

"그러니까 빌려주기만 해달라고 했잖습니까."

"그럼 대여료를 받아야지."

하는 짓을 보니 그냥은 절대 안 보여줄 생각인 모양이었다. 장소산은 화가 나서 따졌다.

"원래 우리 거지들이 남에게 구걸을 할 때 공짜로 달라고 하지, 돈 내고 달라고 합니까? 그냥 달라는 것은 거지로서 당연한 겁니다!"

"…그건 그러네."

잠시 설득당할 뻔했던 추월락은 급히 마음을 다졌다.

"아무튼지 간에 절대 그냥은 못 줘. 네가 날 웃어른으로 잘 모시면 봐서 주도록 하지."

장소산은 얼굴이 사정없이 구겨졌다.

"잘 모시면 봐서 준다니, 너무 애매한 것 아닙니까? 조건이 정확히 뭡니까?"

"그야 당연히 내 맘이지."

추월락은 히죽거렸다. 장소산은 자신을 삼 년간이나 가둔 최진방, 임한정보다 눈앞의 이 인간이 더 미워졌다.

2

"자, 그럼 우선 오랜만에 술집에서 술이나 좀 마셔볼까?"
기지개를 켜며 추월락이 일어났다. 장소산은 떨떠름한 표정으로 물었다.
"돈은 제가 내는 것이겠지요?"
"하하, 당연한 것 묻지 마라."
추월락은 웃음을 터뜨리며 움막을 나서고, 장소산은 우거지상이 되어 뒤를 따랐다. 밖에 있던 거지들은 추월락과 장소산이 나가는 것을 보자 기뻐하며 손을 흔들었다. 그들의 마음속에는 모두 같은 말을 외치고 있었다.
'다신 오지 마라!'
거지들의 저주가 담긴 인사를 받으며 추월락은 분타를 떠나 가까운 술집으로 들어갔다. 해가 진 무렵이라 아직 술집 안에 손님은 적었다. 빈자리를 하나 차지한 추월락은 식탁을 탕탕 치며 소리쳤다.
"여기 술과 안주 가져와!"
장소산 역시 그의 앞에 앉았다. 점원이 와서 미심쩍은 눈초리로 추월락을 훑어보았다. 늙은 거지가 돈을 낼 수 있는지 의심스러웠기 때문이다.
"돈은 있으십니까?"
추월락은 장소산은 가리켰다.

"이 녀석이 낼 거야."

점원이 보니 역시나 거지다. 다시 돈 있냐고 물으려는데, 장소산이 먼저 품에서 약간의 은자를 꺼내 내밀었다.

"이 돈으로 가져올 수 있을 만큼 가져오시오."

그리고는 재빨리 점원의 귀에다 속삭였다.

"싸고 양 많은 것으로."

"예, 알겠습니다."

점원은 대답하고 잠시 후 야채볶음과 탁주를 내왔다. 추월락은 술을 열 병이 넘게 비우고는 소리쳤다.

"술 더 가져와!"

"내신 돈으로는 이게 끝인데요."

장소산은 할 수 없이 돈을 더 냈다. 오늘 하루 추월락에게 먹이는 것으로 설죽산장에서 하인 일을 하며 번 돈의 절반이 나가 버리고 말았다.

다시 열 병의 술을 모조리 비운 추월락은 얼굴이 새빨개져서는 고래고래 소리 질렀다.

"으하하하하, 내가 누군지 알아? 아냐고?!"

전혀 알고 싶은 마음이 없는 술집에 있던 손님들이 눈살을 찌푸리고 쳐다보았다. 장소산은 몸둘 바를 몰라 하며 추월락에게 말했다.

"실컷 드셨으니 이제 그만 갑시다."

"아직 멀었어!"

그때 한 손님이 참지 못하고 소리쳤다.

"술집 혼자 전세 냈어? 좀 조용히 마시지."

장소산이 일어나 사과했다.

“죄송합니다.”

그 손님은 고개를 돌리며 중얼거렸다.

“흥, 거지 주제에 술을 사 마시다니. 팔자 한번 좋군.”

장소산은 기분이 나쁘긴 했지만 먼저 문제를 일으킨 것은 이쪽이니 참고 추월락을 끌고 나가려 했다. 그런데 추월락이 그의 어깨를 툭툭 치더니 귓가에 속삭였다.

“가서 저 자식 귀싸대기를 한 대 때리고 와라.”

“예?”

장소산은 어이가 없었다.

“아니, 왜 그런 짓을 해야 합니까?”

추월락은 히히 웃고는 대답했다.

“때려주고 싶어서.”

“전 때리고 싶지 않은데요.”

“왜, 무섭냐?”

장소산은 그 손님을 돌아보았다. 덩치도 있고 등에는 도를 메고 있다. 옷에는 커다랗게 ‘은랑(銀狼)’이라는 글자가 써 있고, 식탁에 같은 복장의 사람들이 네 명 더 있는 것으로 보아 근처의 무림방파에 속한 인물 같았다.

“저런 사람과 시비가 붙어봐야 좋을 것 없습니다.”

“무섭다는 이야기로구나.”

“무서운 것이 아닙니다. 쓸데없이 귀찮은 문제를 일으키고 싶지 않은 것뿐입니다.”

추월락은 히죽거리며 물었다.

“무공총람 가지고 싶지 않아?”

“그야 당연히 가지고 싶지요.”

“그러니까 가서 한 대 때리고 와.”

“…….”

장소산은 잠시 생각하다 물었다.

“저 사람 한 대 때리고 오면 무공총람 주실 겁니까?”

“생각해 보지.”

“생각해 보는 것으로는 안 합니다.”

“그럼 우리 이 자리에서 헤어져서 다신 보지 말자.”

비겁하게 사람의 약점을 잡아 흔들다니! 장소산은 저 손님보다 추월락을 때리고 싶어졌다. 그는 치밀어 오르는 화를 꾹 참고는 입을 열었다.

“좋습니다. 때리고 오지요.”

그 손님은 술을 마시고 있다가 장소산이 다가오자 어리둥절해서 쳐다보았다.

“뭐냐?”

“실례하겠습니다.”

“응?”

순간 장소산의 세찬 손바닥이 그의 얼굴을 강타했다. 볼에 붉은 손자국이 생긴 그 손님은 갑작스런 사태에 상황 판단이 안 되어 멍청한 표정이 되어버렸다.

“실례했습니다.”

정중하게 인사하고 장소산은 몸을 돌렸다. 보니 원흉인 추월락은 그새 도망치고 없었다. 그의 등 뒤에서 분노한 외침 소리가 들려왔다.

“야, 이 새끼야!”

장소산은 즉시 바닥을 박차고 술집 밖으로 도망쳐 나갔다. 손님 일행이 쫓아 나왔지만 이미 그의 모습은 사라지고 없었다.

"에휴~"

술집이 가물가물하게 보이는 곳까지 도망친 장소산은 한숨을 내쉬었다. 어느새 그의 옆에 나타난 추월락은 실실거리며 웃었다.

"어때, 꽤 재미있지?"

"아뇨."

퉁명스럽게 대꾸한 장소산은 물었다.

"대체 책은 언제 줄 겁니까?"

"줄 거야, 봐서."

"그런데 책이 있긴 있는 거지요?"

"물론이지. 보여줄까?"

추월락은 품에 손을 넣더니 책을 반쯤 꺼냈다. 장소산이 눈을 빛내고 보려 하자 재빨리 다시 품속에 넣은 그는 몸을 돌렸다.

"자, 그러면 해장술을 먹으러 가볼까?"

장소산은 추월락의 뒤를 따라 걸었다. 막 골목길로 접어드는데 그의 눈에 바닥에 떨어진 굵은 나무 막대기 하나가 보였다.

"……."

장소산은 슬그머니 나무 막대기를 주워서는 주위에 아무도 없는 것을 확인했다. 그리고는 추월락의 바로 뒤까지 다가가서는 갑자기 소리쳤다.

"앗, 누구냐?!"

"엉?"

추월락이 어리둥절해하는 순간, 장소산은 들고 있던 나무 막대기로 사정없이 추월락에 뒤통수를 후려갈겼다. 만취 상태였던 추월락은 갑작스런 기습 공격을 피하지 못하고 그대로 기절해서 쓰러졌다.

"실례했습니다."

장소산은 쓰러진 추월락에게 고개를 숙여 사과하고는 그의 품을 뒤지기 시작했다.

"그러니까 좋게 말할 때 주셨으면 좋았지 않습니까. 사람을 노예처럼 부려먹고 괴롭히니 저도 어쩔 수 없었습니다."

사실 소매치기 솜씨로 슬쩍한다는 방법도 있었는데 군이 뒤통수를 후려갈긴 것은 다분히 감정이 실려 있었기 때문이지만 본인은 애써 내심을 부정했다.

손끝에 책이 만져졌다. 장소산은 속으로 환호성을 지르며 책을 꺼냈다. 그러나 달빛에 의지해 책을 펴본 그는 기가 막히고 말았다. 책은 무공총람이 아니라 춘화집이었던 것이다.

"뭐야, 이놈의 영감탱이 나잇값도 못하고 춘화나 보고!"

장소산은 욕을 하며 추월락의 품을 다시 뒤졌다. 그러나 옷 속의 모든 물건을 꺼내보았지만 책이라고는 처음 찾아낸 춘화집 외에는 보이지 않았다.

"속았다!"

추월락이 무공총람이라고 슬쩍 보여준 것은 춘화집이었다. 그의 품속에는 무공총람이 없었던 것이다.

'책이 없으면서 있는 척 속인 건가? 아니, 분명 사부님은 추 장로가 무공총람 심공편을 가지고 있는 것을 보았다고 했다. 그럼 그사이 남에게 주거나 다른 곳에 숨겨둔 것일까?'

장소산은 긴 한숨을 내쉬었다. 추월락의 품속에 책이 있는 줄 알고 강경한 수단까지 썼는데 허탕을 치다니!

그는 추월락에게서 심공편을 찾아내 그대로 줄행랑을 칠 생각이었다. 그리고 나중에 추월락이 따지고 들면 난 모르는 일이라고 오리발을 내밀 셈이었다. 워낙 인심을 못 산 추월락인지라 둘의 주장이 대립해도 그를 편들어줄 사람은 없을 것이라는 계산을 깔아둔 계획이었다.

그런데 추월락에게는 심공편이 없었다. 게다가 이대로 추월락을 놓고 도망가 버리면 심공편을 찾을 단서조차 잃게 되는 것이다. 어떻게든 추월락을 구슬려 심공편이 어디로 갔는지 알아내야 한다.

'할 수 없군. 이렇게 되면 비상수단이다!'

3

추월락은 머리가 지끈거리는 것을 느끼며 정신이 들었다. 이상하게도 머리가 깨질 듯이 아팠다.

"어이구, 머리야."

"정신이 드셨습니까?"

장소산이 물어왔다. 추월락이 상황을 보니 장소산이 그를 업고 숲속을 달리고 있었다.

"어떻게 된 거냐?"

"잠시 쉬다 가지요."

장소산이 말하며 추월락을 나무 밑에 내려놓았다. 추월락은 그제야 장소산의 얼굴을 보았는데 여기저기 긁히고 피곤에 지친 표정이었다.

"무슨 일이 있었던 거냐?"

"장로님께서는 기습을 받아 바로 기절하시는 바람에 기억을 못하시나 보군요. 갑자기 정체불명의 복면인이 습격을 해왔습니다.”

장소산은 의문의 적이 갑자기 공격하여 추월락을 기절시켰고, 자신이 급히 적을 막고 추월락을 업어 도망쳐 왔다고 설명했다.

“그랬냐?”

“예, 정말 죽을 뻔했습니다.”

추월락은 생각해 보았다. 그의 기억은 갑자기 장소산이 누구냐고 소리치고 그와 동시에 머리에 충격을 받는 곳까지였다.

“그런 일이 있었구나. 난 또 네가 내 뒤통수를 후려친 줄 알았지.”

“그럴 리가요. 제가 어찌 감히 그럴 수 있겠습니까.”

추월락이 의심스런 눈초리로 훑어보았지만, 장소산은 ‘전 목숨을 걸고 장로님을 구했습니다. 그러니까 칭찬해 주십시오’란 뜻을 담아 마주 보아주었다. 추월락은 빈틈을 찾지 못하고 생각을 돌렸다.

“그나저나 날 습격하다니 대체 누구일까?”

“혹시 누군가의 원한을 산 적이 있습니까?”

“그럴 리가 없지. 난 지금까지 살면서 원한을 산 적이 단 한 번도 없다.”

말도 안 되는 소리 하지 말라며 속으로 욕하면서도 장소산은 짐짓 생각하는 척하다가 입을 열었다.

“그렇다면 다른 뭔가를 노리고 한 짓 같군요. 혹시 장로님이 가진 무공총람을 노리고 있는 것이 아닐까요?”

“말도 안 돼. 무공총람은 내가…….”

뭔가를 말하려던 추월락은 급히 입을 막았다. 장소산은 눈을 빛내며 물었다.

“내가 뭘 어쨌다는 겁니까?”

“아무것도 아니다.”

추월락은 일어나 얼른 말을 돌렸다.

“그나저나 복면인이라는 녀석은 지금 어디쯤 있지? 혹시 근처까지 쫓아온 것은 아니겠지?”

장소산으로서는 있지도 않은 복면인 따위보다 무공총람의 행방이 중요했다.

“숲 속으로 숨어들었으니 당분간은 괜찮을 겁니다. 그보다 무공총람이 어떻게 되었습니까? 혹시 팔아버렸다거나 한 것은 아니겠지요?”

“안 팔았어.”

“그럼 어쨌습니까?”

“지금은 이럴 때가 아니지 않냐. 도망가야 하는 것 아니야?”

“장로님이야말로 제 질문에서 도망치지 마십시오.”

그때였다. 갑자기 위의 나뭇가지들이 흔들리며 나뭇잎들이 서로 스치는 소리가 났다. 추월락은 놀라는 척하며 위를 가리키며 소리쳤다.

“복면인이다!”

그런데 정말로 나무 위에서 사람 하나가 검을 세우고 뛰어내리며 추월락을 찌르려 드는 것이 아닌가!

“엄마야!”

추월락은 화들짝 놀라며 재빨리 뒤로 물러나 피했다. 장소산 역시 놀라긴 마찬가지라 눈이 휘둥그레졌다. 설마 자신이 지어낸 거짓말이 진실이 될 줄은 그도 예상하지 못한 일이었다.

‘이게 뭔 일이야?!’

나타난 사람은 온통 검은색의 옷을 입은 남자였는데, 복면이 아닌 가면을 쓰고 있었다. 추월락이 그걸 보고 소리쳤다.

"복면이라며?!"

장소산은 엉겁결에 대답했다.

"바꿔 썼나 보죠."

그사이 가면을 쓴 남자는 검을 세 번 휘둘렀다. 세 줄기의 검광이 추월락을 향해 뻗어갔다.

"우왁! 우왁! 우왁!"

추월락은 세 번 비명을 지르며 세 번 뒤로 물러나 검을 피했다. 보고 있던 장소산은 가면 쓴 남자의 무공에 놀랐다.

'검기다!'

가면 쓴 남자는 집요하게 추월락을 공격해 갔다. 추월락은 어쩔 줄 몰라 하면서도 이리저리 잘도 피했다. 가면 쓴 남자의 검술도 대단했지만, 추월락의 피하는 솜씨 역시 놀라워 장소산은 잠시 멍하니 그 모습을 바라보았다.

"야, 이 자식아, 구경만 하지 말고 도와줘!"

추월락의 외침에 정신을 차린 장소산은 가면 쓴 남자를 뒤에서 공격해 갔다. 그런데 가면 쓴 남자는 뒤에 눈이라도 달렸는지 곧바로 검의 방향을 뒤로 돌리는 것이 아닌가! 장소산은 깜짝 놀라 몸을 뒤로 젖혔다. 검끝이 가슴 앞을 아슬아슬하게 스쳐 지나가며 상의가 둘로 잘려 나갔다.

'죽을 뻔했다!'

등에 식은땀이 흐르는 것을 느끼며 장소산은 몸을 굴러 검의 영향권에서 벗어났다. 가면 쓴 남자는 장소산에게는 관심이 없는지 다시 추월락을 향해 검을 돌렸다. 하지만 덕분에 한숨 돌린 추월락이 몽둥이를 꺼내 내려쳤다.

"이놈의 자식아!"

그러나 가면 쓴 남자가 검을 휘두르자 몽둥이 끝이 싹둑 잘려 나갔다. 검기가 실린 예리한 검 앞에 평범한 나무 몽둥이는 두부나 다름이 없었던 것이다.

"엄마야!"

놀란 추월락이 펄쩍 뛰어 물러났다. 가면 쓴 남자는 폭풍 같은 기세로 검을 뿌려댔다. 추월락은 나무들 사이를 오가며 도망쳤다.

"추월락 살려라!"

장소산은 돕고 싶었지만 쉽사리 나설 수가 없었다. 단 한 번 검을 상대해 봤을 뿐이지만 상대의 무공이 너무 높아 자신의 실력으로는 상대가 안 된다는 것을 깨달았기 때문이다. 지금 싸우고 있는 것이 추월락이라서 버티고 있는 것이지, 자신이라면 이미 검끝에 고혼이 되었을 것이다.

사실 추월락과 가면 쓴 남자의 무공은 그다지 차이가 없었다. 그런데도 이렇게 일방적으로 밀리는 것은 추월락에게는 이렇다 할 무기가 없고, 검의 위력이 너무 무서워 감히 맞상대할 엄두를 내지 못하고 있기 때문이었다.

그렇다고 가면 쓴 남자 쪽의 상황이 좋다고도 할 수 없었다. 벌써 백여 초 가까이 공격했는데 추월락에게 상처 하나 입히지 못하고 있었다. 추월락은 도망치는 재주 하나만큼은 그야말로 입신지경에 이르러, 주변의 지형 지물을 이용해 요리조리 잘도 피하면서 소리까지 꽥꽥 지르고 있었다.

"아이고, 나 죽네! 장가 녀석아, 보고만 있을 거냐! 무공총람 필요없어? 너 사부한테 이른다!"

그때 장소산은 바닥을 살펴 돌멩이를 줍고 있었다. 십여 개의 돌멩이를 주운 장소산은 힘껏 가면 쓴 남자에게 던졌다.

획! 획! 획!

장소산의 경우 내공 하나만은 대단히 높은 경지에 이르러 있었다. 비록 제대로 쓰지는 못하지만 최대한 내공을 실어 돌멩이를 던지니 그 위력이 대단했다. 돌멩이가 날아들며 공기를 가르는 파공성이 심상치 않자 가면 쓴 남자는 할 수 없이 검을 휘둘러 날아드는 돌멩이들을 쳐냈다.

그사이 추월락이 덤벼들었다. 가면 쓴 남자는 검을 휘둘렀다. 재빨리 바닥에 엎드리며 검을 피한 추월락은 바닥의 흙을 한 움큼 쥐어서는 일어나며 가면 쓴 남자의 얼굴에다 획 뿌렸다.

"먹어라, 이 자식아!"

추월락이 젊은 시절 위험할 때 곧잘 써먹던 치사한 수법 중 하나였다. 그러나 그는 상대가 가면을 쓰고 있다는 점을 생각하지 못했다. 뿌린 흙은 가면에 막혀 효과를 상실해 버렸다.

"얼레?"

비장의 수법이 실패하고 말자 추월락은 당황했다. 가면 쓴 남자는 추월락의 비겁한 행동에 분노했는지 더욱 세차게 그를 공격해 갔다. 추월락이 당황해 다시 도망치려 하는데…….

딱!

그 순간 장소산이 던진 돌멩이가 가면을 정통으로 맞혔다. 추월락을 상대하다가 그만 장소산 쪽에 소홀해진 탓이었다. 단단한 가면에 맞았기에 충격은 별로 없었지만 그 바람에 가면이 벗겨지며 바닥에 떨어졌다.

“……!”

가면 쓴, 아니, 가면 썼던 남자는 당황하여 급히 왼손으로 얼굴을 가리며 오른손으로 마구 검을 휘둘러 접근을 차단했다.

이 기회를 놓칠 추월락이 아니었다. 좋아하며 그동안 당한 것을 분풀이하듯 공격을 시작했다. 마구잡이로 휘두르는 검을 여유있게 피한 추월락은 상대의 가슴에 발길질을 날렸다.

“커억!”

상대가 비명을 토하며 뒷걸음질치자 더욱 신이 난 추월락이 달려들었다. 그런데 그때 한 손으로는 안 된다는 것을 깨달았는지 가면 썼던 남자가 얼굴을 가린 왼손을 내려 양손으로 검을 잡았다. 깜짝 놀란 추월락은 뒤로 몸을 뒤집었다.

획!

검끝이 추월락의 가슴을 갈랐다. 그러나 추월락 역시 당하고 있지만은 않았다. 그 순간 왼손에 쥐고 있던 흙을 가면 썼던 남자의 얼굴에다 뿌렸다. 추월락은 바닥의 흙을 쥘 때 양손에 모두 흙을 쥐었다가 오른손에 쥔 흙을 뿌리고 왼손의 것이 아직 남아 있었던 것이다.

“윽!”

흙이 눈에 들어가자 가면 썼던 남자는 당황했다. 추월락 역시 가슴에서 피가 나오자 기겁을 했다.

“아니고, 나 죽네!”

상황이 안 좋다고 생각했는지 가면 썼던 남자는 추월락을 놔두고 바닥에 떨어진 가면을 주워서는 도망쳤다. 상황을 보고 있던 장소산이 쓰러진 추월락에게 급히 달려갔다.

“괜칞으세요?”

"야, 이 자식아! 너라면 괜찮겠냐? 가슴이 갈라지고 피가 뿜어져 나왔단 말이다!"

고래고래 소리 지르는 것을 보니 괜찮고도 남음이 있었다. 가슴의 상처를 살핀 장소산은 피식 웃어버렸다.

"그냥 피부가 조금 베인 정도네요. 금창약 좀 바르면 금방 나아요."

"이놈의 자식이! 네가 이렇게 다쳤으면 웃음이 나오겠냐? 어서 의원을 불러!"

추월락의 엄살에 장소산은 퉁명스럽게 대꾸했다.

"그럴 시간 어디 있어요, 언제 그자가 다시 올지도 모르는데."

듣고 보니 확실히 상처 하나 가지고 신경 쓰고 있을 상황이 아니었다. 추월락은 걱정이 되어 물었다.

"어떡하지?"

4

일단 추월락과 장소산은 다시 습격당할 것에 대비해 이동했다. 장소산은 경공을 펼쳐 달려가면서 중간중간에 추격을 방해하는 가짜 흔적을 남겼다. 또한 속으로는 습격해 온 가면 쓴 남자에 대해 생각해 보았다.

'가면이 벗겨지자 상대는 당황해 어쩔 줄 몰라 하며 싸우는 중에도 어떻게든 얼굴을 가리려고 했다. 자신의 정체를 이쪽이 알게 될까 두려워했던 것이 틀림없다.'

장소산은 가면이 벗겨져 드러났을 때의 얼굴을 떠올리며 생각해 보았지만 누군지 생각나지 않아 추월락에게 물었다.

“아까 그자의 얼굴을 보고 누군지 생각나지 않았어요?”

“몰라, 제대로 못 봤어.”

장소산은 강호 경험이 적어 강호의 고수들 중에 얼굴을 아는 사람이 거의 없다시피 했다. 상대가 얼굴을 보이려 하지 않은 상대는 분명 추월락일 것이라고 장소산은 생각했다.

“그러지 말고 잘 한 번 생각해 보시죠. 그자 정도의 무공을 가진 사람 중에 장로님이 아는 얼굴을 따져 보면 그렇게 많지 않을 것 같은데요.”

“못 봤다니까 그러네. 싸우느라 정신없는데 얼굴 볼 시간이 어디 있냐.”

별수없이 가면 쓴 남자의 정체를 생각하는 것을 다음으로 미루기로 한 장소산은 주변을 살폈다. 둘은 숲을 벗어나 오솔길에 이르러 있었다.

‘이곳이라면 그자가 올 때 바로 발견할 수 있겠군.’

장소산을 추월락을 불러 세웠다.

“멈춰보세요.”

“아니, 왜? 그놈한테서 빨리 도망쳐야지.”

“언제까지 도망칠 수는 없지 않습니까. 차라리 여기에 함정을 파서 놈을 쓰러뜨리지요.”

추월락은 솔깃하여 물었다.

“좋은 방법이 있냐?”

장소산은 대답하지 않고 잠시 생각하다 결심하고 말했다.

“방법은 있습니다. 단, 조건이 하나 있습니다.”

“조건? 무슨 조건?”

"무공총람 심공편을 주세요."

추월락은 당황한 표정을 짓다가 장소산의 시선을 피했다.

"물론 줘야지. 단, 지금은 가지고 있지 않으니 나중에 주마."

"분명 가지고 있다고 슬쩍 보여주시지 않았습니까."

"아, 그건… 그게 말이지."

장소산은 기회를 놓치지 않고 끈질기게 파고들었다.

"사실 가지고 있지도 않으면서 있다고 거짓말해서 절 부려먹으려 한 것 아닙니까?"

"무슨 말도 안 되는 소리! 넌 장로인 날 믿지 못하겠단 말이냐?"

"당연히 못 믿죠."

추월락은 갑자기 울먹거렸다.

"크윽! 네가 날 그렇게 생각하고 있을 줄은 정말 몰랐다. 나 정말 마음이 아프구나."

그러나 거짓 울음 따위 장소산에게 먹히지 않았다.

"좋습니다. 정 사실대로 말해주지 않겠다면 우리 이대로 헤어지기로 하지요. 그 가면 쓴 자는 장로님을 노리고 있으니 어디 둘이서 잘해보시지요."

장소산은 냉정하게 말을 내뱉고는 몸을 돌렸다. 이렇게 되니 전과는 상황이 뒤바뀌어 이제는 추월락이 부탁해야 하는 상황이 되어버렸다.

"가지 마! 사실대로 말할게."

추월락이 매달리자 장소산은 속으로 고소해하면서도 겉으로는 냉정한 표정을 내며 물었다.

"무공총람 심공편은 어디 있지요?"

"그게 그러니까……."

잠시 머뭇거리던 추월락은 간신히 진실을 밝혔다.

"도박으로 잃었어."

"아니, 뭐라고요?!"

기가 막혀 하는 장소산에게 추월락은 사정을 설명했다.

"그러니까 그게… 내가 두 달쯤 전에 주청백이라는 녀석의 칠순 잔치에 갔다가 값비싼 백옥 팔찌를 얻었거든."

그 일이야 당시 그 장소에 장소산이 있었으니 잘 알고 있었다.

"그래서요?"

"그 백옥 팔찌를 파니까 은 이백 냥이라는 거금이 생기지 뭐야. 그 돈으로 값비싼 주루에 가서 신나게 먹고 마시고 놀았는데, 하필이면 그 주루가 도박장도 겸하는 곳이었지 뭐야."

"그래서요?"

"어쩌다 보니 술김에 도박을 하게 되었는데, 아, 글쎄, 첫 끗발이 개끗발이라고 처음에 잘 나가다가 중간부터 자꾸 져서 가진 돈을 모조리 잃어버리고 말았지 뭐야. 아, 그때 그냥 포기하고 갈걸, 열이 받아 계속하자고 했지. 그런데 돈이 없잖아. 상대가 돈 대신 가치있는 물건도 받는다고 하기에 찾아보니 내 몸에 돈 될 만한 것이라고는 이번에 열 냥 주고 산 춘화집과 무공총람 심공편, 딱 이 두 권의 책뿐인 거야."

장소산의 얼굴이 점점 일그러져지기 시작했다.

"그래서요?"

"난 고민했지. 춘화집을 낼까, 무공총람을 낼까. 아, 물론 돈만 있으면 나중에 다시 살 수 있는 춘화집보다야 무공총람이 더 중요하다는 것은 잘 알지. 하지만 말이야, 그 춘화집은 내가 아직 제대로 읽어보지도 않은 것이었거든. 게다가 내 나이 이제 여두이 다 되어가는데 언제 다시 열 냥이 생겨 책을 사 보겠어. 반면 무공총람은 이미 사십 년간이나 가지고 다니던 것이었고 말이야. 난 문득 이런 생각이 들었지. ‘이 책이 나와 사십 년간이나 같이 있었으니 이제 슬슬 떠나보낼 때가 되지 않았을까’ 라고.”

장소산은 화가 치밀었다.

“그러니까 춘화집이 아까워 무공총람을 걸었다 이거군요.”

“결론만 내자면 그렇게 되지. 그렇게 해서 무공총람을 은 열 냥으로 쳐서 판을 벌였는데 결국 졌어.”

추월락의 이야기에 장소산은 기가 막혔다.

“어떻게 무인이 무공 비급보다 춘화집 따위를 더 중히 여길 수가 있는 겁니까?”

“그게 남자인 것이다. 너도 나이 좀 들면 이해할 수 있게 될 거다. 그리고 이미 본 책과 아직 못 본 책이 있을 때 본 책을 내놓는 것이 당연하다는 생각은 안 드냐? 또한 이 나이 되어 무공을 익혀봤자 어디다 쓰겠냐. 그저 하루하루 작은 즐거움을 찾는 것이 인생의 낙인 것이다.”

추월락의 구구절절한 변명에 장소산은 다시 의문을 느꼈다.

“그런데 무공총람이 고작 열 냥밖에 안 합니까?”

“그것도 많이 쳐서 받은 거야. 막 책을 얻었을 때 한 번 책방에 가서 팔면 얼마나 되겠냐고 하니까 열 푼 주겠다고 하더라. 넌 무공총람이 엄청 대단한 비급인 줄 아는 모양인데, 사실 그렇지가 않아.”

“아니, 왜요?”

“무공 비급이라는 것은 유명해지려면 그걸 익히고 절세고수가 나와야 하는 법인데 무공총람의 경우 그런 적이 없거든. 강한 무공이 없는 중소문파에서야 가치가 있겠지만, 자기들만의 절기가 있는 명문에서는 취급도 안 한다. 자기 문파 무공 익히기도 바쁜데 특별히 강해지지도 않는 무공 뭐 하러 따로 익히느냐 이거지."

장소산이 생각해 보니 그 이유를 알 것도 같았다.

'무공총람은 원래 모두 한꺼번에 익혀야 하는데, 오절신군 외에 그런 사람이 없어 가치가 알려지지 않은 모양이군. 오절신군 역시 강호에 나타나고 얼마 못 가 죽었으니 사람들은 그가 무공총람을 익힌 것을 모르고.'

추월락이 말을 이었다.

"뭐, 최근 최진방과 임한정이라는 녀석이 그걸 익히고 고수가 되었다는 소문이 있긴 하지만, 세상에 그 정도 고수야 널리고 널렸으니 신경 쓰는 사람은 별로 없지. 그러니까 너도 그냥 잊어버리는 것이 어때?"

장소산은 짜증을 냈다.

"전 심공편 못 얻으면 주화입마에 걸린다니까요."

"아, 그랬나?"

분명 이야기를 할 때 건성으로 들은 것이 틀림없다. 장소산은 긴 한숨을 내쉬었다.

"좋습니다. 이미 지나가 버린 일 어쩔 수 없지요. 하긴 꼭 책이 필요한 것은 아니지요. 장로님께서 책의 내용을 모두 알려주시기만 하면……."

"기억 안 나."

"네?"

"책 내용이 전혀 기억 안 난다고."

"……."

잠시 멍해져 있던 장소산은 정신을 차리고 버럭 소리 질렀다.

"사십 년 동안 가지고 있던 책의 내용을 어떻게 하나도 기억 못할 수가 있단 말입니까?"

"너도 내 나이 되어봐라. 어제 뭘 먹었는지도 가물가물하다. 게다가 사십 년을 가지고 있었다고 해도 실제로 읽어본 것은 몇 번 되지 않고 그것도 몇십 년 전 일이니… 에구에구, 깜깜하다, 깜깜해."

장소산은 속이 터져 미칠 것 같았다. 그런 그의 눈치를 슬슬 보며 추월락은 말했다.

"그래도 책을 가져간 도박 상대가 누군지는 확실히 기억한다. 현시광이라고 해서 향주에서 꽤 유명한 부자니까 찾는 것은 어렵지 않을 거다."

장소산은 속으로 조금 안도했다.

'그래도 책이 어디 있는지는 알았군.'

그는 당장이라도 책을 찾아 떠나고 싶었지만 이곳의 일이 남아 있었다. 마음 같아서야 추월락이 죽든 말든 상관하고 싶지 않았지만, 그래도 그가 몸담고 있는 개방의 대장로가 아닌가.

내버려 두고 혼자만 도망갈 수는 없는 노릇이었다. 장소산은 한숨을 내쉬며 옷자락을 조금 찢어 마치 달려다가 걸려 찢어진 것처럼 나뭇가지에 걸었다. 그리고 주가장의 사건에서 슬쩍했던 주아리의 독, 만년수면산을 조심스럽게 발랐다.

"뭐 하는 거냐?"

추월락이 보고 물었다. 아직 감정이 안 풀린 장소산은 투덜거리며 대답했다.

"그 가면 쓴 자가 우리를 추격하다 이것을 보면 확인해 볼 것 아닙니까. 그때 만지면 중독이 되게 하려고요."

독이란 말에 깜짝 놀란 추월락은 얼른 물러나고는 물었다.

"그런데 통할까?"

"이 독은 만지면 피부를 통해 흡수되어 중독됩니다. 상대의 무공이 엄청나니 죽이는 것은 기대하지 못하겠지만, 최소한 손이 마비되기는 할 것이니 검을 못 쓰게 할 수는 있을 겁니다. 정당하지 않은 방법이긴 하지만 목숨이 걸린 일이니 이것저것 따질 수는 없겠지요."

장소산의 말은 추월락의 마음에 쏙 들었다.

"그래, 맞는 말이다. 정정당당 따지다 죽으면 병신이지."

장소산은 왔던 길을 되돌아가 유인하기 위한 흔적을 만들었다. 그리고 둘은 두근거리는 가슴을 진정하며 바위 뒤에 숨어 가면 쓴 남자가 오기만을 기다렸다. 추월락은 좀처럼 그자가 나타나지 않자 조급해하며 연신 말했다.

"왜 안 와? 왜 안 오지?"

한참 후, 마침내 가면 쓴 남자가 나타났다. 그자는 주변을 두리번거리다 나뭇가지에 걸린 옷 조각을 발견하고는 다가갔다. 장소산은 주먹을 불끈 쥐었다.

'그래, 어서 집어봐라!'

그런데 가면 쓴 남자는 옷 조각을 손으로 집지 않고 검을 뽑아 검끝으로 드는 것이 아닌가? 장소산이 머리를 쓴다고 했지만 강호 경험이 많은 상대방 쪽의 조심성이 한 수 위였던 것이다.

'망했다!'

그 순간 가면 쓴 남자가 고개를 돌려 이쪽을 보더니 달려왔다. 계획이 실패하자 실망한 나머지 그만 인기척을 내고 만 것이다.

"아이쿠!"

추월락은 기겁을 하고 즉시 몸을 돌려 도망치려 했다. 그러나 가면 쓴 남자 쪽이 더 빨랐다. 검광이 순식간에 추월락의 사방을 포위했다. 순식간에 추월락은 위태로운 지경에 빠져 버렸고, 그 광경을 본 장소산은 깜짝 놀라 소리쳤다.

"조심해요. 검끝에 독이 묻었을지도 몰라요!"

그 말을 듣는 순간 추월락은 정신이 번쩍 들었다. 독을 바른 옷 조각을 검끝으로 들었으니 독이 검끝에 묻었을 것이다. 그렇다면 검끝에 스치기만 해도 죽는다는 소리가 아닌가!

"아이구야, 나 진짜 죽겠네!"

그런데 그 상황이 오히려 전화위복으로 변했다. 스치기만 해도 죽는다는 생각에 추월락의 집중력이 극도로 발휘되면서 평소 실력 이상을 내게 되었던 것이다. 추월락은 평소의 자신이라면 꿈도 못 꿔볼 정밀한 움직임으로 검을 피하며 빈틈을 노려 발로 가면 쓴 남자의 손을 차 버렸다.

"……!"

검이 허공으로 솟아올랐다. 놀란 가면 쓴 남자는 급히 검을 잡으려 했지만 추월락의 발차기가 이번에는 가면을 날려 버렸다. 그렇게 되자 숨긴 얼굴이 드러났고, 전과는 달리 추월락은 상대를 대번에 알아보았다.

"네놈은 겸정이 아니냐? 네놈이 감히 웃어른을 살해하려 하다니!"

장소산은 그 말에 담긴 의미를 알아차리고 놀라 소리쳤다.

"우리 개방의 제자?!"

5

날아올랐던 검은 빙글빙글 돌며 떨어져 땅바닥에 박혔다. 자신의 정체가 발각되자 잠시 어쩔 줄 몰라 했던 겸정은 포기한 듯 입을 열었다.

"추 장로."

추월락은 노해 소리쳤다.

"이 자식, 내가 널 얼마나 예뻐했는데 날 죽이려 들어?!"

겸정이 인상을 쓰며 반문했다.

"당신이 언제 날 예뻐했다는 거요?"

"전에 한 번 밥 사줬잖아!"

"돈은 내가 냈소!"

"무공 가르쳐 줬잖아!"

"달랑 초식 하나 가르쳐 주고 두고두고 뜯어먹었지!"

장소산이 들어보니 굳이 보지 않아도 추월락이 어떻게 겸정을 대했는지 감이 잡혔다. 그는 한숨을 내쉬고는 겸정에게 말했다.

"당한 심정은 이해가 가지만 아무리 그렇다고 죽이려 들 것까지는……."

"흥! 내가 그까짓 사소한 원한 때문에 이런 짓을 하는 줄 아느냐?"

"아니에요?"

겸정은 대답 대신 몸을 날려 검을 집어 들었다. 그는 흠칫 놀라 뒤로 물러서는 추월락을 향해 검을 겨누며 소리쳤다.

"당신은 우리에게 방해돼. 그러니까 죽어주어야겠어, 추월락!"

추월락 쪽에서도 열이 받았다.

"그래, 누가 죽나 어디 해보자, 이 자식아!"

둘은 다시 싸우기 시작했다. 아까전과는 달리 둘의 싸움은 살기가 넘쳐흘렀다. 주로 도망 다니는 것이 일이었던 추월락도 매서운 공격을 펼쳤고, 겸정 역시 전력을 다해 상대를 죽이려 들었다.

한편, 보고 있던 장소산은 어떻게 해야 할지 모르게 되었다. 양쪽 모두 그와 같은 개방의 사람들이지 않는가.

'누구 편을 들어야 하는 거야?'

그때 작은 신음 소리가 들려왔다. 추월락의 어깨에 검이 박힌 것이다. 추월락은 신음을 토하며 뒤로 물러났다.

"윽!"

검이 땅에 박히는 바람에 독이 닦여졌는지 중독되진 않았지만 왼팔을 쓸 수 없게 되어버렸다. 승리를 자신한 겸정은 웃으며 말했다.

"말이 대장로지 무공 수련을 뒷전으로 미루고 빈둥대며 밑의 사람들이나 괴롭혀 온 당신 따위의 무공이야 고작 이 정도지. 그동안 당신이 한 짓을 후회하며 죽어라!"

추월락은 일그러진 표정으로 물었다.

"네놈 혼자 이런 일을 결정할 순 없었겠지. 말해봐라, 누가 시켰냐?"

겸정은 히죽 웃었다.

"방주께서 시켰다!"

말이 떨어짐과 동시에 겸정은 신검합일의 기세로 쏘아져 왔다. 그와 동시에 추월락은 품속에서 춘화집을 꺼내 앞으로 내밀었다. 검이 책을 뚫는 순간, 추월락은 기합과 함께 책을 당겼다.

"아니?!"

겸정이 놀라 소리쳤다. 책에 박힌 검이 책을 따라 방향을 바꾸었다. 추월락은 검날이 아닌 검면 방향으로 책을 당겨 검의 방향을 틀어지게 만든 것이다.

검은 급소를 피해 추월락의 옆구리에 박혔다. 그와 동시에 검기로 인해 책이 갈기갈기 찢겨지며 사방으로 흩날렸다. 책에 그려져 있던 수많은 벌거벗은 미녀들이 허공에서 춤을 추었다.

"……!"

겸정은 가슴을 파고드는 고통에 눈을 부릅떴다. 추월락의 발끝이 겸정의 가슴을 쳤는데, 신발 끝에서 칼날이 튀어나와 가슴에 박혀 있었다. 추월락은 겸정의 공격이 실패하고 찢어진 춘화집의 그림들이 시야를 어지럽히는 순간, 신발 밑에 숨겨놓은 장치를 이용해 겸정의 가슴을 찌른 것이었다.

"이, 이럴 수가!"

자신이 당한 것을 믿을 수 없는지 겸정은 소리치며 주저앉았다. 추월락은 다시 한 번 가슴을 쳤다. 내공을 실은 발차기에 겸정은 갈비뼈가 박살이 나며 날아갔다. 추월락은 피가 철철 흐르는 옆구리를 지혈하면서도 의기양양해하며 말했다.

"무공만 세다고 이길 줄 알았냐? 반백 년 이상의 강호 경험을 얕보면 안 되지."

장소산이 다가가 살펴보니 겸정의 숨은 끊어져 있었다. 목숨을 위협하는 적이 죽었지만 그는 마음이 편하지 않았다.

'왜 개방의 제자가 추 장로를 죽이려 한 거지? 정말 방주가 명령한 건가?'

그는 추월락이 상처를 치료하는 것을 끝내길 기다린 다음 물어보았다.

"이 겸정이란 사람은 어떤 사람입니까?"

“그 녀석? 십간에 속한 녀석이지.”

“십간?”

“그래, 어린 개방의 제자 중 무공 자질이 뛰어난 열 명만을 뽑아 개방의 최고 무공을 집중적으로 가르쳐 키운 녀석들을 십간이라고 하는데, 이 겸정은 갑을병정해서 정, 즉, 네 번째 되는 녀석이야. 예전에 마교의 십이지신이라는 녀석들이 있었거든. 전대의 만 방주가 강한 무공을 익힌 고수의 필요성을 느껴 그걸 흉내 내 만든 것이지.”

장소산은 흠칫 놀랐다.

'내가 지금까지 만나본 사람 중에 이 겸정의 무공이 가장 뛰어났다. 그런데 그와 무공이 비슷한 자가 아홉 명이나 더 있단 말인가?'

추월락은 계속해서 설명했다.

“이 십간이란 녀석들은 강한 외부의 적과 싸우거나 일반 제자들로서는 처리하기 힘든 무공이 높은 내부의 배신자를 처리하는 일을 하지. 전문적인 개방의 전투원이라고나 할까? 먹고 자고 싸는 시간과 임무가 있을 때 외에는 무공 수련만 하는 진짜 재미없는 것들인데, 덕분에 무공 하나는 엄청 강해서 무공에 영 자질없는 현 방주인 사공방 녀석보다 다들 한 수 위지.”

장소산은 떨떠름한 표정으로 추월락을 보며 생각했다.

'일반 제자들로서는 처리하기 힘든 무공이 높은 내부의 배신자.'

딱 맞아떨어지지 않는가! 장소산은 의심스런 눈으로 추월락을 보며 물었다.

“그런데 왜 그런 십간이 추 장로님을 노릴까요?”

추월락은 인상을 쓰며 대꾸했다.

“그야 나도 모르지.”

“엄청 큰 사고라도 친 것 아니에요?”

“으음.”

추월락은 팔짱을 끼고 곰곰이 생각해 보았다. 사고 친 것이 한둘이 아니니 딱히 하나를 집어내기가 어려웠다. 그는 고민 끝에 머리가 복잡해지자 참지 못하고 소리 질렀다.

“없어! 난 정말 깨끗해!”

장소산이 물었다.

“십간은 누구의 명령을 받습니까?”

“방주의 직속이지.”

“그럼 방주의 명령으로 죽이러 온 것이 맞겠네요. 죽은 이 사람도 방주의 명령을 받고 죽이러 왔다고 자기 입으로 말했고 말이지요.”

추월락은 고개를 저었다.

“그건 말도 안 돼. 사공방 녀석은 폐관수련한다고 처박한 지 오래되었고, 설사 나왔다고 해도 그 녀석이 날 죽이라고 명령한다는 것은 있을 수가 없는 일이다.”

“아니, 왜요?”

“그 녀석은 내 제자거든.”

장소산은 놀라 입이 떡 벌어졌다.

“개방 방주 사공방이 추 장로님 제자라고요?”

“그래.”

“제가 사부님에게 듣기로 사공 방주께서는 무공은 별로지만 매사에 공정하고 성실한 훌륭한 분이시라는데…….”

추월락은 흐뭇한 표정으로 고개를 끄덕였다.

“그래, 남들이 다 그렇게 말하지. 누구 제자인데.”

“그런데 어떻게…….”

어떻게 이런 사부 밑에서 그런 훌륭한 제자가 나올 수 있냐는 말을 장소산은 차마 하지 못하고 속으로 삼켰다.

한편 추월락은 주먹을 부르르 떨며 다짐했다.

“아무래도 사공방 녀석이 폐관하고 있는 동안 개방 내의 기강이 어떻게 된 모양이야. 어떤 놈이 날 죽이라고 명령했는지 몰라도 반드시 알아내서 가만두지 않겠다!”

장소산은 건성으로 격려해 주었다.

“열심히 해보세요.”

장소산이 발을 뺄 태도이자 추월락이 말했다.

“그러지 말고 너도 같이 가지 않겠냐? 개방 내에 뭔가 문제가 생긴 모양인데.”

“전 일단 무공총람을 찾는 일이 급해서요.”

현 상황에서는 추월락의 입장만을 보아 판단을 내려서는 안 된다고 장소산은 생각했다. 정말로 추월락이 엄청난 죄를 지어서 처벌 명령이 떨어졌는지 어찌 알겠는가. 자칫하면 자신까지 배신자로 몰릴 수도 있는 일이다.

‘일단 심공편을 찾아 내공 문제를 해결한 다음, 개방대회로 가서 사부님을 만나 사실을 이야기하고 의논하도록 하자.’

이렇게 생각을 정한 장소산은 진겸의 시체를 묻고는 자꾸 같이 가자는 추월락과 억지로 헤어져 무공총람 신공편을 가지고 있다는 현시광이 살고 있는 향주로 향했다. 길을 가는 동안 그는 어떻게 해서 현시광으로부터 심공편을 얻어낼까 생각했다.

‘가장 간단한 방법은 훔치는 것이겠지…….’

하지만 문제는 심공편이 집 안 어디에 있느냐는 것이다. 사부 채평안의 가르침에 의하면 사람이 귀중한 물건을 숨기는 장소는 의외로 뻔해서, 몇 군데 골라 뒤져 보면 간단히 찾을 수 있다고 했다.

반대로 별것 아닌 물건을 찾는 것이 오히려 힘들다고 한다. 아무렇게나 놔두기 때문에 둔 장소를 특정 짓기 힘들다는 것이다. 현시광이 심공편을 아무 데나 처박아두었다면 정말 난감한 일이 아닐 수 없다.

'일단 정보부터 수집하고……'

나름대로 계획을 세운 장소산이었지만, 막상 향주에 도착하자 생각지도 않은 사태에 당황하고 말았다. 현시광이 며칠 전에 죽었다는 것이 아닌가?

'이런!'

일이 너무 공교롭다는 생각을 하며 장소산은 자세한 사정을 알아보기 위해 현시광의 집 주변을 맴돌았다. 그런데 그런 그의 눈에 생각지도 않은 사람이 띄었다.

'최진방!'

최진방이 현시광의 집이 보이는 자리의 찻집에서 차를 마시고 있었다. 장소산은 혹시나 그의 눈에 띌까 몸을 숨기며 생각했다.

'설마 저자가 심공편을 노리고 현시광을 살해한 것일까?'

충분히 가능성이 있는 일이었다. 장소산은 최진방을 감시하기로 마음먹었다. 거지의 모습이 오히려 눈에 띌 것이라 생각한 그는 평범한 옷을 사서 갈아입었다. 여기에 수염을 달고 눈썹을 두껍게 하는 등 약간의 변화를 주었다.

'저자가 날 본 것은 삼 년 전이니 지금의 날 바로 알아보기는 힘들 것이다. 거기다 이렇게까지 하면 절대 누군지 모르겠지.'

　장소산은 들키지 않게 조심하며 최진방의 주변을 맴돌았다. 최진방은 누군가를 기다리는지 찻집에서 하루종일 시간만 보내고 있었다. 밤이 늦어 찻집이 문을 닫자 그제야 일어난 그는 거리를 걸어 한 객점 앞에 이르렀다. 그는 객점에 들어가 주인에게 물었다.

“여기 임한정이라는 분이 묵고 계시지 않나?”

“예, 그렇습니다.”

“가서 최가가 왔다고 전해주게.”

숨어서 그 광경을 지켜본 장소산은 놀랐다.

‘임한정까지 이곳에 있었구나! 둘이 또 무슨 짓을 꾸밀 속셈이지?

개봉으로 가는 길

　장소산은 최진방이 객점 2층으로 올라가는 것을 보고 객점의 지붕으로 올라갔다. 객점 2층에는 모두 네 개의 방이 있었는데, 그중 한 곳에만 불이 켜져 있었다. 살짝 들여다보니 임한정과 최진방, 둘이 대면하고 있었다.

　삼 년 만에 다시 보게 된 임한정은 주름살이 늘고, 머리도 희끗해져 많이 늙어 보였다. 피곤한 안색을 감추지 못하는 그를 보며 최진방은 의뭉스럽게 웃고는 말했다.

　"별로 반가워하지 않는 눈치군."

　임한정은 살짝 눈살을 찌푸리고는 대꾸했다.

　"그야 당신이 떠올리기 싫은 일을 생각나게 하는 사람이니까."

　"후후, 너무 그러지 말게. 자네를 위해 선물까지 가져왔는데."

　"선물?"

“그래, 자네에게 방해되는 한 사람의 목숨일세.”

임한정은 깜짝 놀라며 물었다.

“설마 현시광이 죽은 것이 당신의 짓이오?”

“그래, 맞네.”

“아니, 왜 그를 죽인 거요?”

최진방은 오히려 이해가 가지 않는다는 표정으로 되물었다.

“내가 알기로, 현시광은 자네 사업자의 경쟁자일 텐데? 그가 죽어 향주 일대의 사업을 확장할 수 있게 되었으니 좋지 않은가?”

임한정은 마땅찮아하는 표정으로 답했다.

“분명 그가 나에게 방해되는 것은 사실이오. 하지만 그런 식으로 사업을 늘리고 싶진 않았소. 당신의 짓은 쓸데없는 참견이오.”

“참으로 답답한 친구군. 삼 년 전 우린 힘을 합쳐 큰일을 성공시키지 않았나. 우린 계속 좋은 협력자 관계가 될 수 있는데 왜 그걸 모르나? 자네는 양으로 사업을 확장하고, 나는 음에서 방해되는 자들을 제거하면 지금보다 몇 배나 큰일을 할 수 있단 말일세.”

최진방이 꼬드겼지만 임한정은 손을 저었다.

“당신과 손을 잡는 것은 한 번이면 충분하오. 내가 당신을 부른 것은 사업 문제가 아닌 장소산 녀석 때문이오. 그 녀석이 도망친 것은 이미 알고 있을 것이오.”

“그래, 가보니 수갑이 풀어져 있고, 아복 녀석은 죽어 있더군.”

임한정은 눈살을 찌푸리며 물었다.

“혹시 장소산 녀석이 그때 말한 조력자의 짓이 아닐까?”

“내가 그놈을 살려둔 것은 그놈이 말한 조력자란 놈이 내가 찾지 못한 오지경, 김진파 녀석의 무공총람을 가지고 있지 않을까 하는 생각

때문이었네. 하지만 그 조력자가 구해간 것은 아닐 거야. 그자의 짓이라면 삼 년이나 기다렸다가 손을 쓸 이유가 없지. 분명 장소산 녀석이수를 써서 도망쳤겠지. 내 생각엔 조력자라는 것은 장소산이 지어낸거짓말일 거야.”

“아니, 그걸 알면서도 왜 장소산을 살려둔 거요?”

최진방은 피식 웃고는 답했다.

“그래도 혹시 모르지 않나.”

그러자 임한정은 짜증을 내었다.

“난 그때 장소산 녀석을 죽이자고 했는데 당신이 반대해서 살려두었소. 그런데 이 결과가 이거요. 어떻게 책임질 거요?”

“그놈이 도망친 것은 정말 안타까운 일이네. 자네나 나나 다른 일에바빠 제대로 감시하지 못한 것이 실수였어. 하지만 그놈 하나가 뭘 할수 있겠나. 자네는 너무 신경을 많이 쓰는 것 같군.”

임한정은 화를 냈다.

“그 녀석은 개방의 제자요. 개방 장로가 놈의 사부란 말이오. 그놈이 탈출했으니 분명 제 사부에게 자기가 당한 일을 고해바칠 테고, 그럼 개방이 우릴 가만 놔두겠소?!”

“그 문제는 걱정 말게. 개방은 그 일에 신경 쓸 여유가 없을 테니.”

최진방의 대답에 임한정은 의심스런 눈으로 그를 쳐다보았다.

“당신은 삼 년 전에도 같은 말을 했지. 개방에 무슨 일이 있는 거요?설사 무슨 일이 있다고 해도 그 일이 해결된 다음에 개방에서 우리를어떻게 하지 않을 근거라도 있는 거요?”

“흐흐, 근거라… 물론 있지. 내가 장담하는데, 개방에서 자네를 어떻게 하는 일은 절대 없을 것이네. 아니, 자네 선택에 따라 개방과 손을 잡고 천하를 도모해 볼 수도 있을걸세."

"그게 무슨 뜻이오?"

최진방은 대답하지 않고 웃기만 했다. 숨어서 보고 있던 장소산은 일이 이상하게 돌아간다고 생각했다.

'그러고 보면 최진방이 삼 년 전, 개방이 숭산파 일을 신경 쓸 겨를이 없다고 말한 것은 우리 개방의 사공 방주가 당한 일을 알고 있다는 뜻이 된다. 분명 사부님께서는 그 일은 개방의 수뇌부만이 아는 일이라고 하셨는데 최진방은 어떻게 알았을까? 게다가 지금 그의 말투는 꼭…….'

장소산은 추월락이 겸정에게 습격당한 일이 떠올랐다. 아무래도 개방 내에 어떤 음모가 진행되고 있고, 최진방이 이에 관련되어 있는 것 같았다.

'대체 뭘 꾸미고 있는 것일까?'

장소산 못지않게 임한정 역시 궁금했다.

"당신, 무슨 일을 꾸미고 있는 거요?"

"그건 아직 말할 수 없어. 자네가 우리와 손을 잡기로 맹세한다면 또 모를까."

"우리? 당신 말고 또 누가 있는 거요?"

최진방은 대답하지 않고 말을 돌렸다.

"장소산 녀석 일은 걱정할 필요 없어. 나중에 내가 놈과 놈의 사부까지 한꺼번에 저승으로 보내 버릴 테니까. 그보다 지금은 사업 의논을 하지 않겠는가? 자네가 허락만 한다면 천하 상권의 절반을 약속하지. 물론 그만한 대가를 주어야 하겠지만."

임한정은 신경질적으로 말을 내뱉었다.

"당신이 그럴 능력이 된다고 믿을 수 없는걸."

"하하, 그야 당연히 나 혼자라면 이런 약속을 할 수 없지. 내 뒤에 있는 든든한 세력을 믿고 하는 말일세."

"든든한 세력?"

"그래, 자네가 우리와 손만 잡으면 아무것도 두려워할 필요가 없어. 설사 개방이 자네를 죽이려 든다고 해도 말이야."

임한정은 잠시 생각에 잠겼다가 입을 열었다.

"거절하겠소."

그가 이렇게까지 단호하게 나올 줄은 예상하지 못했는지 최진방은 의외라는 표정을 지었다.

"어째서인가? 결코 자네에게 손해날 것은 없는데."

"내가 예전에 당신과 손을 잡은 건 어쩔 수 없는 선택이었소. 당시 상황이 그렇다 보니 내가 가졌던 것을 잃지 않기 위해 죄를 지었던 것이지. 하지만 다시 그런 일을 반복하고 싶지는 않소. 나는 현재의 내가 가진 것에 만족하고, 이대로 지낼 수만 있다면 더 이상 바라는 것은 없소. 과거를 깨끗이 청산하고, 당신과 만나는 일이 없는 것이 나의 바람이오."

최진방의 표정이 굳어졌다. 임한정의 말에서 굳은 결심을 읽은 것이다. 그는 인상을 쓰며 차가운 목소리로 말을 내뱉었다.

"현재의 네가 가진 것에 만족한다고? 그게 그렇게 간단한 일인 줄 아나? 내가 입만 벙긋하면 어떻게 될지 모르는 것은 아닐 텐데?"

임한정의 얼굴 역시 굳어졌다.

"지금 날 협박하는 거요?"

"난 좋은 말로 하려고 했어. 하지만 자네가 그렇게 나온다면 나 역시 더 이상 호의적인 태도를 할 수가 없단 말이야."

둘 사이에는 팽팽한 긴장감이 감돌았다. 임한정은 잠시 최진방을 바라보다가 입을 열었다.

"지난 삼 년간 당신의 무공은 크게 늘었겠지."

최진방은 자신있는 표정으로 고개를 끄덕였다.

"물론이지."

"삼 년 전 숭산파를 도망쳐 나올 때 당신과 만나 싸웠었지. 그때 당신과 나는 호각이었소. 하지만 당신은 날 이용할 생각을 하고 있었기에 전력을 다하지 않았지. 난 그걸 깨닫고 당신과 대화를 나눠볼 생각을 하게 되었고."

"자네 역시 막 도망쳐 나올 때라 몸 상태가 좋지 않았지. 자네와 나의 무공은 엇비슷했다고 봐야 할 거야."

임한정은 고개를 끄덕였다.

"난 그동안 문파를 정리하고 사업을 확장하는 데 바빠 무공 쪽에는 손을 대지 못했소. 난 무공이 그때에 비해 나아진 바와 없고, 당신은 무공이 크게 증진되었으니 지금 난 당신의 적수가 안 될 것이오. 안 그렇소?"

최진방은 자랑스러워하며 빙그레 웃었다.

"그렇겠지."

"하지만 세상일이 무공만으로는 되는 것은 아니지."

임한정은 일어나 책상의 서랍을 열고는 검고 굵은 막대기 같은 물건을 꺼내 최진방을 향해 겨누었다. 최진방은 경계심을 느끼며 물었다.

"그건 뭔가?"

"총이라는 것이오. 무역을 하다 서양의 상인을 통해 입수한 물건이지. 여기 방아쇠를 당기면 화약의 힘에 의해 쇠구슬이 발사되오. 장전하는 데 시간이 걸리고 한 발밖에 쏘지 못하지만 무공의 고수조차 간단히 죽일 수 있는 물건이오.”

최진방은 깜짝 놀라 벌떡 일어났다. 그의 얼굴은 분노로 일그러져 있었다.

“날 죽이겠다는 건가?!”

임한정은 덤덤한 표정으로 말했다.

“별로 그리고 싶진 않소. 그저 조용히 살고 싶을 뿐이오. 그러니 당신은 그만 나가주시오. 오늘을 끝으로 다신 만나지 맙시다.”

최진방은 이를 갈았다.

“후회할 것이다.”

“후회는 이미 하고 있소. 그때 차라리 무공종람을 넘겨 버리고 가족들과 멀리 도망쳐 사는 편이 낫지 않았을까 하고 말이오.”

오늘은 물러나는 편이 낫다고 판단한 최진방은 총을 경계하며 창문쪽으로 물러섰다. 창가에 등을 대고 창문을 연 그는 나가기 전에 히죽 웃고는 물었다.

“내가 자네와 함께 저지른 일을 퍼뜨릴까 겁나지 않나?”

“당신이 그렇게 어리석은 인물이 아니라는 것을 믿고 있소. 나의 무공은 당신의 상대가 될 수 없지만, 나와 친분이 있는 고수들과 내가 거느린 숭산파의 힘을 합하면 당신을 죽이는 것은 어려운 일이 아니오. 당신이 믿고 있는 배후 세력이 얼마나 대단한지는 몰라도 내가 지닌 세력과 적으로 맞서는 것을 감수할 만큼 당신의 목숨을 중요시할까?”

최진방이 안색이 변했다. 임한정의 말이 정곡을 찌른 것이다. 그는 잠시 당황하다 돌연 씩 웃고는 말했다.

"좋아, 더 이상 자네를 찾아오지 않겠다. 자네가 날 만나러 오지 않는 한 말이야."

말을 끝내자마자 그는 창문을 열고 뛰어내렸다. 그는 몸을 한 바퀴 회전하며 바닥에 내려선 다음 거리의 골목길 사이로 사라졌다.

임한정은 창밖으로 고개를 내밀고 최진방이 사라지는 것을 보고 있다가 긴 한숨을 내쉬고는 창문을 닫았다.

2

장소산은 지붕에 매달려 안에서 벌어지던 상황을 모두 보았다. 최진방이 창문으로 나갈 때 재빨리 지붕 위로 올라가 들키는 것을 면한 그는 안도하며 생각했다.

'임한정은 과거를 후회하고 있구나. 내가 그의 악행을 밝히지 않는 한 그 역시 날 죽이려 들지는 않을 것 같다.'

그 편이 장소산 입장에서도 편하고 좋았다.

'문제는 최진방이로군. 날 그렇게 괴롭힌 것으로도 모자라 우리 개방에까지 마수를 뻗치다니!'

당장 최진방을 잡아 무슨 음모를 꾸미고 있는지 심문이라도 하고 싶었지만 안타깝게도 지금의 자신은 그의 상대가 되지 않았다.

'어떻게든 음모를 알아내어 사부님에게 말씀드려야겠다. 개방의 고수들이 나선다면 최진방의 무공이 아무리 대단해도 어쩔 수 없을 것이다. 게다가 이야기를 들어보니 삼 년 전 동료 삼 인의 무공총람 중 두 권을 얻지 못한 것 같으니, 생각했던 것보다 무공이 강하지 않

을 것 같다.'

문제는 최진방의 감시도 중요하지만 무공총람 심공편을 얻는 것이 자신에게 더 중요하다는 것이었다. 장소산은 생각 끝에 개방 향주 분타를 찾아가 사부인 채평안이 준 소개장을 보이고 최진방의 감시를 부탁했다.

최진방의 감시를 향주 분타의 개방도들에게 맡긴 후 장소산은 현시광의 집안에 대해 조사했다. 현시광의 장례가 끝나고 그의 유품이 정리된다는 소식을 들은 장소산은 좋은 생각이 떠올라 장사치로 변장하고 책 몇 권을 사서 손에 든 다음 현시광 집의 문을 두드렸다.

"무슨 일이오?"

문지기가 문을 열고 물었다. 장소산은 웃으며 대답했다.

"헌책 삽니다. 집에서 안 읽는 책이 있으면 좋은 값에 사드리겠습니다."

없다며 쫓아내려던 문지기는 뭔가 생각났는지 말했다.

"잠시 기다리시오."

현시광의 가족들은 그의 유품을 정리할 때 값진 물건은 자기들끼리 나눠 가지고 값어치 없는 것들은 하인들에게 버리라고 했다. 문지기는 버릴 물건 중에 책 몇 권이 있다는 것을 떠올린 것이다.

잠시 후 문지기는 십여 권의 책을 가지고 왔다.

"꽤 낡았는데 사겠소?"

장소산이 보니 대부분 평범한 이야기책이었다. 현시광은 그다지 책을 읽는 사람이 아니었던 모양이다. 책을 살피던 중에 무공총람 심공편이 있는 것을 보고 그는 쾌재를 불렀다.

'찾았다!'

그는 흥분을 감추고 짐짓 실망한 표정을 짓고는 말했다.

"그다지 값진 책은 없군요. 한 권당 세 푼, 전부 열두 권이니 석 냥 여섯 푼이면 어떻겠습니까?"

"좀 더 쳐주면 안 되겠소?"

"이 정도면 많이 쳐드리는 겁니다. 좋습니다. 특별히 올려 넉 냥 드리지요. 그럼 되겠습니까?"

문지기로서는 어차피 공돈이 생기는 것이니 마다할 일이 아니다.

"좋소."

하인 일을 해서 번 돈으로 책값을 치른 장소산은 책을 받아 들고 향주 분타로 돌아왔다. 책을 찾기 위해 그렇게 고생했는데, 마지막에는 의외로 너무 쉬웠다. 드디어 무공총람 심공편을 손에 넣은 장소산은 신이 나서 분타에 도착하자마자 즉시 읽어보았다.

"글씨 한번 더럽게 못 썼네."

이번에 얻은 심공편은 지금껏 얻은 무공총람의 그 어느 것보다 글씨가 엉망이었지만 다행히 읽는 데는 지장이 없었다. 책의 첫 장에는 이런 문장이 쓰여 있었다.

나를 다스리고, 상대를 다스리고, 마지막으로 모든 것을 다스린다.

"무슨 소린지 모르겠네."

장소산에게 중요한 것은 불완전한 내공을 고치는 방법이었다. 모르는 부분은 그냥 지나쳐 다음 장으로 넘어갔다. 기를 다스리는 법이라는 제목으로 그가 그토록 원하는 불완전한 내공을 보완하는 법이 쓰여 있었다.

"좋았어!"

즉시 적혀 있는 방법으로 운기하여 단전 안에 가득 찬 내공을 사지 백해로 퍼뜨렸다. 한차례 운기가 끝나고 나자 온몸 전체에 힘이 넘치는 것이 느껴졌다. 단전과 기맥의 답답함이 한결 가벼워져 있었다.

"됐다!"

계속 꾸준히 이 방법대로 한다면 내공 문제는 금세 해결될 것 같았다. 장소산은 안정이 되자 차근차근 책을 읽어보았다. 무공총람 내공 편에는 내공을 쌓는 법이 쓰여 있다면, 심공편에는 주로 쌓은 내공을 어떻게 사용하는가에 대해 논하고 있었다. 당장 쓸 수 있는 초식은 전혀 없고 오랜 시간 수련해야 하는 운기법뿐이었다.

"이래서는 당장 최진방을 이기기는 힘들겠는걸."

중얼거리던 장소산은 한 대목에 이르자 눈을 빛냈다.

"상대를 다루는 법?"

자세히 읽어보니 자신의 진기를 상대방에게 주입하여 치료하거나 반대로 해하는 방법이었다.

"그러고 보니……."

장소산은 맨 앞장으로 넘어가 보았다.

"나를 다스린다는 내 안의 기를 다스린다는 뜻이고, 상대를 다스린다는 상대방을 치료하거나 해친다는 뜻인가 보구나. 그렇다면 모든 것을 다스린다는 것은 무슨 뜻일까?"

끝까지 읽어보았으나 모든 것을 다스린다는 것에 대한 말은 없었다. 단지 마지막 장에 다시 이해하기 힘든 구절이 나왔다.

평범한 사람은 자신의 육체로 싸운다. 무공을 익힌 자는 거기에 기를 더한다. 진정한 고수만이 자신의 의지와 정신을 담는 법이다.

"이것도 무슨 소린지 모르겠군."

심공편은 지금까지 얻은 무공총람 중에서도 유독 이해하기 어려운 부분이 많았다. 장소산은 모르는 부분은 넘어가고, 일단 자신의 기를 다스리는 데에 주력하기로 했다.

삼 일간 심공편의 운기법을 통해 내공의 문제가 상당 부분 해결되자 그는 향주 분타의 거지들에게 최진방의 근황에 대해 물었다.

"최진방은 그동안 기루에서 먹고 마시고 놀고 있습니다. 그 외에 특별한 점은 없었습니다."

향주는 유명한 향락 도시라 유명한 기루가 엄청나게 많았다. 최진방은 그동안 취선루라는 기루에서 계속 묵고 있다는 것이다. 이야기를 듣고 잠시 생각해 본 장소산은 눈살을 찌푸렸다.

'분타의 거지들이 기루 안까지 들어가 보지는 못했을 테니, 그 안에서 누군가와 만나 음모를 꾸민다고 해도 알 수가 없는 노릇이 아닌가.'

하지만 이 문제는 장소산으로서도 어쩔 수 없었다. 기루 안으로 들어가려면 손님이 되어야 하는데, 그나 향주 분타의 거지들이나 돈이 없는 것은 마찬가지였다. 장소산이 설죽산장의 하인으로 있으면서 번 돈은 추월락에게 먹을 것을 사주고, 이번에 심공편을 얻기 위해 책을 사느라 거의 다 써버리고 없었다.

장소산은 혹시나 일꾼으로 들어가 볼 수 있을까 알아보았으나 허탕을 쳤다. 별수없이 최진방이 기루에 나오기를 기다리며 향주 분타에 감시를 맡기고, 자신은 무공총람의 무공을 익혔다. 하루빨리 최진방과 싸워 이길 만한 실력을 길러야 한다는 생각에서였다.

그런데 최진방은 무슨 돈이 그렇게 많은지 매주마다 기루를 바꾸며 향주를 떠날 생각을 안 했다. 그러는 사이 어느새 삼 개월이란 시간이 지났고 장소산은 초조해지기 시작했다.

'이제 슬슬 개방대회에 참석하러 개봉으로 떠나야 하는데…….'

최진방을 감시하는 것도 중요하지만, 사부와 약속한 개방대회에 참석하는 것도 중요하다. 그렇다고 최진방 감시를 향주 분타의 개방 제자들에게 모두 맡길 수도 없었다. 장소산으로서는 향주 분타의 개방 제자들에게 향주 밖까지 쫓아가 미행하라고 명령할 입장이 못 되었다.

그때 드디어 최진방이 짐을 챙겨 향주를 떠났다. 개방대회 참석이 중요하긴 했지만 장소산은 아직 조금 시간이 있으니 일단 쫓아갈 수 있을 때까지 쫓아가 보기로 하고, 현시광의 집에서 사둔 책을 이용해 책장수로 변장하여 최진방의 뒤를 따랐다.

그렇게 며칠 뒤를 따르던 장소산은 이상한 점을 느꼈다. 아무래도 최진방이 개방대회가 열리는 개봉 쪽으로 가는 것 같았기 때문이다. 다시 며칠 길을 가던 그는 확신할 수 있었다. 최진방은 분명 개봉으로 가고 있었다.

'개방의 수뇌부들이 모이는 그 자리에서 뭔가 일을 저지른 셈인가 보구나. 하지만 내가 있는 한 그렇게는 안 될걸.'

장소산은 향주에 있는 동안 심공편을 익혀 내공을 다루는 것이 상당한 경지에 이르러 있었다. 지닌 내공을 대부분 쓸 수 있게 되었을 뿐 아니라 다른 무공의 위력도 한층 강해져 있었다. 예전보다 무공이 한 단계 발전한 것을 느낀 그는 최진방과 싸워도 이기진 못해도 최소한 지지는 않을 것 같았다.

'최진방이 익힌 무공총람은 원래 익히고 있던 신법편, 임한정이 준 수공편, 주가장에서 읽은 내공편 일부, 마지막으로 동료를 해치고 얻은

한 권, 모두 해서 네 권이다. 나 역시 신법편, 수공편, 내공편, 심공편을
익혀 네 권이니 권 수는 똑같다.'

3

최진방은 미행하는 장소산을 눈치채지 못하고 계속 길을 가 개봉을
며칠 앞둔 지점에서 한 객점에 들어섰다. 객점 안에는 손님들이 바글
바글했다. 그는 빈자리를 찾아 두리번거리다 한 사람을 발견하고는 흠
칫 놀랐다.

'여기서 만나다니!'

한 좌석에 강연수가 앉아 있는 것이 아닌가! 그녀는 주가장에서 함
께했던 황보륭과 가신풍과 함께 있었다. 공동파의 연사랑만이 무슨 일
인지 빠지고 없었다.

"어서 오십시오. 여기 앉으시지요."

점소이가 달려와 최진방에게 빈자리를 권했다. 최진방은 자리에 앉
아 음식을 주문하고 힐끔 시선을 돌려 강연수를 쳐다보았다.

그는 일이 이상하게 돌아간다고 생각했다.

'저것이 삼 년 전 일로 나에게 복수를 하겠다고 덤벼드는 것은 아닌
가 모르겠군.'

삼 년 전, 그는 강연수를 억지로 끌고 가 장소산과 함께 석실에 감금
했다. 원한이 없다고 할 수 없는 사이인데다 자신은 악명을 떨치는 마
두이고, 그녀는 정파의 제자이니 자신을 죽이겠다고 덤벼들지나 않을
까 걱정되었다.

물론 강연수 정도에게 자신이 진다고는 생각하지 않았지만, 그녀가

최근 급격히 명성을 떨치기 시작하는 후기지수인 점이 마음에 걸렸다. 게다가 그녀 곁에는 역시 만만치 않아 보이는 젊은 녀석이 둘이나 있으니, 셋이서 한꺼번에 덤벼들면 그로서도 상대하기 쉽지 않은 일이었다.

최진방은 슬그머니 강연수를 살폈다. 그녀는 일행과 이야기를 나누느라 그의 존재를 눈치채지 못하고 있었다.

'중요한 일을 앞두고 여기서 문제를 일으킬 수는 없지. 그렇다고 내 체면에 저것들이 무서워 피할 수도 없는 노릇이니, 일단 주문한 음식은 먹고 나서 가자.'

그가 이렇게 생각을 정하는데 점소이가 말을 걸었다.

"죄송합니다만, 자리가 꽉 차서 그러는데 합석할 수 없을까요?"

평소라면 어림도 없는 일이었지만 최진방은 사고를 일으키고 싶지 않아 고개를 끄덕였다.

"그러게."

"감사합니다."

점소이는 뒤편에 엉거주춤하게 서 있는 책장수를 끌고 와 최진방 앞에 앉혔다. 그런데 그 책장수는 다름 아닌 장소산이었다.

'망했다!'

장소산은 아무 생각 없이 최진방을 따라 객점에 들어섰다 일이 이상하게 꼬여 그만 미행 대상과 합석을 하게 되고 만 것이다. 다행히 최진방은 합석한 그에게는 눈길조차 두지 않고 뒤편을 힐끔거리고 있었다.

'뭘 보는 거지?'

최진방의 시선을 따라가 본 장소산은 또 한 번 놀라고 말았다.

'저 여자는 왜 여기 있는 거야?'

자신을 보고 놀라는 둘의 존재를 까맣게 모른 채 강연수는 일행과 대화를 나누고 있었다. 그녀는 옆에 앉은 황보륭에게 물었다.

"개봉에서 한다는 개방대회에는 천하의 모든 거지들이 다 모이는 건가요?"

황보륭은 웃으며 대답했다.

"천하의 거지가 얼마나 많은데 모두 모일 수 있겠습니까. 그랬다가는 개봉이 거지들로 인해 거덜이 날 것입니다. 개방에 어느 정도 직책 이상의 사람들이 오겠지요. 그래도 개방의 십 년에 한 번 있는 중요한 집회이기 때문에 개방의 고수들은 모두 모인다고 할 수 있을 것입니다."

"그럼 장로의 제자도 올까요?"

"오겠지요."

황보륭은 대답하고는 자세히 설명했다.

"천하의 거지들은 무수히 많고 각지에 흩어져 있기 때문에 한 번 모이는 일도 보통 일이 아닙니다. 가까운 곳이라면 문제가 없겠지만, 저 먼 변방의 분타에서 온다고 생각해 보십시오. 왔다 갔다 왕복하는 데만 최소 일 년이 넘게 걸릴 것입니다."

"정말 그렇겠군요."

"그래서 큰 사건이 아니고서야 십 년에 한 번만 이렇게 모이는 것입니다. 모두 모일 기회가 좀처럼 없는 만큼 한 번 모이면 개방의 인물이라 할 수 있는 사람은 전부 온다고 볼 수 있겠지요."

강연수는 고개를 끄덕이고는 생각했다.

'그럼 그도 분명 오겠군.'

황보륭이 계속해서 말했다.

"하지만 개방만의 집회이기 때문에 특별한 경우가 아니면 타 문파의 사람은 참석할 수 없습니다. 우리가 개봉에 간다고 해도 개방의 고수를 사귈 기회는 좀처럼 없을 것입니다."

개방대회의 소식을 듣고 가자고 한 것은 강연수였기에 황보륭은 그다지 기대하지 말라는 뜻으로 한 말이었다. 가신풍 역시 재빨리 말했다.

"어차피 환영받지도 못할 곳에 가지 말고, 그보다 개봉의 유명한 곳을 둘러보는 것이 어떻겠소? 자칫하여 개방과 다툼이라도 벌어지면 곤란하지 않겠소."

강연수는 대꾸했다.

"전 그저 사람 하나를 찾으려 하는 것뿐인데, 왜 개방과 다툼이 있을 수 있겠어요?"

가신풍의 얼굴이 일그러졌다.

"장소산이라는 녀석을 찾기 위해 개방대회에 가자는 것이오?"

"그래요."

이미 짐작은 하고 있었지만 직접 본인에게 말을 듣자 가신풍에게 큰 충격으로 다가왔다. 그는 화가 치밀어 오르는 것을 꾹 참고 음식을 먹는 것으로 풀었다. 그런 그의 모습을 보자 강연수도 기분이 좋지 않아 고개를 돌렸다.

그런데 그때 자신을 바라보는 시선을 느꼈다. 그녀는 자신도 모르게 돌아보았고, 공교롭게도 그 순간 그녀를 살펴보던 최진방과 시선이 딱 마주쳤다.

"……!"

양쪽 모두 깜짝 놀라 얼른 시선을 피했다. 최진방이 갑작스럽게 강연수를 만나 당황한 것처럼 강연수 역시 당황하긴 마찬가지였다.

'저 마두와 만나게 되다니!'

황보륭이 강연수의 당황한 얼굴을 보고 의아해하며 물었다.

"무슨 일이 있소?"

강연수는 낮은 소리로 대답했다.

"최진방이 있어요."

"최진방? 소면신귀 최진방 말이오?"

강연수는 고개를 끄덕였다. 황보륭은 굳은 표정으로 살짝 고개를 돌렸다. 최진방과 장사꾼으로 보이는 사람이 한 식탁에 앉아 있는 것이 보였다. 그는 조심스럽게 최진방을 살피며 강연수에게 물었다.

"같이 있는 사람은 아시오?"

"몰라요."

정신없이 먹던 가신풍도 뭔가 이상함을 깨달았다. 옆 자리에 앉은 황보륭이 귀에다 대고 말해주자 그는 강연수에게 물었다.

"싸울까?"

강연수는 생각해 보았다. 지금 여기 있는 세 명 중 그 누구도 일 대 일로는 최진방의 상대가 되지 않는다. 하지만 셋이 한꺼번에 덤빈다면 충분히 해볼 만할 것 같았다.

'다만 장소가 좋지 않다. 게다가 같이 있는 자가 한패이고, 무공의 고수라면 당하는 쪽은 우리가 될 것이다.'

황보륭 역시 같은 생각이었다. 그는 최진방이 이쪽을 경계하고 있을 뿐, 싸우고 싶어 하지 않고 있다는 사실을 눈치챘다.

'상대방 역시 쓸데없이 이쪽과 충돌하여 손해를 감수할 생각이 없는 모양이로구나.'

상황을 파악하자 그는 여유를 되찾고 강연수에게 말했다.

“상대가 싸우고 싶어 하지 않는 것 같으니 우리도 상관하지 맙시다.”

그런데 무슨 생각이 들었는지 강연수는 자리에서 벌떡 일어나더니 최진방에게 다가가 인사를 건넸다.

“삼 년 만이로군요. 그동안 평안하셨습니까.”

설마 말을 걸 줄은 예상하지 못했는지 최진방은 얼떨떨한 기분이 되었다.

“아, 엉.”

강연수는 싱긋 웃고는 말했다.

“삼 년 전 선배님과 많은 일이 있었지요. 뭐, 이미 지난 일이지만요.”

“그, 그렇지.”

최진방은 강연수가 왜 이런 말을 꺼내는지 알 수가 없었다. 말을 나누는 사이 혹시나 강연수가 암습을 받을까 싶어 황보륭과 가신풍도 다가왔다. 강연수는 계속해서 말을 이었다.

“그런데 한 가지 물어보고 싶은 것이 있는데 대답해 주시겠습니까?”

“대답할 수 있는 말이면 해주지.”

“장소산이라고 아시지요. 혹시 그에 대한 소식을 아십니까?”

“어린 거지 녀석 말인가? 난 모르네.”

“그렇군요.”

강연수는 실망스런 표정을 지으며 자기 자리로 돌아갔다. 부담스러워 더 이상 이곳에 있고 싶지 않은 최진방은 슬그머니 일어나 객점을 나갔다. 그때 황보륭이 낮은 소리로 말했다.

"쫓아가 봅시다."

강연수가 흠칫 놀라 물었다.

"아니, 왜요?"

"저자의 태도로 보아 뭔가 꾸미고 있는 것이 틀림없소. 저자가 좋은 일을 꾸밀 리가 만무하니 막는 편이 좋지 않겠소."

황보륭의 설명에 강연수는 잠시 생각해 보고는 고개를 끄덕였다. 그녀가 간다니 가신풍 역시 따라나섰다. 황보륭은 장소산을 힐끔 보고 단지 평범한 사람이라 생각했는지 신경을 끄고 일행을 이끌고 객점을 나갔다.

밖으로 나와 길을 살피니 저편으로 최진방이 가고 있는 것이 눈에 띄었다. 셋은 일정 거리를 두고 최진방의 뒤를 밟았다. 그 뒤를 다시 책장수로 변장한 장소산이 따랐다.

꼬리에 꼬리를 무는 미행은 한동안 계속되었다. 최진방은 계속해서 개봉을 향해 갔다.

그런데 그날 저녁, 객점에서 저녁을 먹은 그는 다시 길을 나서더니 갑자기 산속으로 방향을 틀었다.

'드디어 뭔가 일을 저지를 셈인가 보군.'

이렇게 생각한 셋은 조심조심 뒤를 따랐다. 최진방은 산속에 있는 낡은 사당으로 들어갔다. 그곳에는 소머리 모양의 가면을 쓴 남자가 기다리고 있었는데, 최진방과 그자는 작은 소리로 뭔가를 의논했다.

사당 밖에서 있는 세 사람으로서는 무슨 소리를 하는지 전혀 들리지 않았다. 호기심을 참지 못한 그들은 살금살금 사당으로 다가갔다. 그런데 그때 사당 지붕에서 또 다른 가면을 쓴 사람이 뛰어내리더니 단숨에 강연수와 황보륭의 대혈을 점혈해 버리는 것이 아닌가!

"앗!"

깜짝 놀란 가신풍이 대항하려 했으나 사당 안에서 달려나온 최진방과 소 가면을 한 남자가 합세하여 순식간에 포위당해 버렸다. 결국 그 역시 변변한 반항 한 번 못한 채 사로잡히고 말았다.

"그대의 점혈법은 정말 훌륭하군. 이것들이 자꾸 따라붙어 귀찮았었는데 단숨에 해결해 주셨구려."

최진방이 습격을 한 가면을 쓴 남자에게 엄지손가락을 치켜세우며 칭찬했다. 그자는 여우 가면을 쓰고 있었는데, 가볍게 포권하며 답례했다.

"과찬이오."

사실 최진방은 강연수 일행이 따라오고 있는 것을 눈치챘다. 하지만 혼자서 셋을 상대할 수는 없어 모른 척하고 있다가 객점에서 한패와 몰래 연락을 취한 다음, 이곳으로 유인했던 것이다.

최진방은 히죽거리며 쓰러진 강연수 일행을 내려다보았다.

"그동안 잘도 날 귀찮게 했구나. 겁도 없이 까분 대가가 무엇인지 알게 해주마."

그런데 그때 여우 가면의 남자가 최진방의 팔을 잡고는 고개를 흔들었다. 최진방은 눈살을 찌푸리고는 물었다.

"왜 그러지?"

여우 가면의 남자는 황보륭과 가신풍을 가리켰다. 아무 말이 없었지만 그 뜻을 알아차린 최진방은 혀를 찼다.

"그랬었나? 할 수 없군."

최진방은 강연수 일행을 더 이상 건드리지 않고 소리를 못 지르게 점혈한 다음, 사당 안의 신상 뒤에다 숨겼다. 그리고는 황보륭의 어깨를 툭툭 치며 말했다.

"허튼짓 말고 가만히 있어라. 손끝 하나 다치게 하지 않고 돌려보내 줄 테니."

강연수 일행은 악당들에게 잡힌 이상 꼼짝없이 죽을 것이라 생각했는데 놓아 보내준다고 하니 어리둥절했다.

'무슨 속셈이지?'

그들이 무슨 생각을 하던 상관하지 않고 최진방 일당은 자기들의 계획을 의논했다.

"연락받은 바에 의하면, 그자는 반 시진쯤 후에 이곳으로 올 것이오."

소 가면을 쓴 남자의 말에 최진방은 고개를 끄덕였다.

"그럼 지금부터 숨어 있기로 하지."

말이 끝나자마자 최진방 일당 셋은 사당 곳곳에 흩어져 모습을 숨겼다. 사당 안은 아무도 없는 것처럼 조용해졌다.

'무슨 짓을 할 셈이지?'

장소산은 숨어서 사당에서 벌어지는 일을 모두 보았다. 강연수 일행을 구할까도 생각했지만 적들의 무공을 감당할 자신이 없었다. 최진방도 최진방이지만, 여우 가면을 쓴 자의 무공은 지금까지 만나보았던 어떤 고수보다도 대단했다.

'아무래도 이곳에서 누군가를 습격할 작정인 모양이로구나. 누굴 노리고 있는 것일까?'

한참 후, 산 아래쪽에서 사람들이 올라오는 발소리와 함께 목소리가 들려왔다.

"조금만 더 가면 사당이 하나 나오지. 오늘밤은 그곳에서 묵기로 하자.”

목소리를 들은 장소산은 깜짝 놀랐다. 바로 사부 채평안의 목소리가 아닌가!

‘어이쿠, 놈들이 습격하려는 대상이 바로 우리 사부님이었구나!

4

채평안은 개방 제자 네 명과 함께 산을 올라오고 있었다. 사당 안에 들어갔다가는 꼼짝없이 당하고 만다. 장소산은 생각할 겨를도 없이 채평안 앞으로 달려갔다.

“사부님!”

어둠 속에서 갑자기 사람이 나타나자 깜짝 놀란 채평안은 곧 장소산을 알아보고 반가워했다.

“소산이 아니냐.”

“사부님.”

장소산은 채평안에게 다가가 작은 소리로 말했다.

“사당 안에 매복이 있습니다.”

재빨리 눈치를 챈 채평안은 웃으며 장소산의 어깨를 두드렸다.

“오랜만에 만나니 정말 반갑구나. 이럴 게 아니라 마을로 내려가 한 번 거하게 마셔보자.”

매복을 알아차린 것을 모른 척하며 도망가려던 것이었지만, 최진방은 장소산이 나타난 것을 보자마자 일이 틀려 버린 것을 깨달았다.

“젠장, 공격하자!”

최진방 일당 셋은 일제히 사당에서 나와 채평안 일행에게 달려들었다. 그러자 채평안이 소리쳐 일행에게 알렸다.

"적이다!"

말이 끝나기가 무섭게 최진방 일당이 공격해 왔다. 곧바로 싸움이 시작되었다. 최진방은 채평안의 말을 듣고 상대가 장소산이라는 것을 알았다. 또한 잠시 합석했던 책장수라는 것을 기억해 내고 소리쳤다.

"네놈이 날 미행하고 있었구나!"

장소산은 웃으며 대꾸했다.

"오랜만이군, 최씨 영감."

화가 난 최진방은 단숨에 장소산을 쳐 죽이려 했다. 그런데 그가 펼치는 살초들을 장소산이 모조리 받아넘기는 것이 아닌가?

'아니, 이 녀석의 무공이 이렇게나 강해졌다니!'

날카로운 반격에 오히려 당할 뻔한 최진방은 정신이 번쩍 들었다. 그는 상대를 얕보는 마음을 버리고 전력으로 상대했다.

장소산은 심공편을 얻은 후 무공이 크게 발전했으나 아직 최진방보다는 한 수 뒤처졌다. 백여 초 가까이 호각으로 싸우는 듯싶더니, 결국 한계를 보이며 점점 밀리기 시작했다. 거기다 주변 상황까지 점점 나빠지니 초초해지기 시작했다.

장소산과 최진방이 싸우는 동안 채평안은 소 가면의 남자를, 나머지 개방 제자 넷은 여우 가면의 남자를 상대하고 있었다. 채평안은 상대와 그런 대로 호각으로 겨루고 있었지만, 문제는 여우 가면의 남자였다. 네 명의 개방 제자는 모두 분타의 타주들로 상당한 고수였지만 여우 가면 남자의 무공은 그보다 훨씬 위였다. 사 대 일로 싸우는데도 변변한 대항 한 번 못해보고 여우 가면 남자의 손가락에 점혈되어 하나

둘씩 쓰러지는 것이었다.

어느새 네 명의 개방 제자는 모조리 온몸이 마비되어 바닥에 누워버렸다. 여우 가면 남자는 동료를 도울 생각은 없는지 뒤로 물러나 여유 있게 싸움을 지켜보았다.

단순히 뒤로 물러나 있을 뿐이지만 강력한 적이 언제라도 합세할 수 있다는 것은 채평안과 장소산에게 엄청난 압박감을 주었다. 둘은 순식간에 수세에 몰려 위기에 빠졌다.

"그만 버티고 죽어라!"

최진방은 소리치며 살초를 마구 퍼부었다. 장소산은 정신없이 공격을 받아넘겼다. 한순간의 실수만으로도 목숨을 잃을 상황이었다. 그런데 그때 벼락 치는 듯한 외침이 들려왔다.

"멈춰라!"

"쳇!"

최진방은 아쉬워하며 재빨리 뒤로 물러섰다. 간신히 한숨 돌린 장소산이 고개를 돌려보니 늙은 거지 한 명과 젊은 남녀 둘이 나타나 있었다.

"전공장로!"

채평안이 기뻐하며 소리쳤다. 늙은 거지는 개방의 전공장로로, 심경초라는 사람이었다. 그는 들고 있던 지팡이로 바닥을 내려치며 소리쳤다.

"감히 개방의 장로를 살해하려 하다니! 이무, 수임!"

"예!"

고개를 숙인 심경초 뒤에 서 있던 두 남녀는 남자는 봉을, 여자는 두 개의 단도를 뽑아 최진방 일당을 공격했다.

최진방은 남자의 봉을 피하며 소리쳤다.

"개방 장로와 십간이 둘이나 나타날 줄이야! 상황이 좋지 않으니 오늘은 이만 물러나야겠다."

그리고는 채평안을 향해 소리쳤다.

"네 이놈, 너희 사제가 삼 년 전 날 방해한 일은 절대로 잊지 못한다! 언제고 두 놈의 목숨을 가져갈 테니 각오하고 있어라!"

말이 끝남과 동시에 최진방 일당은 도망쳤다. 남녀는 즉시 뒤를 쫓았다. 심경초는 잠시 그 모습을 지켜보다가 지팡이를 들어 쓰러진 네 명의 개방 제자를 가볍게 툭 쳤다. 점혈이 풀린 개방 제자들은 즉시 일어나 고개를 숙였다.

"전공장로님을 뵙습니다."

여우 가면 남자의 점혈 솜씨도 놀라웠지만 심경초의 해혈 솜씨도 대단했다. 장소산은 감탄하며 생각했다.

'저분의 무공은 정말 대단하구나! 추월락 대장로보다 위인 것 같다.'

심경초가 채평안에게 말했다.

"채 장로, 큰일날 뻔하셨소."

"심 장로님 덕분에 살았습니다."

심경초나 채평안이나 같은 개방의 장로이긴 했지만 장로로서의 지위는 달랐다. 전공장로라는 중요한 직책에 있는 심경초와는 달리 채평안은 이름뿐인 단순한 명예 직이라 할 수 있었다. 무공 역시 심경초는 개방 내에서 다섯 손가락 안에 들어 채평안과는 비교가 되지 않았다.

"개방대회에 참석하러 가는 길이었는데, 이쪽으로 와보길 정말 잘했

구려. 하마터면 채 장로가 악적의 손에 목숨을 잃을 뻔하지 않았소. 어
쩌다 최진방 같은 자가 원한을 가지게 되었소?"

심경초의 질문에 채평안은 웃음을 지어 보였다.

"어쩌다 보니 그렇게 되었습니다."

그때 최진방 일당을 쫓아갔던 남녀가 되돌아와서 보고를 올렸다.

"놓쳤습니다."

"그러냐, 아깝게 되었구나."

살짝 인상을 쓴 심경초는 채평안에게 남녀를 소개했다.

"이 둘을 보기는 처음일 것이오. 십간에 속한 이무와 수임이라고 하
오."

남녀가 앞으로 나와 채평안에게 인사했다.

"장로님을 뵙습니다. 이무라고 합니다."

"수임이라고 합니다."

"반갑군. 덕분에 살았네."

심경초가 말했다.

"채 장로와 마침 만나게 되어 잘됐소. 내가 긴히 할 말이 있는
데……."

"그러시지요."

"그럼 저기 사당으로 갑시다."

심경초는 다른 사람들은 여기서 기다리라 하고 채평안과 함께 사당
으로 갔다. 장소산이 강연수 일행이 사당 안에 있는 것이 생각나 말하
려 했지만 둘은 이미 사당으로 들어가는 도중이었다. 쫓아가 말하려
하는데 이무가 앞을 가로막았다.

"두 분의 대화를 방해하지 말게."

장소산은 뭔가 석연치 않은 느낌이 들었지만 그것이 무엇인지는 확실히 집어낼 수 없었다. 결국 그는 강연수 일행에 대해 말하지 않고 입을 다물었다.

5

사당으로 들어간 심경초는 아무렇게나 제단 위에 앉았다. 채평안 역시 앞에 자리를 잡았다. 심경초는 강연수 일행이 신상 뒤에 점혈되어 있는 것을 알지 못하고 불을 켠 다음 입을 열었다.

"사공 방주의 소식을 들었소?"

개방 방주 사공방의 대해 언급되자 채평안은 절로 표정이 어두워졌다.

"폐관수련 중인 것으로 압니다."

"그렇소. 그놈의 폐관수련, 벌써 사 년째요."

심경초는 인상을 찌푸리고는 말을 이었다.

"개방 방주의 책무는 실로 막중하오. 십만 개방도의 운명을 쥐고 있지. 그런데 사공 방주는 사 년간이나 자신의 일을 내팽개치고 있으니 실로 큰일이오."

채평안 역시 동감이라 고개를 끄덕였다. 심경초는 긴 한숨을 내쉬었다.

"어쩌다 일이 이렇게 되었는지 정말 답답한 노릇이오. 그때 사공 방주가 제대로 무공을 연성한 상태였다면, 아니, 좀 더 무공이 뛰어난 인물이 방주였다면……."

그 말속에 담긴 의미를 깨달은 채평안은 깜짝 놀랐다.

“그게 무슨 뜻입니까?”

“솔직히 말하겠소. 어린 녀석에게 타구봉을 빼앗기고 사 년씩이나 일을 내팽개치는 방주를 우리가 계속 방주로 모셔야겠소? 차라리 이번 개방대회를 기회로 새로 방주를 선출하는 것이 어떻겠소?”

채평안은 떨리는 목소리로 물었다.

“전 방주가 사공 방주를 다음 대의 방주로 삼을 때, 심 장로께서도 찬성하시지 않았습니까. 그래 놓고는 왜 지금 와서 사공 방주를 쫓아내겠다는 겁니까?”

“그거야 그때와는 사정이 다르지 않소. 당시 사공 방주는 어린애에게 타구봉을 빼앗기지도 않았고, 자신의 일을 내팽개치지도 않았지.”

심경초는 쓴웃음을 지으며 말을 이었다.

“지금 와서 생각해 보면 애초에 방주를 잘못 뽑았다는 생각도 드오. 사공 방주의 무공은 너무나 평범하지. 개방 방주에게만 전승되는 절기들을 배웠어도 고작 그 정도 아니오. 사람의 인물 됨을 중시하는 바람에 중요한 무공 쪽을 보는 데는 소홀한 것 같소. 개방은 어디까지나 무림문파 중 하나인데, 대표자인 방주의 무공이 그래서야 남들이 얕보기 딱 좋지. 이번에 채 장로가 최진방 따위에게 습격당한 것도 다 우리 개방이 얕보이기 때문이 아니겠소.”

채평안은 심경초가 개방 방주를 바꾸겠다는 것은 단순한 의견이 아닌 확고한 의지라는 것을 눈치챌 수 있었다. 그는 잠시 입을 다물고 있다가 말했다.

“심 장로께서는 방주가 되고 싶으신 모양이구려.”

심경초는 흠칫했다가 고개를 끄덕였다.

“이렇게 된 이상 솔직히 말하지 맞소, 난 방주가 되고 싶소. 현재의 사공 방주보다 훨씬 개방을 위해 일을 잘할 자신도 있소. 그러니 채 장로가 날 좀 도와주시오.”

채평안은 한숨을 푹 내쉬고는 말했다.

“사람인 이상 그런 욕심을 가질 수 있는 법이고, 그것이 꼭 나쁜 것이라고 할 수도 없지.”

심경초는 좋아하며 고개를 끄덕였다.

“그야 물론이지. 내가 방주가 되는 편이 개방 전체를 위해서도 좋은 일이 될 것이오.”

돌연 채평안이 쓴웃음을 짓고는 물었다.

“하지만 그렇다고 외부의 세력과 손을 잡는 건 곤란한 일이 아니오?”

“그, 그게 무슨 소린가?”

모르는 척하려고 했지만 이미 심경초의 말은 떨리고 있었다. 채평안은 신랄한 목소리로 말했다.

“소문을 들었소, 심 장로가 돈을 물 쓰듯 써서 개방도들의 인심을 사고 있다고. 내가 심 장로의 주머니 사정을 뻔히 아는데, 그런 큰돈이 나올 구멍이 있을 리가 없지. 대체 어떤 자들에게 돈을 얻었고, 무엇을 대가로 약속했소?”

“그, 그건…….”

채평안은 격양된 목소리로 외쳤다.

“난 전 방주이신 정진구 어른께 목숨을 구함받은 은혜를 입고 개방에 들어왔소. 또한 그분이 돌아가실 때 사공 방주를 잘 보필하겠다고 약속까지 했소. 난 은혜를 잊고 약속을 어기는 금수 같은 짓은 죽으면 죽었지 할 수 없소.”

그는 말문이 막힌 심경초를 흘긋 보며 몸을 일으켰다.

"개방대회 때는 이번 내 질문에 대한 납득할 수 있는 변명을 준비해 오시기를 바라오."

심경초는 사당을 나가려고 걸음을 옮기는 채평안을 보며 돌연 한숨을 내쉬었다.

"정 그렇다면 할 수 없지."

그 순간이었다. 갑자기 그가 벌떡 일어나더니 소리쳤다.

"최진방, 이놈! 아직도 정신을 못 차리고 또 왔구나!"

"무슨?"

채평안이 놀라 물으려는 순간이었다. 심경초의 손바닥이 그의 가슴을 내리눌렀다. 엄청난 힘이 실린 중수법 앞에 그의 갈비뼈는 수수깡처럼 으스러져 버렸다.

"다, 당신이……?"

채평안은 눈을 부릅뜨고 노려보았다. 심경초는 히죽 웃고는 말했다.

"죽으면 죽었지 못하겠다고 하지 않았나. 그래서 그대로 해준 것이네."

심경초는 채평안을 바닥에 내동댕이치고는 응조수의 수법으로 자기 어깨를 찍었다. 그때 소리를 듣고 장소산과 무이, 수임이 뛰어들어 왔다.

"사부님!"

장소산이 쓰러진 채평안을 안아 일으켰다. 심경초가 자기 어깨에서 흐르는 피를 막으며 신음 섞인 목소리로 말했다.

"최진방이 갑자기 나타나 암습을 했어. 채 장로는 날 구하려다 그만……."

이미 채평안의 숨은 끊어져 있었다. 장소산은 그의 시체를 껴안고 비통한 목소리로 부르짖었다.

"사부님!"

조금 전까지 멀쩡히 말하고 움직이던 사부였다. 어떻게 이렇게 갑자기 숨을 거둘 수 있단 말인가! 장소산은 도저히 믿을 수가 없어 채평안의 몇 번이고 맥박을 확인했다. 그러나 이미 심장은 멈춘 지 오래고 몸은 점점 차가워지고 있었다.

"어떻게 이런 일이……!"

장소산은 죽은 채평안을 한참 동안 껴안고 눈물을 흘렸다. 심경초와 개방 제자들이 건네는 위로의 말에도 아무 반응을 보이지 않고 있던 그는 채평안을 안아 일으켰다.

"여러분, 사부님을 매장해야겠으니 도와주십시오."

개방도들은 사당을 나와 가까운 곳에 땅을 파고 채평안을 묻었다. 간단한 장례가 끝나자 심경초가 장소산에게 말했다.

"자네는 나와 함께 가세나. 죽은 그대의 사부를 대신해 개방대회에서 자네를 소개시켜 주겠네."

장소산은 고개를 저었다.

"말씀은 감사합니다만, 당장 해야 할 일이 있습니다. 그 일이 끝나고 나면 찾아뵙겠습니다."

"정 그렇다면 할 수 없지."

심경초는 개방 제자들을 이끌고 떠났다. 모두가 간 것을 확인하자 장소산은 사당으로 가서 신상의 뒤편을 보았다. 강연수 일행이 여전히 점혈이 된 채로 누워 있었다. 장소산은 일단 셋의 아혈을 풀어주었다.

"장소산!"

강연수가 말을 할 수 있게 되자 소리쳤다. 그토록 만나고 싶던 사람을 다시 만났지만 그녀는 하고 싶은 말을 할 수 없었다.

장소산은 굳은 표정으로 그녀를 바라보며 물었다.

"사당 안에서 내 사부님이 돌아가시는 상황을 모두 들었을 것이오. 내 사부를 살해한 사람이 누구요?"

"……."

강연수가 대답을 못하자 장소산은 무서운 얼굴로 다시 물었다.

"내 사부를 죽인 자는 최진방이오? 아니면 사부와 같이 사당으로 들어온 사람이오?"

대답을 못하고 머뭇거리는 강연수 대신 황보륭이 대답했다.

"같이 들어온 사람이오. 심 장로라고 하더군. 방주를 바꾸는 일을 이야기하다 거절하니 갑자기 공격을 가했소."

장소산은 고개를 끄덕였다.

"그렇군."

그는 심경초의 말을 믿지 않고 있었다. 황보륭의 대답으로 그는 확신할 수 있었다. 최진방과 심경초는 한패였던 것이다.

'최진방으로 하여금 습격하게 한 다음, 위기의 순간에 자신이 구해 줘 은혜를 입힌다. 그런 다음 방주를 바꾸는 일에 협력하도록 꼬드기고 말을 듣지 않으면 최진방의 짓으로 꾸며 살해한다 이건가?

뿌드득!

장소산은 이를 갈았다. 그는 사실 개방의 방주가 누가 되든 아무래도 좋았다. 말이 개방도지 사부와 함께 지내며 다른 개방도를 만날 기회가 별로 없었던 그에게 개방이란 조직에 대한 소속감은 그다지 없었다. 개방의 제자라기보다 개방 장로의 제자라고 하는 편이 정확할 것이다.

하지만 사부인 채평안이란 존재는 그에게 특별했다. 말이 사부지 그다지 배운 것은 없지만, 갈 곳 없는 자신을 거두어준 은인이었다.

그런 그가 억울하게 살해당했으니 어찌 가만히 있을 수 있겠는가!

'심경초!'

장소산은 강연수 일행의 점혈을 마저 풀어준 다음, 심경초 일행의 뒤를 쫓았다. 심경초를 죽여 사부의 원한을 달래줄 생각이었다. 그러나 깜깜한 산속은 바로 눈앞조차 알아보기 힘들 정도로 어두웠다. 마음만 앞서 달려간 그는 심경초 일행의 흔적을 놓쳐 버렸다.

"제길!"

화가 치밀어 욕을 내뱉는데 뒤에서 목소리가 들려왔다.

"좀 진정하는 것이 어때?"

돌아보니 강연수가 있었다. 장소산을 쫓아온 모양이었다.

"심 장로란 사람은 개방의 전공장로라며? 무공이 대단할 테고, 곁에는 부하들까지 있는데 쫓아간다고 해서 죽일 수 있을 것 같아?"

"꼭 무공으로만 사람을 죽일 수 있는 것은 아니지."

대꾸한 장소산은 강연수의 주변을 보았다. 그녀만이 있을 뿐 황보륭과 가신풍의 모습은 보이지 않았다.

"같이 다니던 사람은 어디다 두고 혼자요?"

"그 두 사람? 그냥 놔두고 왔어."

장소산은 더 이상 강연수를 상대하지 않고 주변을 살피며 산을 내려갔다. 심경초가 개봉으로 간다는 것은 이미 알고 있으니 행방을 놓칠 걱정은 없다. 차분히 산을 내려가 개봉으로 가는 길을 가다 보면 찾을 수 있을 것이라고 생각했다.

　강연수는 일정 거리를 둔 채 뒤를 따라왔다. 장소산은 그녀가 따라오는 것을 무시하고 계속 길을 갔다. 그런데 길을 잘못 들었는지 무성한 수풀이 앞을 가로막았다. 장소산은 계속 아래로 가다 보면 산을 내려갈 것이라 생각하고 무작정 수풀을 헤치고 나아갔지만, 갈수록 무성해지는 수풀이 발을 붙잡았다.

　"망할!"

　화가 치밀어 오른 장소산은 주변의 수풀을 마구 꺾고 짓밟았다. 뒤에서 따라오던 강연수가 한마디 했다.

　"왜 엉뚱한 데다가 화풀이야."

　장소산은 휙 고개를 돌려 강연수를 노려보았다.

　"귀찮게 따라오지 말고 동료들에게나 돌아가시오!"

　강연수는 무슨 소리냐고 눈을 둥그렇게 떴다.

　"내가 뭘 귀찮게 했다는 거야? 내가 길을 못 가게 막기라도 했어, 아님 성가시게 굴었어?"

　"동료들이 걱정할 것 아니오."

　"그 두 사람? 그냥 어쩌다 만나서 같이 다닌 사이일 뿐이야. 나중에 인연이 있으면 다시 만나자고 했으니 알아서 제 갈 길을 갔겠지."

　"그럼 당신도 제 갈 길을 가는 것이 어떻소?"

　강연수는 빙그레 웃고는 말했다.

　"그래서 이렇게 가고 있잖아."

　"쳇, 못 보던 사이에 말솜씨만 늘었군."

　장소산은 이야기를 나누는 사이 마음속의 울화가 어느 정도 풀리는 것을 느꼈다. 그는 적당한 나무 아래에 주저앉았다.

“날이 밝은 후에 내려가는 것이 낫겠군.”

“그래, 그게 낫겠다.”

강연수도 장소산 옆에 앉았다. 둘은 잠시 침묵하다가 강연수가 입을 열었다.

“왜 삼 년 전 약속한 장소에 오지 않았어?”

이 질문은 그녀가 오래전부터 하고 싶던 말이었다. 만약 일이 무사히 끝나고 깨끗이 작별하였다면, 그녀는 장소산을 그토록 찾지 않았을 것이다. 깨어진 약속과 위험한 장소에서 헤어지고 소식을 들을 수 없다는 사실이 삼 년간 그녀의 마음 한구석에 걱정과 아쉬움을 새겨놓았던 것이다.

장소산은 잠시 머뭇거리다가 대답했다.

“최진방에게 잡혔었소.”

“아니, 어쩌다?”

“어쩌고 뭐고 간에 재수없게 딱 걸렸지.”

“임 숙부님은 널 만나 무사히 숭산을 내려갔다고 하던데?”

그거야 당연히 거짓말이라 하고 싶었지만 장소산은 참았다.

‘서로 그냥 넘어가 주는 것이 나나 그녀나 임한정 모두에게 좋은 일이다.’

그는 적당히 둘러대었다.

“무사히 내려가다 중간에 마주치고 말았지. 원수는 외나무다리에서 마주친다고 하더니 정말 재수가 없었소.”

“흐음, 그랬구나. 그래서 어떻게 되었어?”

“삼 년 동안 쭉 잡혀 있다가 작년에 간신히 도망쳐 나왔지. 그리고 이런 저런 일로 바쁘게 지냈소.”

장소산이 대답하며 생각해 보니 동굴에서 도망쳐 나온 지 벌써 일 년 가까운 시간이 흘러 있었다.

'그러고 보면 정말 바빴군. 시간이 이렇게나 지나도록 몰랐으니.'

강연수는 그를 쳐다보고 있다가 물었다.

"그 심 장로란 사람에게 복수할 거야?"

"그야 당연하지. 사부가 살해당했는데 가만히 있어서야 제자라고 할 수 있겠소?"

"잘못하면 장로를 살해한 개방의 반역도가 될지도 모르는데?"

장소산은 흠칫했다. 복수할 생각만 하느라 그 점을 생각하지 못했던 것이다.

'지금 심경초를 죽어 버리면 그놈은 억울한 죽임을 당한 것이 되고, 난 꼼짝없이 웃어른을 살해한 천인공노할 놈이 되어버린다.'

복수도 중요하지만 복수를 위해 자신의 모든 것을 버릴 생각은 없었다. 냉수를 뒤집어쓴 듯 가슴속이 차가워지는 것을 느끼며 장소산은 곰곰이 생각해 보았다.

'최진방의 뒤에는 어떤 배후 세력이 있다.'최진방뿐만이 아니라 다른 뛰어난 고수들을 수하로 두고 있는 배후 세력은 심경초를 도와 방주를 바꿔 개방을 손에 넣기 위해 방해가 되는 현 방주인 사공방의 사부인 추월락 장로와 나의 사부님을 노리고, 또한 최진방을 통해 임한정이 장문인으로 있는 숭산파와 손을 잡으려 하고 있다.'

이렇게 생각하니 앞뒤가 들어맞는 것 같았다. 장소산은 자신의 생각에 허점이 있지 않을까 살펴보았다.

'가만, 혹시 배후 세력이 심경초가 속해 있는 개방 일파가 아닐까? 이찌면 그럴지도 모르겠군. 그러니 심경초 정도가 최진방이 + 그 여우

가면의 고수 정도 되는 실력자를 수하로 부리기엔 부족한 감이 있다.'

그의 생각대로라면 최진방이나 심경초 모두 하수인에 불과하다는 결론이 나온다. 그는 잠시 궁리하다 결심했다.

'지금 심경초를 죽인다고 해도 제대로 된 복수가 아니다. 그들의 음모를 방해하여 개방이 그들의 손에 넘어가는 것을 막고, 죄상을 낱낱이 밝힌 다음 죽여야 제대로 된 복수일 것이다.'

그러기 위해서는 앞으로 어떻게 해야 할까 장소산은 계속해서 궁리했다. 정신이 들어보니 어느새 하룻밤이 지나 해가 뜨고 있었다.

"좋아!"

마음속으로 결의를 다진 장소산은 벌떡 일어났다. 깜박 잠이 들었던 강연수가 깜짝 놀라며 깨어났다.

"어디 가?"

"어디 가긴, 당연히 산을 내려가는 거지."

대답을 하면서 장소산은 발걸음을 옮겼다. 강연수는 부랴부랴 일어나 그의 뒤를 좇아갔다.

"같이 가!"

장소산이 퉁명스럽게 물었다.

"왜 자꾸 따라오는 것이오?"

"네가 상대하려는 자는 대단한 고수잖아. 그러니까 내가 복수를 도와주겠어."

"나 혼자서도 충분하오."

"과연 그럴까? 적은 하나가 아닌 것 같은데. 게다가 만일의 경우, 심장로가 네 사부를 죽인 것을 증명할 증인이 필요하지 않아?"

장소산은 잠시 생각해 보다가 고개를 끄덕였다.

“좋소, 대신 내 지시를 따라야 하오.”
강연수는 씩 웃으며 대답했다.
“그야 물론이지요.”

第十五章

개방의 음모

개봉으로 가는 길을 따라가니 얼마 안 가 심경초 일행을 따라잡을 수 있었다. 장소산은 길 중간에 쉬면서 음식을 나눠 먹고 있는 심경초 일행에게 다가가 인사를 올렸다.

"안녕하십니까."

심경초는 잠시 누군가 생각하다가 채평안의 제자라는 것을 떠올리고는 고개를 끄덕였다.

"볼일을 다 본 건가? 옆에 계신 소저는 누군가?"

당장 죽여 버리고 싶은 원수였지만 장소산은 감정을 숨기고 대답했다.

"저와 전부터 알고 지내던 사람으로, 화산파의 강 소저입니다. 개방 대회를 구경하고 싶다고 해서 같이 왔습니다."

강연수가 이어 인사를 올렸다.

"화산의 강연수라고 합니다. 명성 높으신 개방의 전공장로님을 뵙게 되어 영광입니다."

정중한 인사에 기분이 좋아진 심경초는 웃으며 고개를 끄덕였다.

"나야말로 강 소저의 명성을 익히 들었네. 이렇게 만나게 되어 기쁘군. 그래, 개방대회를 구경하고 싶다고?"

"예, 따라가도 폐가 되지 않는다면 동행했으면 합니다."

"우리야 괜찮지만, 귀한 집 따님인 소저가 우리 같은 거지들과 함께 가면 불편하지 않을까?"

"괜찮습니다. 강호를 돌아다니다 보면 저 역시 노숙 정도는 예사이니까요."

장소산은 강연수와 대화를 나누는 심경초를 유심히 살펴보았다. 강연수를 만나고도 별다른 반응이 없는 것으로 보아, 그 후 최진방 일당과 다시 만난 일은 없었던 모양이다.

'최진방으로부터 강연수 일행을 신상 뒤에 숨겨놓았다는 말을 들었다면, 자신의 짓이 들켰다는 생각에 강연수를 보았을 때 분명 반응이 있었을 것이다. 그렇지 않은 것으로 보아 최진방 일당을 만나지 않았거나, 혹 만났더라도 강연수 일행에 대한 말은 듣지 못한 모양이다.'

아마도 심경초가 채평안을 사당에서 살해한 것은 계획에 없었거나, 최진방 일당과 자세한 의논 없이 자신만의 독단으로 한 행동일 것이라 장소산은 생각했다. 그렇지 않다면 최진방 일당이 강연수 일행을 다른 곳에 숨겼거나 도망칠 때 심경초에게 뭔가 언질을 주었을 것이다. 만일 그것이 여의치 않았더라도 급히 이 사실을 전하는 것이 정상이다.

'어찌 되었든 일단 당분간은 심경초가 날 의심하는 일은 없겠군. 하지만 언제 들킬지 모르니 조심해야 한다.'

장소산에게 있어 심경초와 동행하는 것은 큰 모험이었다. 언제 심경초가 자신을 죽이려 들지 모르기 때문이었다. 하지만 호랑이를 잡으려면 호랑이 굴에 들어가야 한다는 말도 있고, 여차하면 도망치거나 헤어진 황보륭과 가신풍이 내응하고 있다는 식으로 속이면 최악의 경우는 모면할 수 있을 것이라 판단했다.

'또한 심경초가 날 데려가려고 한 것을 보면, 날 이용하려는 생각 같기도 하고.'

장소산과 강연수는 심경초 일행과 동행하기로 했다. 길을 가는 동안 일행인 개방 사람들은 사부를 잃은 장소산에게 많은 신경을 써주었다. 심경초와 십간인 두 남녀 외에 다른 개방 사람들은 원래 채평안과 함께 길을 가던 사람들이었다. 장소산이 보기에 이들은 심경초와 특별한 연관은 없는 것 같았다.

'문제는 저 십간의 두 명이군.'

십간 중 하나인 겸정이라는 자가 추월락을 살해하려 한 것으로 보아 같은 십간인 두 명도 심경초와 한패일 가능성이 높았다. 아니, 최악의 경우 십간 전부가 반란에 동조하고 있을지도 모른다.

장소산은 말이 개방도지 사부와 단둘이 지내거나 아예 혼자 살던 때가 많아 개방의 조직에 대해 잘 몰랐다. 주변의 개방도에게 틈틈이 물어본 결과, 십간은 개방 내 최강의 무력 집단이라고 할 수 있는 존재였다. 그들이 모두 반란 세력에 붙었다면 설사 음모를 밝혀내도 힘에 밀려 당할 수도 있었다.

'그것참, 큰일이군.'

장소산이 근심에 찬 표정을 지어도 사부를 잃은 시점이니 모두들 그러려니 하고 넘어갔다. 덕분에 그는 마음껏 고민하고 생각에 잠길 수 있었다.

그러는 사이 일행은 개봉에 도착했고, 아직 개방대회 개최일까지는 시간이 많이 남아 적당한 객점에 자리를 잡았다. 장소산은 심경초 일행과 같은 객점에 묵었고, 강연수는 다른 객점에 묵게 되었다. 자칫 일이 잘못되었을 때 혼자인 편이 도망가기 쉽고, 함께 당하지 않아 서로를 구해줄 수 있다는 이유에서였다. 물론 심경초에게는 다른 적당한 핑계를 댔다.

심경초와 함께 숙박하게 된 장소산은 일부러 그의 주변에 얼쩡거리며 고민하는 표정을 자주 지어 보였다. 얼마 안 가 미끼를 문 심경초가 말을 걸어왔다.

"무슨 걱정이 있는가?"

장소산은 이렇게 대답해 주고 싶었다.

'널 어떻게 잡을까 걱정이다, 이 자식아!'

하지만 속으로만 가슴속의 말을 하고 겉으로는 다른 대답을 했다.

"개방의 미래에 대해 걱정하고 있었습니다."

"개방의 미래?"

장소산은 심경초가 말을 걸어오기만을 기다리고 있었다. 그는 단둘이 말하고 싶다고 하여 일행들과 떨어진 다음, 준비해 두었던 말을 꺼냈다.

"돌아가신 사부님에게 들었습니다. 현 방주이신 사공방 어른께서 타구봉을 빼앗기는 것으로도 모자라 방의 일을 사 년간이나 내팽개치고 있다고 말이지요. 이래서야 우리 개방이 잘 돌아갈 수가 있겠습니까?"

그는 분한 표정으로 입술을 깨물었다.

"아랫사람으로서 할 소리가 아니긴 하지만, 사공 방주가 제대로 일

을 처리했다면 개방대회에 참석하러 가시던 사부님이 최진방 따위에게
살해당하는 일은 없었을 것이라 생각하면 원망스런 마음을 지울 수가
없습니다."

"그건 그렇군."

장소산은 기다렸다는 듯이 목소리를 높였다.

"사부님께서는 사공 방주는 근본이 성실한 사람이니 곧 정신을 차릴
것이라 하셨지만, 전 사부님의 생각과는 다릅니다. 개방이 이번과 같
은 일을 계속 겪어 피폐해진 다음에야 정신을 차린다면, 그때는 이미
너무 늦은 것이 아닙니까. 방의 방주는 방을 위해 일해야 하는데, 아무
일도 안 하는 방주가 무슨 소용이 있습니까!"

심경초로서는 귀가 솔깃한 말이었다.

'개방대회장에서 사부를 잃은 이 녀석이 이 말을 모두에게 한다면,
중도파인 녀석들도 나에게 많이 기울어질 것이다.'

옆에 두고 차근차근 마음을 사서 자신의 편으로 삼으려고 했는데,
스스로 원하던 말을 해주니 이런 고마울 데가 어디 있는가. 그는 장소
산의 어깨를 덥석 잡았다.

"훌륭하네. 자네의 생각에 나도 찬성이네. 좀 더 힘 있는 자가 방주
가 되는 것이 옳다고 생각하네."

그는 참지 못하고 속의 생각을 털어놓았다.

"우리 개방은 천하제일의 방으로서 그 힘은 강호의 어떤 문파에도
뒤지지 않지만, 방도가 천하 각지에 흩어져 있는데다가, 거지들이라는
특수성 때문에 다른 방파와 달리 세력을 넓히려 하지 않지. 그러다 보
니 강호에서 알아주는 자가 없고, 무시당하기 일쑤이네. 아무리 우리
가 거지라지만 그렇다고 사서 무시당할 필요는 없지 않은가."

장소산은 고개를 끄덕였다.

"맞습니다. 저 역시 무시당하고 싶지 않습니다. 무시당하고 살 거면 뭐 하러 힘들게 무공을 익힌단 말입니까."

심경초는 자신의 생각이 장소산과 딱 맞는다는 생각에 기분이 좋아졌다.

"하하, 그래, 맞네. 개방도 다른 방파처럼 세력을 넓히고 방도들을 적극적으로 움직여 활동을 해야 한다고 생각하네. 그래서 수익이 생기면 방도들에게 나눠주고. 그렇게 되면 우리 거지들도 구걸을 하지 않아도 되고, 겨울에 굶어죽는 사람도 나오지 않게 될 것이 아닌가."

장소산은 속으로 욕을 했다.

'개방이 개방이 아니게 되지 않으냐, 이 자식아! 그렇게 구걸을 하기 싫으면 물건을 잘라 내시나 될 것이지, 뭐 하러 개방에 들어왔냐!'

그러면서 겉으로는 심경초의 말에 감동한 표정을 지어 보였다.

"정말 훌륭한 생각이십니다. 심 장로님이 방주가 되신다면, 우리 개방도 모두가 잘살게 될 것이니 정말 좋을 것 같습니다. 아니, 개방에 방주가 될 만한 분은 심 장로님밖에 없습니다!"

장소산은 심경초야말로 그 누구도 하지 못한 혁신적인 생각을 해냈다는 둥 개방의 역사를 다시 쓸 사람이라는 둥 온갖 아부를 늘어놓았다. 그러면서 속으로는 온갖 욕을 퍼부었다.

'너 같은 바보천치는 세상에 없을 것이다. 너 같은 인간이 개방에 들어와 장로를 해먹고 있으니 그야말로 재수 옴 붙은 격이다!'

그의 진심을 모르고 심경초는 두둥실 구름 위로 떠오르는 기분이었다. 거기다 술을 사 와 먹이니 취한 그는 자신이 개방 방주를 노리고 있다는 것을 솔직히 말해 버리고, 장소산에게 자신을 도와주면 무궁한

영광이 있을 것이라고 했다.

'영광 좋아하시네!'

장소산은 이 기회에 확 죽여 버리고 싶은 것을 참고 심경초의 계획을 캐물었다. 그러나 아무리 취했어도 함부로 발설했다간 큰일이라는 것을 잘 아는지 심경초는 자세한 사실에 대해서는 입을 열지 않았다.

너무 캐물었다가는 의심을 살 것 같아 장소산은 더 이상 묻는 것을 포기하고 데려다 자리에 눕혔다.

다음날 아침에 일어난 심경초는 어젯밤 자신의 내심을 밝힌 것을 떠올리고 조금 걱정이 되었지만, 장소산이 그와 뜻을 함께하고 싶다고 밝히자 잘되었다고 생각했다.

"좋아, 우리 개방을 위해 큰일을 해내보세."

"예!"

그리하여 장소산은 심경초의 밑으로 들어가는 데 성공했다. 하지만 잠입에 성공했다고 해도 모든 사실을 알 수 있는 것은 아니었다.

장소산이 알아본 결과 심경초의 세력은 둘로 나누어져 있었다. 단순히 심경초가 방주가 되는 것을 지지하는 쪽과 직접적으로 음모에 가담하는 쪽이었다. 장소산은 지지하는 쪽으로 분류되어 있다고 할 수 있어서 정작 중요한 사실은 알 수 없었다.

그러는 사이 채평안 외에 개방 장로 하나가 행방불명이라는 소식이 들려왔다. 심경초 쪽에서 손을 쓴 것이 분명했다. 장소산이 모르는 곳에서도 심경초의 계획은 차근차근 진행되고 있었다.

'빨리 확실한 증거를 찾아야 되는데……'

초조해하는 장소산과는 달리 심경초는 바쁘게 움직이고 있었다. 현 새 개봉에는 개방대회에 참석하러 온 수많은 개방도들이 모여 있었다.

심경초는 그들 중 영향력있는 자들을 찾아가 자신의 편으로 끌어들이려 했다.

　장소산은 심경초를 돕는다는 명목으로 따라다니며 그를 감시했다. 그러나 별다른 점을 발견하지 못하고 있는데, 하루는 강연수가 찾아왔다.

　"좀 수상한 점을 발견했어."

　그녀는 개봉에 온 후 따로 객점에서 투숙하고 있었다. 장소산은 혹시나 하고 물었다.

　"무슨 일이오?"

　"내가 식당에서 식사를 하고 있는데, 거지들이 먹을 것을 사 가는 거야."

　보통 사람이 먹을 것을 사 가는 것은 전혀 수상한 일이 아니다. 하지만 거지가 돈을 주고 먹을 것을 사는 것은 수상한 일이 되는 것이다.

　그러나 장소산은 퉁명스럽게 대답했다.

　"그거야 구걸만으로는 먹을 것을 구할 수 없으니까 그렇겠지. 거지들이 이렇게 많은데 그들이 일일이 구걸한다고 먹을 것이 생기겠소? 보통 여기 올 때 분타 내에서 돈을 모아 여비를 준비해 오지. 나 역시 사 먹소."

　"어, 안 수상해? 비싼 음식으로만 사는데도?"

　"모처럼의 기회니 사치 좀 부려보는 것이겠지. 쓸데없는 짓 말고 돌아가 조용히 있으시오."

　기껏 정보라고 가져왔는데 면박만 당하자 강연수는 투덜대며 장소산과 헤어졌다.

　'그럼 내가 쓸데없는 짓 안 하게 뭔가 시켜보란 말이야! 나 같은 인

재를 썩히고 있으면 손해라는 것을 모르나?'

어차피 할 일도 없던 그녀는 객점으로 돌아가지 않고 거리를 돌아다녔다. 그런데 그때 그녀의 눈에 거지 두 명이 음식 보따리를 들고 가는 것이 눈에 띄었다. 바로 그녀가 수상하다고 했던 음식을 사 가는 거지들이었다.

'어차피 할 일도 없는데 쓸데없는 짓이나 해보자.'

이런 생각이 든 강연수는 두 거지의 뒤를 미행하기 시작했다. 한참을 따라가는데, 키가 작은 거지가 옆에 있는 비쩍 마른 거지에게 말을 건넸다.

"우리가 이렇게 우리 먹을 돈까지 아껴가면서 정성을 들이는데, 쓸데없는 헛고생을 하는 것이 아닌가 하는 생각이 듭니다."

그러자 비쩍 마른 거지가 답했다.

"나도 그런 생각이 없지 않지만 모처럼의 기회가 아닌가. 그러니 혹시나 하고 계속해 보는 거지. 우리 같은 말단이 개방 방주를 만날 일이 평생 다시 있겠는가. 운 좋게 절기 한두 가지쯤 배울 수 있다면, 평생을 두고 유용하게 쓰지 않겠나."

강연수는 흠칫 놀랐다.

'개방 방주라면, 폐관수련 중이라는 사공방을 말하는 것인가?'

2

강연수는 두 거지가 한 낡은 집에 들어가는 것을 보았다. 집 담장 앞에는 거지 하나가 쭈그리고 앉아 있었는데, 보초인 모양이었다.

'어떡한다!'

돌아가 장소산에게 알릴까 생각하던 그녀는 마음을 바꾸었다. 이 기회에 확실히 자신의 능력을 보여줌과 동시에 은혜를 입혀두면 좋을 것 같았다.

'좋아.'

그녀는 집 주변을 살펴보았다. 대문이 있는 남쪽은 보초를 서는 거지가 앉아 있고, 서쪽과 동쪽은 다른 집과 붙어 있었다. 남은 북쪽은 대로라 많은 사람들이 지나다녔다.

'양쪽에 붙은 집으로 들어가면 편할 것 같지만, 그 집에 한패가 있지 않는다는 보장이 없다. 그렇다면 차라리 침입하지 않으리라고 생각하는 곳을 노리는 것이 낫다.'

이렇게 생각한 강연수는 일단 옷가게로 가서 남장을 했다. 혹시나 발각되더라도 자신의 정체를 알 수 없게 신경 써서 변장을 한 그녀는 다시 그 집으로 갔다.

집의 대로 방향에서 이곳을 감시하는 사람이 없나 확인해 본 그녀는 담장을 등에 대고 섰다. 그리고는 잠시 서서 집 안의 인기척을 살피다가 훌쩍 뛰어 단숨에 담장을 넘었다. 많은 사람들이 스쳐 지나갔지만 워낙 순식간에 일이고, 특별히 신경 쓰는 사람이 없어서 그녀가 담을 넘는 것을 아무도 알아차리지 못했다.

'성공!'

넘어간 집 앞마당에는 아무도 없었다. 그녀는 집 안의 인기척을 살폈다.

'집 안으로 들어간 두 거지는 나오지 않았다. 분명 집 안 어딘가에 비밀 장소가 있을 것이다.'

강연수는 예전 임한정 집의 비밀 장소를 떠올렸다. 그때 부엌에서 말소리가 들려왔다. 다가가 보니 두 거지가 쭈그리고 앉아 건량을 먹고 있었다.

"오늘도 허탕이군."

"역시나 헛수고였어요. 내일이 개방대회 날인데……."

"쳇, 누구는 내 돈으로 비싼 음식을 실컷 먹는데, 우리는 딱딱한 건량이나 씹어야 한다니!"

잠시 투덜거린 두 거지는 집을 나갔다. 잠시 후 강연수가 부엌으로 들어왔다.

"부엌에 아무도 없는 것을 확인했는데 갑자기 두 거지가 나타났다. 분명 부엌에 비밀 장소로 들어가는 입구가 있을 것이다."

하지만 아무리 살펴보아도 특별히 이상한 점을 찾지 못했다. 별수없이 장소산을 데리고 다시 올까 생각하는데, 그때 두 거지가 건량을 먹던 것이 떠올랐다.

"가만, 여기가 부엌이니 밥을 해먹을 수도 있잖아. 최소한 건량을 굽거나 물에 끓여 먹을 수가 있을 텐데……."

순간 번쩍 떠오르는 생각에 아궁이를 살펴보았다. 재가 하나도 없고, 깨끗한 것이 전혀 사용한 흔적이 없었다. 아궁이 속으로 들어가 살펴보니 손잡이가 만져졌다.

"찾았다!"

손잡이를 당기니 뚜껑이 열리며 구멍이 나타났다. 구멍으로 들어가 보니 그곳은 좁은 굴이었다. 바로 옆에 횃불이 있어 불을 붙이고 조금 앞으로 걸어가니 철창이 보이고, 그 안에 사람 하나가 갇혀 있었다.

"개방 방주 사공방 어른이십니까?"

철창 안의 사람이 물었다.

"내가 사공방인데. 누군가?"

사공방은 의아해하고 있었다. 개방 제자 중에는 여자가 없었기 때문이다. 강연수는 예를 표하고는 대답했다.

"화산파 제자 강연수라고 합니다. 사공 방주님을 구하러 왔습니다."

"화산파? 화산파가 왜 개방의 일에 나타났지?"

"제 친구가 개방도입니다. 그러니까……."

강연수는 채평안이 심경초가 방주를 바꾸자는 말을 거부해서 살해당했고, 채평안의 제자인 장소산이 복수를 하려는 것을 자신이 돕고 있다는 사실을 대충 설명했다. 이야기를 모두 들은 사공방은 깊은 탄식을 터뜨렸다.

"채 장로께서 돌아가셨단 말인가! 다 내가 부덕한 탓이다."

"사공 방주께서는 어쩌다 이곳에 갇혀 계신 것입니까?"

"사 년 전, 난 폐관수련을 하고 있었다. 아무도 모르는 장소였는데 어떻게 알았는지 심경초가 날 찾아왔다. 방주 직을 자신에게 넘기라고 하더군. 싫다고 하자 날 잡아 가둔 것이다. 지난 삼 년간 다른 곳에 갇혀 있었는데, 일 년 전에 이곳으로 옮겨놓더군."

"다행히 심경초가 방주님을 해치지는 않았군요."

사공방은 피식 웃고는 말했다.

"그는 내가 알고 있는 개방 방주에게만 전승되는 무공을 욕심내고 있으니 쉽게 죽일 리가 없지. 날 감시하는 녀석들도 무공 욕심에 매끼 좋은 음식을 가져오더군. 덕분에 오히려 밖에 있을 때보다 살이 쪘지."

"지금 구해드리겠습니다."

강연수는 검을 뽑아 철창을 내려쳤다. 그녀의 검은 보기 드문 보검인데다 검기까지 실으니 몇 번 치자 철창이 잘려 나갔다. 그걸 보고 사공방이 감탄을 터뜨렸다.

"젊은데 무공이 대단하군!"

철창을 자른 후 속박하고 있는 수갑까지 자른 다음 강연수와 사공방은 밖으로 나왔다. 밝은 곳으로 나와 보자 사공방은 누더기에 수염과 머리카락으로 뒤덮혀 있어 얼굴을 보기가 힘들 정도였다.

"자, 그럼……."

강연수는 사공방을 데리고 장소산을 만나러 갈 생각이었다. 방주를 구한 것을 자랑하고, 앞으로의 일을 의논하기 위해서였다. 그러나 그녀와 사공방이 앞마당으로 나왔을 때는 이미 십여 명의 개방 제자들이 그 앞을 가로막고 있었다. 옆집에 대기하고 있던 자들이 어떻게 알았는지 사공방이 탈출한 것을 알고 달려온 것이다. 강연수는 즉시 검을 휘둘러 개방 제자들을 쓰러뜨리려 했지만, 이곳에 있는 개방 제자들은 하나같이 무공의 고수였다. 재빠르게 뒤로 피해 그녀의 검에 맞는 사람은 하나도 없었다.

'큰일났네!'

그녀가 어쩔 줄 모르고 있을 때 사공방이 앞으로 나서서 외쳤다.

"난 개방의 방주 사공방이다. 개방의 제자인 너희들이 감히 방주를 막을 셈인가?!"

개방 제자들은 머뭇거렸다. 그들은 심경초의 심복으로, 음모를 알고 있는 자들이었다. 하지만 막상 사공방을 눈앞에 대하자 손을 쓰기 두려워졌다. 사공방은 강연수를 돌아보며 말했다.

"가세나."

그리고는 성큼성큼 대문으로 걸어갔다. 강연수는 어쩔 줄 몰라 하면서도 그 뒤를 따랐다. 개방 제자들은 방주의 당당한 위엄에 누구 하나 감히 나서서 막지 못했다. 그러나 사공방과 강연수가 대문 앞에 이르렀을 때 그들의 앞을 막는 사람이 있었다.

"이무!"

사공방이 눈살을 찌푸리며 말을 내뱉었다. 앞을 막은 자는 심경초와 함께 있던 두 명의 십간 중 남자인 이무였다.

"방주님, 마음대로 나가시면 곤란합니다."

이무는 봉을 들어 대문을 막아섰다. 사공방은 낮게 가라앉은 목소리로 물었다.

"방주의 명령만을 들어야 하는 십간인 네가 방주인 나를 배신하고 전공장로의 부하가 되겠다는 거냐?"

"심 장로님은 곧 방주가 되실 것입니다. 그러니 제가 그분의 명령을 듣는다고 잘못될 것은 없지요."

사공방은 쓴웃음을 지었다.

"대놓고 반역을 저지르겠다고 말하는구나."

이무는 덤덤히 받았다.

"그렇게 말씀하신다 해도 할 수 없습니다."

"다른 십간들도 모두 너와 같은 뜻이냐?"

"그렇지는 않습니다. 대부분은 전혀 이 일을 모르지요."

"왜냐, 왜 날 배신한 것이냐?"

"다른 사람들의 이유는 저도 모르지만 저의 경우는……."

이무는 봉으로 사공방을 겨누며 말을 이었다.

"무인으로서 나보다 약한 자 밑에 있기 싫어서라고나 할까요."

말을 마침과 동시에 이무의 봉이 사공방을 노렸다. 사공방이 훌쩍 뛰어 피했지만 봉은 집요하게 그를 노렸다. 그때 강연수가 뛰어들며 검광을 뿌렸다. 이무는 당황하지 않고 봉을 휘둘러 그녀까지 사공방과 함께 봉의 영향권 안으로 몰아넣어 버렸다.

"……!"

이무는 사공방과 강연수 둘을 상대하면서도 밀리지 않고 있었다. 강연수는 상대의 대단한 무공에 놀라면서도 침착하게 상황을 살폈다.

'상대가 지리적인 이점을 가지고 있구나!'

이무는 대문을 지키고 서 있었다. 덕분에 담장이 좌우를 막아주어 그는 정면으로 오는 공격만을 상대하면 되었다. 그 사실을 깨달은 강연수는 빈틈을 타 훌쩍 뛰어 대문 위를 잡고 날아올랐다. 순식간에 대문을 뛰어넘은 그녀는 이무의 등을 노렸다.

"쳇!"

이렇게 되자 오히려 이무가 지형적으로 불리하게 되어버렸다. 앞뒤 양쪽에서 적을 상대해야 하는데, 장병인 봉은 대문에 걸려 제대로 쓸 수 없었다.

하지만 이무는 어떤 상황에서도 싸울 수 있도록 전문적인 훈련을 받은 자였다. 봉을 던져 사공방을 공격함과 동시에 몸을 돌려 날아드는 검을 덥석 잡았다. 검날에 베여 손바닥에서 피가 났지만 상관하지 않고 발차기를 날렸다.

"악!"

강연수가 급히 양팔로 막았지만 강력한 위력에 그녀의 몸은 허공으로 치솟아올랐다. 그 틈을 타 이무는 사공방을 맹렬히 공격했다.

원래 사공방의 무공은 이무보다 떨어지는 편이었다. 게다가 오랫 동안의 감금으로 몸이 약해진 상태였다. 이무의 공격을 버티지 못하고 권에 가슴을 적중당하고 말았다.

"커억!"

피를 토하며 주저앉는 사공방을 향해 이무는 주먹을 들어올렸다. 이렇게 된 이상 아예 후환이 없게 죽여 버릴 셈이었다. 그런데 그때 등 뒤를 노리는 기운이 있었다.

강연수가 뒤에서 빠른 속도로 습격하고 있었다. 그녀의 반격은 이무가 예상한 것보다 훨씬 빨랐다. 이무는 사공방을 포기하고 몸을 돌려 강연수를 맞이했다. 이무의 권과 강연수의 검이 교차하는 순간 뼈가 부숴지는 섬뜩한 소리가 울려 퍼졌다.

빠각!

주변의 개방 제자들은 깜짝 놀라 눈이 커졌다. 이무가 고개를 뒤로 젖히고 있었다. 인간이 젖힐 수 있는 한계 이상으로 뒤로 넘어간 머리, 목뼈가 부러진 것이 분명했다. 강연수가 검을 찌르는 듯하다가 갑자기 발차기를 날려 이무의 턱을 가격한 것이다.

강연수는 평소 검법을 주로 사용했지만 그녀에게는 또 하나의 숨겨진 절기가 있었으니, 바로 퇴법이었다. 삼 년 전 손에 넣은 두 권의 무공총람 점혈편과 퇴편, 그중의 하나인 퇴편의 무공을 그녀는 어떤 상황에서도 순간적으로 펼칠 수 있도록 단련하여 한순간에 검법을 퇴법으로 전환하여 이무의 턱을 날려 버린 것이다.

목이 꺾인 이무는 그대로 뒤로 쓰러져 움직이지 않았다. 죽었거나 살아 있다고 해도 죽은 것이나 다름이 없을 것이다.

"후우! 후우!"

단 한순간이었지만 힘과 정신을 모조리 쏟아낸 강연수는 숨을 골랐다. 생각을 하고 한 공격의 전환이 아니었다. 순간적으로 검 공격이 실패할 것을 느끼고 몸이 먼저 반응하여 퇴법을 펼친 것이었다.

“대단하군.”

사공방이 그녀를 보며 중얼거렸다. 원래 이무와 강연수는 확연한 무공의 격차가 있었다. 그런데 강연수는 이무와의 그 짧은 대결 동안 성장하여 격차를 메워 버리고 승리를 얻은 것이다.

‘나 같은 것과는 비교할 수도 없는 무공의 재능, 지금 난 장래의 천하십대고수가 될 사람을 만나고 있는 건지도 모르겠군.’

호흡을 안정시킨 강연수가 사공방을 부축해 일으켰다.

“괜찮으십니까?”

“그럭저럭 살 만하네.”

강연수는 사공방을 부축하여 집을 빠져나갔다. 개방의 최고 정예인 십간의 일인이 패하는 믿기 힘든 모습을 본 개방의 제자들은 감히 그녀를 막지 못하고 멍하니 보고만 있었다. 그러다 그녀와 사공방의 모습이 시야에 사라지고 나서야 퍼뜩 정신을 차리고 소리쳤다.

“뭐, 뭐 하고 있는 거냐! 잡아라!”

3

“사공방이 도망쳤다고?”

묵고 있는 객점의 자신의 방에서 소식을 전해들은 심경초는 너무나 어이가 없어서 화를 내지도 못했다. 심복 수하가 식은땀을 흘리며 계속해서 보고를 올렸다.

“정체불명의 고수가 구해갔습니다. 그 고수의 무공이 너무나 놀라워…….”

“그래서 단 한 명을 못 당해서 놓쳐 버렸다고?”

심경초의 비웃음 띤 얼굴에 깜짝 놀란 심복 수하는 다급히 말을 이었다.

"이무가 그 고수에게 목이 꺾여 죽었습니다."

"이무가?!"

심경초는 크게 놀랐다. 이무의 무공은 자신과 비교해도 그다지 차이가 나지 않을 정도이다. 그런 그가 당했을 정도면, 상대의 무공은 초일류고수라 봐야 했다.

"그래, 사공방과 그 고수는 어디에 있나?"

"개봉의 복잡한 골목길 속으로 숨어버렸습니다. 지금 수색 중입니다."

심경초는 눈살을 찌푸렸다. 현재 개봉에는 개방의 고수들이 총집결해 있었다. 그러나 정작 그의 손에서 움직일 수 있는 수는 십분의 일도 되지 않는다.

'잡아야 할 녀석이 사공방이라는 것을 알면서도 내 명령을 들을 만한 녀석은 고작 백 명 정도이다. 거기다 초일류고수가 함께 있다면 이건 힘들다. 최악의 경우, 다른 장로들이 싸움의 소란으로 끼어들게 된다면⋯⋯.'

그는 긴 한숨을 내쉬었다.

'별수없이 그자들을 불러야 하는가.'

심경초는 심복 부하를 보내고 창밖으로 푸른 등을 하나 걸었다. 이것은 그와 협력하는 조직과의 약속, 얼마 후 창문을 두드리며 여우 가면의 남자가 안으로 들어왔다.

"부르셨습니까?"

"그래, 한 가지 일을 더 도와주어야겠소."

“무슨 일입니까?”

“사공방이 어떤 고수의 도움으로 도망쳤소. 이 개봉 어딘가에 숨어 있을 그를 잡아 없애고, 역시 그를 돕는 고수도 없애주시오.”

“호오~ 이건 꽤 큰일이로군요.”

보이지는 않지만 여우 가면 뒤로 비웃는 얼굴이 보이는 것 같았다. 심경초는 기분 나쁜 것을 참고 말했다.

“서둘러 주시오.”

“그러지요.”

대답하고 나가려던 여우 가면의 남자는 뭔가 생각났는지 고개를 돌렸다.

“참, 채평안의 일 때 말입니다. 그때 강호의 젊은 녀석들이 기웃거리기에 잡아서 사당 신상 뒤에 숨겨두었는데, 심 장로께서 구해주셨습니까?”

“뭐?”

심경초는 무슨 소린가 해서 잠시 생각하다가 소스라치게 놀랐다.

“그때 사당에 사람이 있었다고?!”

그렇다면 자신이 채평안을 죽이는 것을 뻔히 듣고 있었을 것이 아닌가!

“아니, 왜 그 말을 지금에야 하는 거지?”

여우 가면은 태연히 대답했다.

“그야 그 일 이후 처음 만나는 것 아닙니까.”

“제, 젠장! 난 그때 사당에서 채평안을 없애 버렸다고. 그럼 신상 뒤의 녀석이 그걸 뻔히 봤을 거 아냐?!”

심경초가 화를 냈지만 여우 가면은 여전히 태연했다.

"그렇겠군요."

"뭐가 그렇겠군요야! 왜 하필 사당 뒤에 숨긴 거야?!"

"그야 숨길 만한 적당한 장소였으니까요. 저야 장로님께서 사당에서 사람을 죽일 생각이었는지 어찌 알겠습니까. 그저 채평안을 습격하다가 자신이 나타나면 적당히 대응하다 도망치라는 당신의 부탁을 그대로 들어준 것뿐인데."

"큭!"

그 말 대로였다. 이 문제는 양쪽의 의사소통이 제대로 이루어지지 않은 탓이었다.

'일이 이렇게 꼬일 줄이야!'

개방 방주의 자리를 손에 넣으려 했지만 자신만으로는 힘이 부족했다. 그래서 저들의 손을 빌릴 수밖에 없었다. 하지만 저들을 너무 깊숙이 개입시키면 나중에 자신이 개방 방주가 되어도 꼭두각시 신세가 될지도 모른다는 생각이 들었다.

그래서 힘을 빌리는 것을 최저한으로 하고 자신의 계획을 알려주지도 않았다. 또한 중요한 일은 자신과 심복들만으로 처리했다. 나름대로 좋은 생각이라고 생각했는데, 설마 이런 문제가 생길 줄이야!

"그 젊은 녀석들이라는 게 누구지?"

"황보륭, 가신풍, 강연수, 이상 셋입니다."

"······!"

심경초는 장소산과 함께 찾아와 인사한 강연수의 모습을 떠올렸다. 그렇다면 장소산 역시 자신이 제 사부를 살해한 것을 알고 있을 것이 아닌가!

'원수를 바로 곁에 두고 있었구나!'

등으로 식은땀이 흘러내렸다. 진정한 그는 손을 저었다.

"이 문제는 내가 알아서 할 테니 자네는 사공방을 부탁하네."

"알겠습니다."

여우 가면은 대답을 하고 창문을 통해 빠져나갔다. 몇 개의 지붕을 넘어 그는 한 객점 안으로 들어갔다. 방 안에서 책을 읽고 있던 최진방이 물었다.

"무슨 일이래?"

"사공방이 도망쳤다는군."

여우 가면은 심경초와 나눈 대화를 간단히 설명했다. 최진방은 배를 잡고 웃어댔다.

"하하, 그 인간 이제 큰일났군!"

한참을 웃던 최진방은 말했다.

"그럼 이제 그 인간, 방주고 뭐고 다 끝난 것 아냐? 사공방이 개방대회에 나가 다 까발리면 그냥 끝나는 것 아냐."

여우 가면은 고개를 끄덕였다.

"애초에 개방 방주에 오를 그릇이 아니었소. 계획이라는 것도 허점투성이에, 우환거리인 사공방을 개봉으로 데려온 것부터가 바보짓이었지."

"그건 그렇군. 나야 그 인간이 어떻게 되든 알 바 아니지만, 아니, 어쩌면 더 잘된 것일지도 모르겠군. 하지만 시키는 일을 하고 보수만 받으면 그만인 나와는 달리 당신은 곤란하게 되는 것이 아닌가?"

"나 역시 관계없소. 일이 잘못된 것은 내 잘못이 아니니까, 내가 책임질 일도 없지."

최진방은 묘한 웃음을 지으며 여우 가면을 바라보다가 말했다.

"어쩌면 당신은 심경초가 실패하길 바라고 있었던 것이 아닌가? 그래서 일부러 사당 뒤에 어린 녀석들을 숨기고, 사실을 나중에야 알려주고……."

"어째서 그렇게 생각하지?"

"심경초가 개방이라는 대방파의 방주가 되어 회에 들어오면 당신보다 높은 지위를 차지하게 되겠지. 그것이 마음에 안 든 것 아닌가?"

"훗, 부인은 하지 않겠소. 하지만 내 행동은 회주의 뜻이기도 하오."

최진방은 의아해했다.

"회주가 어째서 자신이 지원하는 심경초를 방해하지?"

"그야 심경초가 개방 방주가 된 다음, 우리와 결별하려고 하면 곤란하니까. 최대한 그가 곤란할 상황을 만들어 우리의 도움을 받게 해야 뗄래야 뗄 수 없는 관계가 되지 않겠소."

"과연 그렇군."

최진방은 임한정과의 일을 떠올리며 고개를 끄덕였다.

"하지만 그러다 심경초가 실패하면? 그럼 말짱 꽝 아닌가."

"그 문제도 걱정없소. 자연스럽게 다음 계획으로 넘어가게 되는 것이니까."

"다음 계획? 그게 뭐지?"

"그건 대답해 줄 수 없소. 아직 당신은 완전히 우리 편이라 할 수 없으니까."

최진방은 투덜거렸다.

"쩨쩨하군."

여우 가면은 말했다.

"지금까지 우리가 많은 점을 도와주었는데도 불구하고, 심경초 그자는 막상 방주 자리가 가까워지자 우리와 거리를 두려고 하더군. 어쩌면 지금이 관계를 끊을 적당한 시점일지도 모르겠소."

대답한 여우 가면은 창문을 열고 다시 밖으로 나가려 하자 최진방이 물었다.

"어딜 가는가?"

"부탁받은 대로 사공방을 찾으러 가는 거요."

"그냥 무시하고 있으면 그만이지 뭐 하러 수고를 하지?"

"난 시키는 일을 열심히 했는데 심경초가 잘못하여 실패했다는 것을 보여주어야지."

"참 성실한 성격이군."

최진방은 중얼거리면서도 여우 가면의 뒤를 따랐다. 둘은 어두운 개봉의 밤거리 속으로 녹아들었다.

강연수는 사공방을 데리고 한밤중의 개봉 밤거리를 헤매고 있었다. 장소산을 찾아가려 했지만, 그가 있는 곳에는 심경초 역시 있다. 이곳 개봉에는 수많은 거지들이 몰려와 있었지만, 그녀로서는 장소산 외에 달리 믿을 만한 개방도가 없었다.

"방주님, 누굴 찾아가야 할까요? 믿을 만한 사람 누구 없어요?"

무이에 의해 중상을 입은 사공방은 강연수의 질문에 눈을 뜨고 잠시 생각하다 고개를 저었다.

"없어."

강연수는 황당해졌다.

"그 많은 개방 사람 중에 믿을 사람이 하나도 없어요?"

사공방은 쓴웃음을 짓고는 대답했다.

"심경초에게 당한 이후 아무리 가깝고 오래 알고 지낸 사람이라도 완전히 믿을 수 없다는 점을 깨달았다네."

"추월락 대장로는 어때요? 그분이 방주님의 사부라고 들었는데."

"그분은 날 배신하지 않겠지만 믿고 뭔가를 맡길 만한 사람은 못 되지."

"사부가 안 된다면 그럼 제자는 어때요? 제자 없어요?"

"내 제자는……."

뭔가를 말하려던 사공방은 고개를 저었다.

"아니, 제자를 찾아가는 것이 낫겠군. 하지만 그 녀석이 개봉에 오기나 한 건지 모르겠군."

"개방의 중요 인물은 다 모이는 것 아니었나요?"

"그렇긴 하지만 내 제자란 놈은 그런 자리도 잘 빠지거든."

"…무책임한 제자군요."

"아무래도 나보단 나의 사부를 더 닮은 것 같아."

강연수는 일단 부상이 있는 사공방을 의원에게 맡기고 자신은 따로 장소산을 찾아가기로 했다. 그녀는 사공방을 부축하고 걸음을 옮겼는데, 넓은 길로 나오자마자 지나가는 개방 거지들이 눈에 띄었다.

"쳇!"

그녀는 재빨리 골목으로 숨었다. 일반 제자인지 심경초의 부하인지 알 수 없으니 개방 제자만 보이면 무조건 숨어야 했다.

'거지들이 우글우글하니 제대로 돌아다니지도 못하겠네.'

강연수는 답답해졌다. 잠시 고민하던 그녀는 근처 민가에 숨어들어 옷을 훔쳐 와 사공방을 입혔다. 적당히 변장을 하여 눈에 안 띄게 되었다고 생각한 그녀는 아무렇지 않은 척 사공방과 함께 근처 의원을 찾아갔다.

밤이라 이미 의원 집 문이 닫혀 있었지만 강연수가 세차게 문을 두드려 억지로 열게 하고 은 한 냥을 쥐어주니 얼씨구나 하고 들여보내 주었다. 그녀는 의원에게 사공방을 치료하게 하고 한숨 돌릴 수 있었다.

그러나 이것은 그녀의 판단 실수였다. 사공방이 부상당한 것을 안 심경초는 개봉의 모든 의원을 감시하고 있었다. 얼마 안 가 문이 부숴지며 개방도들이 들이닥쳤다.

개방도들을 이끌고 있는 것은 십간 중에 하나 수임이었다. 그녀는 동료인 이무가 죽었다는 소식을 듣고 복수심에 불타고 있다가 앞을 가로막는 강연수를 보자 소리쳤다.

"네가 이무를 죽인 녀석이냐?"

"그렇다."

대답이 끝나기도 전에 두 개의 단도가 강연수의 급소를 노리고 찔러 들어왔다. 강연수는 급히 검을 뽑아 단도를 막아냈다. 강연수와 수임은 검광을 번뜩이며 집 안을 오갔다.

그사이 다른 개방도들은 사공방을 노렸다. 이번에는 심경초에게 단단히 주의를 받은 후라 상대가 방주라도 망설이지 않고 덤벼들었다. 의원은 일찌감치 도망쳐 버리고, 사공방은 부상을 입은 몸으로 힘겹게 버텨냈다.

상황은 강연수 쪽에 불리하게 전개되고 있었다. 강연수는 복수에 불타는 수임을 맞아 고전하고 있었고, 사공방도 금방이라도 쓰러질 것처럼 위태위태했다.

"아무래도 안 되겠네. 소저는 날 놔두고 도망치게!"

사공방이 소리치고는 맹렬히 장법을 펼쳐 개방도들을 물러나게 한 다음 수임에게 달려들었다. 어떻게든 강연수만이라도 도망칠 기회를 만들어주려는 의도였다.

하지만 강연수로서는 어찌 혼자만 살자고 도망칠 수 있겠는가. 그녀는 도망치기보다 사공방을 노리는 수임의 단도를 힘껏 막았다.

그런데 이 공격은 수임의 속임수였다. 강연수가 사공방을 지키느라 생긴 틈을 타고 또 하나의 단도가 그녀의 가슴을 찔렀다. 급히 피하긴 했지만 단도는 어깨 깊숙이 박혀 버렸다.

'끝장인가!'

그런데 그때였다. 수임이 최후의 일격을 가하려 하는데 갑자기 억 하는 소리를 내며 푹 쓰러졌다. 강연수가 놀라 보니 수임의 척추에 단도가 박혀 있었다.

"아!"

수임을 뒤에서 찌른 것은 개방도들 중에 하나였다. 그자는 얼굴을 들고는 말했다.

"그러니까 쓸데없는 짓 하지 말고 내 지시를 따르라고 그렇게 말했건만."

"장소산!"

강연수는 기뻐 소리쳤다. 장소산은 심경초 곁에 있다가 수임이 개방도들을 이끌고 어딘가로 가는 것을 보고 슬쩍 그 틈에 섞여 들어가 있다가 결정적인 순간에 수임에게 암습을 가했던 것이다.

수임이 당하자 남은 개방도들은 전의를 잃고 도망치려 했다. 그러나 장소산이 재빨리 문 앞을 지켜 섰다.

"그렇게는 안 되지."

우두머리를 잃은 개방도들은 완전히 전의를 상실하고 있었다. 장소산과 강연수는 남은 개방도들을 모조리 사로잡았다. 일이 끝나자 장소산은 사공방에게 인사를 올렸다.

"채평안 장로님의 제자 장소산이 인사올립니다."

사공방은 흐뭇한 표정으로 고개를 끄덕였다.

"채 장로께서 훌륭한 제자를 두셨군."

셋은 앞으로의 일을 의논했다. 강연수는 사공방이 개방 제자들을 이끌고 반역도인 심경초를 잡으면 되는 것이 아니냐고 했지만 장소산의 생각은 달랐다.

"지금은 누가 적이고 한편인지 알 수가 없습니다. 만일 다른 개방 사람을 찾아갔다가 그가 심경초와 한패라면 큰일입니다."

사공방이 물었다.

"그럼 어떻게 하는 것이 좋겠는가?"

"개방대회에서 모두가 보는 앞에서 심경초의 죄상을 밝히는 것이 좋을 것 같습니다."

"과연 그렇군."

"한데 그렇게 하기 위해서는 약간의 문제가 있습니다."

"그게 뭔가?"

"심경초는 지금 필사적으로 방주님을 찾고 있습니다. 못 찾게 될 시, 그는 방주님이 개방대회에 나타나 자신의 죄를 밝힐 것을 두려워할 것입니다. 그렇게 되면 핑계를 대어 대회를 연기하거나, 아니면 대회장으로 가는 길에 수하를 두어 방주님을 죽이려 할 것이 분명합니다. 또한 최악의 경우 진실을 밝혀도 심경초의 세력이 워낙 강해 이쪽이 당하거나, 오히려 누명을 씌우는 쪽으로 몰릴 수도 있지요."

듣고 보니 어려운 문제가 아닐 수 없다. 사공방은 걱정스러운 표정으로 물었다.

"그렇다면 어떻게 하면 좋겠는가?"

"제 생각에는 일단 심경초가 방주님이 돌아가셨다고 믿게 하는 것이 좋을 것 같습니다."

사공방은 의아해하며 물었다.

"어떻게 그렇게 하지?"

돌연 장소산은 의미심장한 표정을 지으며 물었다.

"방주님, 저와 목숨을 건 도박을 해보시지 않겠습니까?"

"목숨을 건 도박?"

장소산은 낮은 소리로 사공방의 귀에 대고 소곤거렸다. 이야기를 모두 들은 사공방은 웃음을 터뜨렸다.

"하하, 그것참 재미있겠군."

사공방이 적극적으로 찬성하자 장소산은 작업에 착수했다. 그는 사로잡은 개방 제자들에게 억지로 환약을 하나씩 먹인 다음 말했다.

"지금 먹은 약은 나의 사부님이 특별한 비방으로 만든 극약이다. 먹었을 때는 아무 이상이 없지만, 정확히 보름 후가 되면 몸의 구멍이란 구멍에서 피를 내뿜으며 죽게 되지."

사실 이곳 의원에 있는 약 서랍 속에서 대충 꺼낸 환약이었지만, 거짓말이라는 것을 모르는 개방 제자들의 안색이 새파랗게 질렸다. 당장이라도 토해내고 싶었지만 점혈이 되어 아무것도 할 수 없었다. 장소산은 말을 이었다.

"사부님이 돌아가신 후 해독법은 나 혼자만이 알고 있다. 내가 시키는 대로 잘하고 허튼수작을 부리지만 않으면 모두 무사히 해독시켜 주겠다. 내 말이 무슨 뜻인지 잘 알겠지?"

개방 제자들은 약속이나 한 듯 고개를 끄덕였다. 장소산은 지시 사항을 말하고 잘못된 점이 없는지 확인한 후 심경초가 있는 객점으로 돌아갔다.

객점에 와보니 아니나 다를까 심경초가 장소산을 찾고 있었다. 장소산은 심경초의 방으로 들어가 고개를 숙였다.

“부르셨습니까.”

“그래.”

대답을 하며 심경초는 물끄러미 장소산을 쳐다보았다. 장소산이 사부 채평안을 죽인 것이 자신이라는 것을 안다면 그는 이용물이 아닌 위험 요소일 뿐이다. 그는 그냥 당장 죽여 버릴까, 아니면 채평안 일을 아는지 확인해 보고 죽일까 고민 중이었다.

장소산이 슬쩍 보니 심경초가 지팡이를 만지작거리고 있었다. 심경초의 지팡이는 언뜻 보면 평범한 나무 지팡이 같지만 안에 검이 숨겨져 있었다.

‘저걸로 날 두 동강 낼 셈인가? 아무래도 들킨 것 같은데.’

심경초의 무공은 장소산보다 위다. 하지만 그는 장소산의 진정한 실력을 아직 모른다. 오히려 장소산이 사부인 채평안보다 무공이 위라는 사실을 모르고 단지 채평안의 제자로 보고 있다면, 장소산에게는 상대의 방심을 노릴 기회가 있다고 볼 수 있다.

‘게다가 나에게는 또 하나의 비장의 수가 있고 말이지.’

장소산은 심경초가 자신을 죽이려 든다고 해도 오히려 상대를 죽이거나 실패해도 도망칠 기회가 충분하다고 판단했다.

‘어차피 도박을 하려고 온 것이다. 새삼스러울 것도 없다.’

결심한 그는 입을 열었다.

"전 장로님께서 무엇을 고민하시는지 알 것 같습니다."

죽이려고 생각하는 상대에게서 이런 말을 듣자 심경초는 화들짝 놀랐다.

"네, 네가 뭘 안단 말이냐?"

"자신이 죽인 사람의 제자를 곁에 두자니 불안하신 것 아닙니까?"

심경초는 기겁을 해버렸다. 그는 당장이라고 검을 뽑아 내려칠 준비를 하며 물었다.

"아, 알고 있었느냐?"

"예, 강 소저에게 들었습니다."

"그렇다면……."

"원수를 갚으려고 접근한 것이 아니냐는 거죠?"

"그, 그래."

장소산은 빙그레 웃고는 말했다.

"어차피 죽은 사람 복수는 해서 무엇 합니까."

"뭐, 뭐야?"

"전 많이 생각해 보았습니다. 사실 전 특별히 개방의 인맥이 있는 것도 아니고, 무공의 천재 같은 것도 아닙니다. 유일하게 믿는 것이 장로인 사부님이었는데, 덜컥 죽어버렸으니 절 후원해 줄 사람이 없어져 버린 것이죠. 자칫하면 말단 제자로 평생 썩게 생겼으니 큰일이 아닙니까."

심경초는 어이가 없어하며 물었다.

"그러니까 사부의 원수인 내 밑으로 들어와 출세해 보고 싶다는 것이냐?"

"헤헤, 장로님이 방주가 되시면 최소한 타주 자리 하나는 주시겠지요."

“…….”

자신이 채평안을 죽인 사실을 밝히고 나서 장소산이 이런 말을 했다면 살기 위해 별 변명을 다 한다 생각하고 코웃음 치며 죽여 버렸을 것이다. 그러나 장소산이 먼저 사실을 까발리고 선수를 쳐버리자 상황이 이상하게 되어버리고 말았다.

‘이놈 말을 믿어야 돼, 말아야 돼?’

그냥 무시하고 죽여 버리는 것이 깨끗하고 후환이 없는 방법이었지만 심경초는 어떻게 할까 망설였다.

사실 그는 결단력이 부족했다. 사공방을 죽이지 않고 살려둔 것을 봐도 알 수 있는 사실이었다.

“무엇으로 네 충성심을 증명하겠나?”

“방주인 사공방의 목숨이라면 어떨까요?”

“뭐, 뭐라고?!”

장소산은 빙그레 웃고는 설명했다.

“심 장로님이 초조해하시는 것을 보고 뭔가 일이 잘못되었다는 것을 눈치챘습니다. 그래서 보니 수임이 사람들을 이끌고 뭔가를 찾고 있더군요. 슬쩍 쫓아가 보니 사공방을 잡으려 하고 있는 것이 아닙니까.”

심경초는 다급히 물었다.

“그래서 어떻게 되었느냐?”

“사공방을 호위하는 고수의 무공은 놀라워 수임은 죽고 말았습니다. 하지만 겁을 먹은 수하들이 도망치려는 것을 제가 지휘해 사공방을 사로잡고 호위 고수를 해치웠습니다. 다행히 수임과 싸우느라 그 고수의 부상이 심해 제 부족한 무공으로도 해치울 수 있었습니다.”

“그것 다행이구나.”

걱정하던 문제가 해결되자 심경초는 안도의 한숨을 내쉬었다.

"사공방에게 가보자."

"예."

장소산은 심경초를 데리고 사공방이 있는 곳으로 안내했다. 혼자라면 이 기회에 사로잡아 버리려 했으나 심경초는 수하들을 대동하고 있었다.

"사공방입니다."

사공방이 초췌한 모습으로 밧줄에 묶여 있고, 그 주위에 개방 제자들이 지키고 있었다. 심경초는 주변을 둘러보며 물었다.

"그 문제의 고수는?"

"저기 죽어 있지 않습니까."

장소산은 아까 혼전 중에 죽은 개방 제자의 시신을 가리켰다. 심경초는 얼굴이 훼손되어 알아볼 수는 없으나 개방 거지의 복장이자 눈살을 찌푸렸다.

"누구지?"

"젊은 사람이었습니다. 혹시 십간 중의 하나가 아닐까요?"

"그렇군. 이무와 수임이 당했을 정도면 같은 십간일지도……."

심경초가 긍정하는 것을 보고 장소산은 속으로 웃었다.

'그렇다면 역시 십간 모두가 반역을 한 것은 아니군.'

그때 사공방이 으르렁거리며 심경초를 노려보았다.

"심경초, 네놈이 날 배신하다니!"

심경초는 피식 웃고는 대꾸했다.

"실력도 없는 것이 방주가 되니 이런 일이 생기지."

장소산이 단도를 들고는 사공방에게 다가가서는 심경초에게 말했다.

"이자는 살려두면 후환만 있을 뿐입니다. 그냥 이 자리에서 죽이죠?"

심경초는 고개를 끄덕였다. 사공방이 알고 있는 개방 방주의 전승 무공이 탐나 죽이지 않고 있었는데, 이런 일을 겪자 무공보다 위험 요소를 확실히 없애는 편이 낫다는 생각이 들었다.

"죽여라."

"예."

장소산은 서슴없이 단도를 사공방의 가슴에 박아 넣었다. 피가 뿜어져 나오며 사공방은 눈을 부릅떴다.

"네놈들……."

말을 채 끝내지 못하고 사공방은 쓰러져 버렸다. 장소산이 맥을 짚어보고는 말했다.

"죽었습니다."

"수고했다."

"제 손으로 방주까지 죽였습니다. 이 정도면 제 충성심을 증명하기 충분하지 않습니까?"

심경초는 웃으며 고개를 끄덕였다.

"그래, 내가 방주가 되면 널 크게 쓰마. 네가 하는 바에 따라 내 제자로 삼지. 지금 난 제자가 없으니 그때는 네가 다음 대의 방주다."

장소산은 활짝 웃으며 고개를 숙였다.

"열심히 하겠습니다."

"그럼 뒷정리를 해라. 난 내일 개방대회를 대비해 충분히 쉬어야겠다."

"예."

　심경초가 떠나고 이곳에는 장소산과 독을 먹은 개방도만이 남았다. 장소산은 싱글거리며 들고 있던 단도로 자기 손바닥을 찔렀다. 단도가 깊이 박히는 듯했지만 손바닥에는 상처 하나 생기지 않았다.

　장소산의 사부 채평안은 과거 대도로 이름을 날릴 때 값진 물건보다는 신기하거나 재미있는 물건을 수집하는 취미가 있었다. 이 단도도 그렇게 해서 수집된 물건 중 하나로, 찌르면 단도의 날이 검 손잡이 속으로 들어가는 구조로 되어 있는 장난감 검이었던 것이다.

　"자, 그럼 첫 단계는 성공이고, 다음 단계로 넘어가 볼까요?"

　장소산의 말에 죽은 척하고 있던 사공방이 벌떡 일어나 말했다.

　"그건 또 어떤 수법일지 기대되는군."

第十六章

개방대회

개방대회의 날이 밝았다. 밤새 앞날에 대한 기대로 뜬눈으로 밤을
지새운 심경초는 날이 밝자마자 벌떡 일어났다.

'드디어 오늘이 왔구나!'

이날이 오기를 얼마나 기다려 왔던가!

'이제 곧 나는 천하제일방의 주인이 된다!'

마음을 다진 심경초는 개방대회장으로 향했다. 개방대회가 열리는
장소는 개봉에서 조금 떨어진 산속이었다. 산 위에는 족히 만 명은 모
일 수 있는 넓은 자리가 있어서 개방은 수백 년 전부터 이곳에서 개방
대회를 열곤 했다.

심경초는 만일의 상황에 대비해 수하들을 대회장으로 오르는 산길
에 배치했다. 사공방이 죽은 이상 그가 유일하게 마음에 걸리는 것은
자신이 채병안을 죽인 사실을 아는 황보륭, 가신풍, 강언수, 이 셋이었

다. 만일 그들 중 하나가 대회장에 나타나 사실을 밝힌다면, 일이 이상하게 돌아갈 가능성이 있었다.

"그건 걱정 마십시오."

장소산이 말했다.

"강연수와 전 가까운 사이입니다. 절 위해서라도 그런 짓을 할 리가 없습니다. 황보륭과 가신풍은 이곳과는 멀리 떨어져 있으니 대회장에 오고 싶어도 올 수가 없지요. 정 걱정되면 나중에 손을 쓰면 됩니다."

"가까운 사이라니?"

심경초의 물음에 장소산은 빙그레 웃고는 대답했다.

"남녀 간의 그렇고 그런 사이 말입니다."

"그렇군."

함께 동행한 것도 그렇고, 충분히 그럴 만하다고 심경초는 생각했다. 그는 조금 배알이 뒤틀리는 기분이 들었다.

'자식, 거지 주제에 능력도 좋군.'

사공방을 죽인 일로 완전히 장소산을 믿게 된 심경초는 그를 자신의 곁에 두었다. 그리고 장로와 개방의 중요한 직책을 가진 사람들에게 소개했다. 사부 채평안의 사망 소식을 전해 들은 그들은 인사를 올리는 장소산은 따뜻하게 맞이해 주었다.

"이런 훌륭한 제자를 두었으니 채 장로도 저승에서 기뻐할 것이네."

집법장로 양경청의 말에 심경초는 속으로 비웃었다.

'과연 그럴까? 자길 죽인 나의 편에 붙었는데?'

개방에는 모두 여덟 명의 장로가 있었다. 그중 채평안은 죽고, 또 한 장로는 행방불명이다. 대장로인 추월락이 아직 모습을 보이지 않아 이곳 대회장에 모인 장로는 심경초를 빼면 모두 네 명이었다.

방주 교체를 반대하는 두 명의 장로를 없애 버린 지금, 심경초의 계산에 따르면 이들 네 명 중 두 명은 찬성하는 쪽이었고, 두 명은 어느 쪽도 아닌 중도파였다. 추월락을 해치우지 못한 것이 아쉽긴 했지만 그가 온다고 해도 대국에 영향을 주긴 어려울 것이다.

'일단 방주 교체가 성립되면 방주 직은 내 차지나 다름없다.'

네 명의 장로 중에 자신과 방주 직을 다툴 만한 인물은 집법장로 양경청 정도였다. 십간을 기른 스승이자 개방 최고고수인 그는 무공에 있어서만은 심경초보다 훨씬 위였다. 하지만 무공 외에는 별로 관심이 없어 방주 직을 준다고 해도 싫어할 인물이었다.

방의 젊은 사람 중 사공방의 제자인 나태한이나 십간의 우두머리인 진갑이 두각을 나타내고 있었지만, 아직 공과 인망이 쌓이지 않아 심경초의 적수가 되지 않는다.

여러모로 생각해 봐도 방주를 바꾼다면 자신밖에 없다. 심경초는 떨리는 마음을 진정시키느라 가슴을 내리 눌렀다.

"그나저나 사공 방주가 아직도 오지 않는구려."

주 장로가 걱정스러운 표정으로 말했다. 대장로인 추월락은 원래 제멋대로인 사람이니 안 와도 그만, 아니, 오히려 안 오는 편이 낫지만 개방대회에 방의 우두머리인 방주가 안 온다는 것은 큰 문제가 아닐 수 없다.

"그리고 보니 태한이 녀석도 안 왔군. 그 녀석이 왔으면 방주 소식을 물어보는 건데."

"그 녀석이야 추 대장로를 닮았는지 농땡이 부리길 좋아하는 녀석이리 이번에도 데리를 보냈더군요. 산 개월 전에 만나 물어보니 그도 사부의 소식을 못 들은 지 오래라고 합니다.”

“설마 폐관수련하느라 개방대회까지 참석하지 않을 셈인가?”

장로들은 대화를 나누며 근심했다. 시간은 계속 흘러 해가 중천까지 떠올랐다. 기다리고 있던 개방도들이 이상하다며 수군거리기 시작했다.

“아무래도 그냥 시작해야겠소.”

아무리 기다려도 사공방이 오지 않을 것을 아는 심경초가 말했다. 다른 장로들 역시 찬성할 수밖에 없었다.

“자, 그럼 제 76회 개방대회를 개최하겠소.”

양경청의 내공이 실린 웅후한 목소리가 고원 전체에 울려 메아리쳤다. 그와 동시에 이곳에 모인 이천 명에 달하는 개방 제자들이 일제히 함성을 질렀다.

“와아아아아아아!”

예정된 대회 일정이 진행되었다. 그동안 큰 공을 세운 제자에게 상을 내리고, 각 분타의 타주들이 각 지방의 정세를 보고한다. 심경초는 일정이 빨리빨리 처리되기를 바라며 하품을 했다.

그러는 사이 기본 일정은 모두 끝이 났다. 이제 다음 순서는 자유롭게 안건을 제시하는 것이었다. 대회에 참석한 제자들 누구나 자신의 의견이나 문제를 발언할 수 있었다.

“하남 분타의 분타주 김석한입니다.”

심경초가 안배한 대로 김석한이 손을 들고 일어났다.

“왜 방주께서 보이지 않는 것입니까?”

이런 질문이 나올 줄은 알고 있었지만 막상 닥치자 양경청은 당황하여 머뭇거리다 간신히 대답했다.

“방주께선 피치 못할 사정이 있어서 그렇게 되었네.”

“제가 듣기로 사 년 동안이나 폐관수련을 하고 있다고 하던데, 그것이 사실입니까?”

“그, 그건……”

김석한은 좌중을 둘러보며 목소리를 높였다.

“전 이런 이야기를 들었습니다. 사 년 전, 사공 방주는 어떤 어린 녀석에게 무공을 겨루어 패했을 뿐만 아니라 방주의 신물인 타구봉까지 빼앗겼다고 말이지요. 폐관수련을 하고 있는 것은 그때의 수치 때문이라고 하더군요.”

이곳에 모인 사람 중에 이 사실을 아는 사람도 있고, 모르는 사람도 있었다. 사실을 확인하느라 서로 묻고 대답하는 통에 대회장은 소란스러워졌다.

“모두 조용하시오.”

양경청의 내공을 실은 목소리가 이천 명의 사람들 소리를 단숨에 눌러 버렸다. 좌중이 조용해지자 양경청은 말했다.

“숨기지 않겠소. 그 이야기는 모두 사실이오.”

그는 곧은 인물이었기에 사실을 숨기거나 거짓말을 잘 못했다. 이미 사실이 밝혀지자 그대로 인정해 버리고 말았다.

김석한은 기세가 살아 소리쳤다.

“어린애 따위에게 져서 방주의 신물을 빼앗긴 것만으로도 방에 씻을 수 없는 수치를 준 것인데, 폐관수련을 한다고 사 년간이나 방의 일을 내팽개치고, 이제는 중요한 개방대회까지 불참하다니! 이런 사람을 우리가 과연 방주로 믿고 섬길 수 있는지 저는 의심하지 않을 수 없습니다. 여러분의 생각은 어떻습니까?”

많은 사람들이 이에 긍정했다. 긍정하지 않은 사람들조차 확실히 방주에게 문제가 있다고 생각했다.

양경청이 물었다.

"그러니까 지금 방주를 교체해야 한다는 소린가?"

김석한은 고개를 끄덕였다.

"그렇습니다."

양경청은 말했다.

"수백 년을 내려온 개방의 역사를 보면 다음 대의 방주는 늘 전 방주가 정했소. 불행히 방주께서 다음 대를 정하지 못하고 목숨을 잃을 시에만 어쩔 수 없이 장로들이 의논하여 선출했소. 방주가 엄연히 살아 있는데도 방주를 교체하자는 그대의 말은 개방의 법도를 어기는 것이오."

"방주에게 죄가 있을 시 장로들의 의견을 모아 방주 직을 박탈할 수 있지 않습니까?"

"그러나 현 방주에게 죄가 있는 것은 아니니 않는가."

"타구봉을 빼앗긴 것이 죄가 아니란 말입니까?"

"그거야 상대의 무공이 위여서 빼앗긴 것이지, 일부러 준 것은 아니니까 죄가 아니지. 그런 식으로 능력이 부족해 어쩔 수 없이 실패한 것을 모두 죄라고 한다면, 억울할 사람이 부지기수일 것이네."

양경청은 개방의 죄지은 사람을 처벌하는 일을 하는 집법장로라 법규의 적용에 대해 상당히 까다로웠다. 김석한은 분해하다 소리쳤다.

"사 년간 방주의 일을 하지 않은 것은 어떻습니까. 그건 죄가 아닙니까?"

"그건 확실히 근무 태만으로 처벌 대상이 될 수 있군."

그때였다. 노한 외침 소리가 울려 퍼졌다.

"누가 감히 내 제자를 방주에서 몰아낸다 어쩐다 지껄이는 것이냐!"

그와 동시에 한 인영이 장내로 뛰어들었다. 바로 개방의 대장로인 추월락이었다. 그는 다른 장로들의 인사도 받지 않고 김석한을 손가락질하며 외쳤다.

"너, 이 자식! 내 제자를 방주로 몰아내려 하다니, 누구의 사주를 받았냐? 어서 냉큼 불어라!"

김석한은 잠시 당황했다가 정신을 차리고 대꾸했다.

"저 자신의 생각입니다. 아마 이곳에 저와 같은 생각을 한 사람이 적지 않게 있을 것입니다."

"웃기지 마라. 이건 분명 음모야. 넌 음모의 하수인이야!"

2

추월락의 말은 심각한 내용이었지만, 여기서 그 말을 심각하게 받아들이는 사람은 별로 없었다. 원래 실없는 인간이었기 때문이다.

양경청이 나서서 물었다.

"음모라니, 무슨 음모란 말입니까?"

추월락은 대답했다.

"얼마 전 십간 중의 하나인 겸정 녀석이 날 죽이려 했다. 이것이 음모가 아니면 무엇이란 말이냐!"

심경초는 눈살을 찌푸렸다. 추월락이 개방대회장으로 들어오려고 하면 막으라고 명령을 내려놓았지만, 대장로의 신분을 가진 추월락을 막지는 못했던 모양이다.

'하지만 저 노인네야 워낙 정신없는 인간이니 신뢰를 주긴 힘들 것이다.'

양경청이 눈살을 찌푸리고는 고개를 돌렸다.

"진갑! 진갑!"

누구도 대답하는 사람이 없었다. 양경청은 목소리를 높였다.

"진갑!"

"예? 예!"

단상 구석에 있던 한 사람이 일어났다. 후줄근한 복장에 맥이 탁 풀린 인상의 삼십대 초반 남자였다. 그는 생긴 대로 맥 빠진 목소리로 반문했다.

"왜요?"

"추 대장로님의 말씀이 사실이냐?"

진갑은 잠시 멍해졌다가 추월락에게 물었다.

"뭐라고 하셨습니까?"

보고 있던 장소산이 심경초에게 물었다.

"저 사람이 누굽니까?"

"진갑. 십간의 우두머리다."

장소산은 어이가 없다는 표정으로 진갑을 바라보았다. 그가 만나본 십간들 겸정, 무이, 수임, 이들은 하나같이 대단한 고수들이었다. 그런데 그들 중 첫째라는 인간이 왜 저 모양이란 말인가?

"그래도 무공은 대단하겠지요?"

"뭐, 그렇지. 얼빠진 녀석이긴 하지만."

추월락이 다시 한 번 말을 하고서야 진갑은 이해를 했다. 그는 잠시 곰곰이 생각하더니 머리를 긁적였다.

“모르겠는데요.”

양경청이 눈살을 찌푸리고는 물었다.

“겸정을 최근에 만나본 적이 있느냐?”

“오 개월 전에 만나 검을 겨루어봤습니다. 쾌검이 전보다 빨라지긴 했지만, 오히려 허점이 더 늘었더군요. 빠른 것만 추구하느라 다른 중요한 부분을 등한시하니 큰일입니다.”

“그리고?”

“끝인데요.”

“…….”

양경청의 표정이 좋지 않자 진갑은 간신히 한마디를 덧붙였다.

“특별히 다른 일은 없었습니다.”

“이상한 점은… 아니, 됐다. 네가 그런 것을 기억할 리가 없지.”

자문자답한 양경청은 추월락에게 말했다.

“방주가 안 계시면 십간은 제가 관리합니다. 방주님은 폐관수련 중이니 명령을 내릴 수가 없고, 저 역시 추 장로님을 해치라는 명령을 내린 적이 없습니다. 만일 그런 일이 있었다면 겸정 개인의 짓이거나, 따로 누군가의 사주를 받았을 가능성이 있습니다. 그러니 겸정을 직접 잡아 심문해 보는 수밖에 없을 것 같군요.”

추월락은 고개를 치켜들며 자랑스럽게 말했다.

“그놈은 날 죽이려 들다가 되레 나에게 당해 저 세상으로 갔어. 감히 날 노리다가 꼴좋게 되었지.”

“그럼 그를 심문해 확인해 볼 수도 없겠군요.”

“그거 그러네… 어?”

자신도 모르게 고개를 끄덕이던 추월락은 깜짝 놀라 말을 바꾸었다.

"하지만 수상하잖아. 안 그래? 분명 뭔가 있는 것이 틀림없어. 진짜 수상하다니까!"

양경청은 더 이상 그를 상대하고 싶지 않았다.

"수상하긴 하군요. 나중에 확인해 보겠습니다. 그러니 그 일은 일단 넘어가고, 방주 문제로 돌아가기로 하지요."

"그건 안 돼! 누구도 내 제자를 몰아넬 순 없어!"

그냥 무조건 우겨대는 추월락의 태도에 장로들은 난감한 표정으로 서로의 얼굴을 쳐다보았다. 마음 같아서는 끌고 가버리고 싶었지만 명색이 대장로니 그런 식으로 대할 수는 없었다.

'이거 곤란하군.'

심경초의 경우는 곤란한 것을 넘어 답답하고 짜증이 확 치솟아올랐다. 빨리빨리 새 방주 선출로 넘어가고 싶은데 방해가 끼어드니 화가 안 날 수가 없었다.

'저 인간을 확실히 죽여 버렸어야 하는 건데!'

심경초는 답답하여 벌떡 일어나고 싶은 것을 억지로 참았다. 그때 옆에 있던 장소산이 귀에 대고 소곤거렸다.

"그냥 사공방이 죽은 사실을 밝히죠."

어제부터 장소산이 복잡하게 갈 것 없이 사공방이 죽은 사실을 밝히고 다음 방주를 뽑게 하자고 했으나 심경초는 내키지 않아 하던 중이었다. 사공방이 죽은 사실이 알려지면 당연히 사인을 조사할 테고, 만약의 경우 꼬리가 밟힐지도 모른다는 걱정이 들었기 때문이다.

'사공방의 죽음은 내가 방주가 된 다음에 밝히는 편이 안전할 텐데. 그래야 내가 방주 직을 노리고 그를 죽였다는 의심도 덜 받을 테

고……'

하지만 이러다 사공방을 데려와 방주 교체 건을 의논하자고 하게 되면 일이 더 복잡해질 것 같았다.

"할 수 없군. 사공방의 시체는 어디 있지?"

"관에 넣어 준비해 두었습니다. 명령만 내리시면 바로 가져올 수 있습니다."

"그럼 가져와라."

지시를 내린 심경초는 헛기침을 하며 일어났다.

"대회의 원활한 진행을 위해 일이 모두 끝난 후에 밝히려고 했으나 어쩔 수 없이 지금 밝혀야 할 것 같소."

양경청이 물었다.

"무슨 일이오?"

"사실 사공 방주는……."

심경초는 비통한 표정을 지으려 애쓰며 잠시 뜸을 들인 후 입을 열었다.

"사공 방주는 돌아가셨소."

"……!"

이곳에 모인 모든 개방도들은 충격에 휩싸였다. 양경청 역시 놀람을 숨기지 못하고 물었다.

"그게 사실이오?"

"그렇소. 사실 나도 어제야 그 사실을 알았소. 사공 방주는 개방대회에 참석하기 위해 개봉에 오다가 정체불명의 악적의 습격을 받고 살해당하고 말았소. 채 장로의 제자 장소산이 시신을 발견하고 나에게 알려왔는데, 사공 방주에게 방주의 신물인 타구봉이 없는 바람에 그가 방주인 것을 모르고 있었소. 내가 어제 얼굴을 확인하고 나서야 방주라는 사실을 뒤늦게 알게 된 것이오."

심경초는 대충 지어내 설명하고는 장소산에게 눈짓을 보냈다. 나머지는 네가 알아서 하라는 뜻이었다.

장소산은 속으로 욕을 하고는 일어나 사정을 말했다. 길에서 시체를 발견했는데, 개방도의 복장이라 시신을 수습해 심경초에게 보여주었더니 사공 방주라고 해서 놀랐다. 대충 이런 이야기였다. 범인이 누군지는 전혀 모르겠다고 했다.

심경초가 좀 더 그럴듯하게 하기 위해 얼른 말을 덧붙였다.

"사공 방주의 시체 곁에는 무이와 수임의 시신도 있었소. 역시 흉수에게 같이 당한 것으로 보이오."

그러는 사이 관이 도착했다. 관을 열어 사공방의 얼굴을 확인한 장로들은 침통한 표정으로 말했다.

"사공 방주가 확실하군."

추월락이 사공방의 관을 두드리며 대성통곡을 했다.

"아이고, 내 제자야! 누가 널 이런 꼴로 만들었느냐!"

이곳에 모인 사람 모두가 그 모습을 보며 슬픔에 잠겨들었다. 모두들 방주의 죽음을 슬퍼하며 원수가 누군지 몰라도 반드시 찾아내 복수하자고 다짐했다. 그리고 다들 죽은 사공방에 대해 한마디씩 했다.

"세상에, 그토록 좋은 방주님은 다신 없었을 것이네."

"훌륭한 인품이셨지."

"아아, 방주님이 돌아가셨으니 누가 개방을 이끈단 말인가!"

죽은 자는 미화되기 마련이다. 평소에 별로 좋은 감정이 아니던 사람도 죽은 후에 그 사람에 대해 누군가 물어보면 나쁜 말은 모두 빼고 좋은 말만 골라 하기 마련이 아니던가!

사공방이 죽었다고 생각되자 좀 전까지 성토되던 타구봉을 빼앗긴 일이나 사 년간 방주의 직분을 내팽개친 일을 깡그리 잊고, 모두들 정말 성실하고 인품 높은 방주님이었다고 말했다. 그의 잘못이 일순간에 없었던 일로 사라져 버리는 순간이었다.

심경초는 기껏 사공방의 잘못을 들춰내었는데 모두 물거품처럼 사라져 버리자 떨떠름했으나, 어차피 죽은 사람이니 뭐 어떠냐고 생각했다. 그리고 인심을 사기 위해서 자기도 좋은 소리 한 번쯤은 해야겠다고 마음먹었다.

"사공 방주께서는 정말 훌륭한 방주님이셨소. 그분께서 오래도록 사시며 우리 개방을 이끌었으면, 이보다 좋은 일은 없었을 것이……."

말을 하던 심경초는 돌연 말문이 막히고 눈이 휘둥그레졌다. 관에서 사공방이 벌떡 일어나 자신을 쳐다보고 있는 것이 아닌가!

"컥! 컥!"

너무 놀라 숨이 막히는 그를 향해 사공방이 입을 열었다.

"네가 정녕 그렇게 생각한단 말이지?"

죽은 줄 알았던 사공방이 일어나다니! 이곳에 모인 사람들 모두가 눈이 휘둥그레져 말을 잃었다.

잠깐의 침묵 후 한 사람이 정신을 차리고 소리쳤다.

"시체가 다시 살아났다!"

3

상상도 못한 사태에 대회장은 혼란에 휩싸였다. 모두들 어떻게 된 거냐고 소리치며 난리법석을 떠는 가운데 사공방이 관에서 걸어 나와 입을 열었다.

"모두들 진정하시오. 난 애초에 죽지 않았소. 피치 못할 사정으로 죽은 척했을 뿐이오."

추월락이 멍청한 표정으로 있다가 소리쳤다.

"이게 어떻게 된 거냐? 사실대로 말해보아라!"

사공방은 설명했다.

"사 년 전, 저는 폐관수련 도중 사로잡혀 지금까지 감금되어 있었습니다. 최근 도움을 받아 간신히 도망치다 도로 잡혀 죽게 되었는데, 하늘의 도움과 도와주는 사람 덕분에 이렇게 죽은 척하고 관에 실려 대회장으로 올 수 있게 된 것입니다."

양경청이 놀라워하며 물었다.

"도대체 누가 방주를 잡아 죽이려 했단 말인가?"

"그게 누구냐면……."

사공방의 손가락이 심경초를 가리켰다.

"바로 심경초, 저자요!"

심경초의 안색이 새파랗게 질렸다. 사공방이 일어났을 때부터 일이 잘못된 것을 알았다. 하지만 지금 도망치면 영원히 개방의 반역도로 쫓기는 신세가 될 것이 뻔했다.

'일이 이렇게 된 이상 물러설 수 없다!'

결심한 심경초는 맞받아 소리쳤다.

"이건 모함이오!"

양경청이 말했다.

"할 말이 있으면 해보게."

"모두들 알다시피 사공방은 방주로서 여러 가지 잘못을 저질렀소. 그래서 이대로 있다간 방주 직에서 쫓겨날 것을 알고 나에게 누명을 씌워 자신의 잘못을 덮으려고 하는 것이오!"

급히 지어낸 변명이었지만 심경초의 말은 어느 정도 사리에 맞았다. 양경청은 고개를 끄덕이고는 사공방과 심경초를 번갈아 보았다.

사공방이 분노해 소리쳤다.

"네가 폐관수련 중인 나를 찾아와 암습하지 않았느냐! 그리고 방주에게 전승되는 무공을 말하라 핍박하고, 방주 직을 빼앗기 위해 채 장로와 전 장로를 살해했지!"

심경초가 반박했다.

"허허, 터무니없는 모함이로군. 전 장로야 행방불명이니 확인할 수 없지만, 채 장로를 살해한 것은 소면신귀 최진방이오. 여기 채 장로의 제자가 직접 확인한 일인데 거짓말이겠소?"

모두의 시선이 심경초가 가리키는 장소산에게 향했다. 장소산은 멀뚱하게 있다가 심경초를 가리키고는 말했다.

"제 사부님을 살해한 것은 이 사람입니다."

"……!"

심경초는 놀라 입이 딱 벌어지고 대회장은 다시 소란스러워졌다. 장소산은 당당히 채평안이 살해당한 과정을 설명했다.

"이건 모함이오! 분명 방주와 이 녀석이 짠 것이 분명하오!"

심경초가 고래고래 소리 질렀다. 양경청은 심각한 표정으로 고개를 지었다. 심경초는 지위니 공이 대단히 높다. 무엇보다 개방 내에 심경

초를 지지하는 숫자가 만만치 않음을 알기에 확실한 증거가 있지 않는
한 처벌하기 어려웠다.

"이 문제는 판결을 내리기 어렵군."

대회장은 사공방의 말이 옳다는 쪽과 심경초를 옹호하는 쪽으로
맞서 소란스러워졌다. 그런데 그때 장소산이 앞으로 나서 입을 열었
다.

"여러분, 여러분에게 보여드리고 싶은 것이 있습니다."

모두의 시선이 집중되자 장소산은 품속에서 서책을 꺼내 펼쳐 보였
다.

"이것이 무엇인지 아십니까? 심경초가 방주 직을 노리고 음모를 펼
치며 가담시킨 자들에게 서명을 시킨 연판장입니다! 여기 맨 첫 장을
보면 '우리는 지금부터 한 운명이 되어 영욕을 함께한다' 는 말이 쓰여
있고, 첫 번째로 심경초가 스스로를 개방 방주 심경초라고 써넣었습니
다!"

심경초의 안색이 하얗게 질리며 급히 품을 뒤졌다. 늘 가지고 다니
던 그 책자에 언제 장소산의 손에 들어갔단 말인가!

"그뿐 아닙니다. 여기 음모자들끼리 연락을 보낸 편지도 있습니다.
여길 보면 실종된 것으로 알려진 전 장로를 이미 살해해서 야산에 파
묻었다는 보고가 있습니다!"

대회장에 앉아 있던 개방도 중 십여 명의 사람들이 슬그머니 일어나
대회장을 빠져나가려 했다. 바로 심경초와 직접적으로 음모에 가담한
자들이었다. 양경청이 눈치채고 즉시 소리쳐 명령했다.

"도망치는 자들을 잡아라!"

"예!"

일곱 개의 인영이 날아올랐다. 진갑 이하 십간들이 움직인 것이다. 그들은 순식간에 도망치려는 음모자들을 사로잡았다.

"이, 이놈!"

심경초가 놀람과 분함을 담아 장소산을 노려보았다.

"어떻게 연판장과 편지들이 네 손에 있는 것이냐?"

장소산은 씩 웃고는 대답했다.

"내 사부의 별명이 공공수라는 점을 잊었소? 사부가 공공수면 제자인 나는 소공공수 정도는 되어야지. 당신이 날 한편이라 믿고 경계가 소홀한 틈에 다 훔쳤지."

"이놈이!"

분노한 심경초는 달려들어 단숨에 장소산을 죽이려 했다. 그러나 양경청이 그의 앞을 가로막았다.

"포기해라."

양경청의 무공은 절정에 이르러 심경초로서는 상대가 되지 않는다. 심경초는 급히 뒷걸음질치며 품에서 작은 통을 꺼냈다. 통의 줄을 당기니 붉은 연기가 하늘로 날아올랐다.

심상치 않다는 것을 깨달은 사공방이 물었다.

"무슨 짓을 할 셈이냐?"

심경초는 음흉하게 웃고는 말했다.

"대회장 땅속에 화약을 매설해 놓았다. 좀 전의 신호는 화약에 불을 붙일 준비를 지시한 것. 내가 다음 신호만 보내면 여기에 있는 모두가 함께 저 세상으로 가는 것이다."

모두들 경악하여 할 말을 잃었다. 양경청이 재빨리 심경초를 제압하려고 하는데, 심경초는 뒷걸음질치며 히죽 웃었다.

"내가 정해진 신호를 안 보내도 터지도록 약속을 해놨다. 날 죽일 생각은 안 하는 것이 좋을 거야."

그리고 그는 사공방을 보며 말했다.

"날 보내주면 화약을 터뜨리지 않으마. 어떠냐?"

사공방은 이를 갈며 물었다.

"널 보낸 후 터뜨려 모두 죽일지 어찌 아느냐?"

"허허, 그렇게 나오면 끝이 안 나지. 내 목숨을 걸고 약속하지. 싫으면 같이 죽는 수밖에."

사공방과 장로들은 서로를 쳐다보며 어떻게 해야 할지 고민했다. 그런데 그때였다. 장소산이 갑자기 웃음을 터뜨렸다.

"하하하, 허풍도 그 정도면 수준급이군!"

심경초는 얼굴을 일그러뜨리며 물었다.

"뭐가 허풍이란 말이냐?"

장소산은 손가락으로 바닥을 가리키며 반문했다.

"그럼 묻지. 당신은 이 아래에 얼마나 되는 화약을 묻었소?"

"그야 여기 있는 모두를 죽이기에 충분한 양이지."

"하하, 마각을 드러내셨군."

장소산은 크게 한 번 웃고는 말했다.

"여기에 모인 인원이 수천 명이오. 이곳에 있는 사람 모두를 죽일 양이면 얼마나 많은 화약이 필요한지 아시오?"

심경초는 우물쭈물하다 소리쳤다.

"팔만 관이다!"

"팔만 관? 자, 그럼 다시 물읍시다. 팔만 관이나 되는 화약을 사려면 대체 돈이 얼마나 필요할까?"

대화를 듣던 사공방과 장로들은 뭔가 이상하다는 생각이 들었다. 장소산은 피식 웃고는 말을 이었다.

"나라에서 매매를 금지한 화약 한 줌을 구하는 데도 그만한 양의 황금이 필요하다고 들었소. 그런데 팔만 관? 거지 주제에 그럴 돈이 있을까? 천하의 모든 우리 개방 제자가 가진 돈을 전부 다 털어 모아도 모자랄걸?"

듣고 보니 확실히 말이 안 된다. 양경청이 수염을 쓰다듬으며 웃음을 터뜨렸다.

"하하, 맞아, 맞아! 거지가 무슨 돈이 있어 그 많은 화약을 사겠나! 말이 안 되지. 암, 말이 안 되고 말고."

하지만 아직 걱정을 버리지 못한 사람도 있었다.

"그러다가 진짜 화약이 있으면……."

"그럼 내기를 합시다."

장소산이 말했다.

"심경초, 나와 싸우자. 화약이니 뭐니 하는 것은 집어치우고, 당신이 이기면 놓아주고, 내가 이기면 내 손에 죽는 거다."

양경청은 의아한 표정을 지었다. 자신보단 떨어지지만 심경초의 무공은 초일류라 할 만한 수준이었다. 채평안도 상대가 안 될 텐데, 그 제자인 장소산으로는 어림도 없을 것이었다.

"이봐, 자네……."

그가 말리려는데 장소산이 고개를 숙이며 정중히 부탁했다.

"저자는 사부님의 원수입니다. 복수를 하도록 허락해 주십시오."

"하지만……."

무리하지 말라고 하려는데 사공방이 먼저 말했다

"허락해 주시오."

방주의 명이라 양경청은 할 수 없이 물러났다. 장소산은 심경초를 노려보며 말했다.

"방주님의 허락도 떨어졌다. 어때, 나와 싸울 용기가 있느냐?"

심경초는 생각해 보았다. 화약이 매설되어 있다는 말은 도망치기 위한 거짓말이었다. 그것까지 드러난 지금 어차피 이젠 살긴 다 틀린 상황이다.

'이렇게 된 이상 해보는 수밖에 없다. 무슨 속셈인지는 모르겠지만, 일이 잘못되더라도 최소한 저 녀석만은 함께 길동무로 끌고 가야겠다.'

결정을 내린 그는 고개를 끄덕였다.

"좋아, 그렇게 하자."

주변의 사람이 물러나고 둘은 대치했다. 둘은 잠시 서로를 노려보다가 심경초가 먼저 공격을 시작했다.

"이 애송이 녀석아! 죽어버려라!"

그는 달려들며 지팡이 속에 숨겨진 검을 뽑아 내려쳤다. 단순한 공격이었지만 오십 년간 갈고닦은 무공을 모두 담은 혼신의 일격이었다.

"앗!"

지켜보던 이들이 놀라 외침을 터뜨렸다. 심경초의 공격은 양경청조차도 전력을 다해야 피할 수 있을 정도의 기세였다. 그런데 장소산은 피하기는커녕 앞으로 달려들며 장을 내리뻗는 것이 아닌가!

"피해!"

양경청이 소리쳤다. 공격을 함으로써 검을 물리도록 시도한 것 같지

만, 장소산의 손바닥이 심경초에게 닿기 전에 심경초의 검이 장소산을
두 동강 낼 것이 분명했다.

"……!"

사람들은 피를 뿜으며 두 쪽이 날 장소산을 예상했다. 그러나 결과
는 달랐다. 장소산의 몸을 동강 낼 검이 어깨에 닿자마자 힘없이 뚝 부
러지는 것이 아닌가? 부러진 검날은 허공으로 날아올랐다.

양경청이 놀란 눈으로 보다가 훌쩍 뛰어 검날을 낚아챘다. 검날을
잡고 가볍게 힘을 주자 힘없이 똑 부러져 버렸다. 그는 황당해하며 말
했다.

"이게 뭐야? 장난감인가?"

날이 들어가는 단검과 같이 이것 역시 채평안의 수집품 중에 하나였
다. 무게나 생김새가 보통 검과 똑같지만 나뭇가지 하나 제대로 자르
지 못하는 가짜 검날이었던 것이다.

"커억!"

심경초가 피를 토했다. 장소산이 개발한 장법, 수심파가 가슴에 적
중하여 심장이 파열돼 버렸다. 그는 숨이 끊어지는 중에도 분한 표정
으로 장소산을 보며 말했다.

"검조차 훔쳐서 바꿔치기 해놓았구나. 비겁한 놈!"

정식으로 싸웠다면 장소산은 결코 심경초의 상대가 되지 못한다. 그
점을 잘 알고 있었던 장소산은 심경초에게 술을 먹일 때 검을 바꿔치
기 해놓았던 것이다. 싸울 때가 되면 자신 때문에 일을 망친 심경초는
자신을 죽이려 검을 뽑을 것이고, 그때야말로 자신이 그에게 필살의 일
격을 먹일 유일한 기회가 생긴다는 계산이었다.

"당신 역시 비겁하게 사부님을 기습했지. 네 수법을 그대로 돌려준

것이다."

4

　장소산의 수심파에 가슴을 적중당한 심경초는 그대로 숨이 끊어졌다. 장소산은 수심파를 익힌 이후 사람에게 맞춰본 것은 처음이었는데, 자신보다 무공이 높은 고수를 일격에 격살하자 크게 놀랐다.
　'함부로 사용해서는 안 되겠구나!'
　그토록 원하는 복수를 했지만 시원하기는커녕 찜찜하기만 했다.
　한편, 그사이 주변은 바쁘게 돌아가고 있었다. 혹시나 정말 화약이 있는지 확인해 본 결과 거짓임이 판명되자 양경청은 심경초의 음모에 가담한 자들을 사로잡고 장내를 정리했다. 다행히 심경초의 음모에 직접적으로 가담한 사람의 수는 많지 않아 개방의 내분은 생각보다 적은 피해로 끝날 수 있었다.
　그렇게 어느 정도 어수선한 분위기가 가라앉을 즈음이었다. 한 개방 제자가 급히 달려와 사공방에게 보고를 올렸다.
　"무림맹에서 사자가 왔습니다."
　"무림맹?"
　사공방을 포함한 장로들은 의아한 표정을 지었다. 무림맹은 정파가 강호의 안정을 위해 특별한 일이 있을 때마다 힘을 모아 설립하는 정파 연합이라고 할 수 있다. 현 무림맹은 오십 년 전 마교 세력의 재출현에 의해 만들어졌는데, 막상 설립되자 무신이라 불린 무언계와 그가 이끄는 절정고수들의 활약에 의해 이미 마교 세력에 의한 강호의 혼란이 평정된 후였다.

그 후 무림맹은 어둠 속으로 숨어든 마교 잔당들을 소탕하는 일을 했는데 별다른 성과도 없고, 있기나 한 건지 의심스러울 정도로 마교 잔당들도 조용하여 그야말로 흐지부지되어 무림맹은 말이 무림맹이지 그 존재감조차 흐려지고 있었다.

'무림맹이 무슨 일로?'

이런 생각이 들면서도 사공방은 어쨌든 무림맹의 사자를 거절할 수 없어 고개를 끄덕였다.

"모셔 와라."

무림맹의 이름을 크게 쓴 깃발을 앞세우고 다섯 명의 사람이 장내로 들어왔다. 우두머리로 보이는 화려한 옷을 입은 콧수염의 중년인이 장내를 둘러보고는 물었다.

"방주가 누구신지……?"

사공방이 앞으로 나섰다.

"내가 방주요."

"아, 그러십니까. 만나서 정말 반갑습니다, 심 방주님."

사공방은 눈썹을 살짝 찌푸렸다.

"내 성은 사공이오만."

콧수염의 중년인은 당황하여 웃음으로 얼버무렸다.

"하하, 제가 착각을 했나 봅니다. 제 이름은 팽하수라고 합니다. 무림맹주님의 명으로 방주께 서신을 전하러 왔습니다."

팽하수란 이름은 처음이었다. 장로들은 서로를 쳐다보았으나 다들 모르는 모양이었다. 사공방은 순간 이런 의문이 들었다.

'그러고 보니 현 무림맹주는 누구였더라?'

이름만 있지 워낙 존재감이 없는 무림맹이라 맹주의 이름조차 생각나지 않았다. 사공방은 대충 만나서 반갑다는 인사를 건네고 서신을 받았다.

"찾아온 손님이니 응당 대접을 해야 옳지만 거지들이다 보니 자기들 챙겨 먹기도 급급합니다."

혼란한 방의 모습을 보이기 싫어 사공방은 말을 돌렸다. 팽하수도 이곳에 오래 있을 생각이 없는지 고개를 끄덕였다.

"서신의 답변은 맹에서 듣기로 하지요. 그럼 이만."

무림맹의 사자가 물러간 후 방주와 장로들은 자신들끼리 모여 서신을 읽고 앞으로의 일을 의논했다. 특별히 자신이 나설 일이 없어 보이자 장소산은 물러나 기다리고 있던 강연수를 찾아갔다.

"일은 잘 풀렸어?"

객점에서 수임에게 당한 부상을 치료하며 걱정하고 있던 강연수가 그를 보자마자 물었다. 장소산은 고개를 끄덕이고는 대회장에서 있던 일을 설명했다. 이야기를 모두 들은 강연수는 잠시 생각해 보다가 말했다.

"그런데 이상한 것이 심경초 같은 인물이 방주 자리를 노렸단 거야. 물론 사람이 욕심을 가지는 것이야 신기할 것도 없지만, 음모란 것이 의외로 상당히 허술했던 것 같아. 중요한 인질이라고 할 수 있는 방주를 제대로 숨겨놓지도 못했던 것도 그렇고. 그러면서도 지금까지 안 들킨 것이 신기할 정도라니까."

장소산도 동감이라 고개를 끄덕였다.

"아마도 내 생각에는 심경초는 최진방이 속한 어떤 조직과 연합하여 개방을 손에 넣으려 했소. 그런데 그사이에 문제가 생긴 것이 아닐까 생각하오."

"무슨 문제일까?"

"방주 직에 올랐을 때의 권리 문제겠지. 심경초 입장에서는 강호의 대방파인 개방 방주 직에 올랐는데 남이 간섭하는 것은 원하지 않겠지. 내 사부를 최진방이 살해하게 할 수도 있는데 굳이 자신이 직접 손을 쓴 것이나, 이번 사건에서 마지막 순간에 그 의문의 조직에 관련된 인물이 하나도 나타나지 않았던 것으로 보아, 심경초는 마지막에는 자신의 힘만으로 하려고 했던 것 같소. 그러나 능력 부족으로 여기저기 허점이 생겨나 버린 것이지. 아니, 어쩌면 배후 조직에서 그걸 알고 심경초를 버린 것일지도."

"과연!"

고개를 끄덕인 강연수는 물었다.

"그래서 그 조직에 대해서 짐작 가는 것이 있어?"

장소산은 고개를 저으며 어깨를 으쓱했다.

"심경초의 방이나 짐을 샅샅이 뒤져 보았지만 배후 조직에 관한 것은 하나도 없더군. 심경초가 없앤 것인지, 아니면 배후 조직에서 미리 치워 버린 것인지……."

심경초를 죽이지 않았으면 뭔가를 알아낼 수 있지 않았을까 하는 생각이 들긴 했지만, 장소산은 곧 생각을 지웠다. 살려둔다고 특별히 대단한 정보를 얻는다는 보장도 없고, 그에게는 배후 조직 따위보다 사부의 복수를 하는 것이 더 중요했다.

"그런데 이제부터 어떻게 할 거야?"

생각에 잠겨 있는 장소산에게 강연수가 물었다.

"개빙의 위기를 구해낸 청년 영웅! 이 정도면 개방의 중요 지위는 말아놓은 것이겠지? 차기 개방 방주도 노려볼 만하지 않아?"

"방주라……."

장소산은 쓴웃음을 지었다. 그는 특별히 직위 같은 데 욕심이 없었다. 아니, 잘 생각해 보면 직위뿐만 아니라 다른 어떤 것에도 욕심이 없었다. 그냥 하루하루 즐겁게 살아가면 그것으로 만족인 성격이었다.

'그야말로 거지에 딱 맞는 성격이군.'

한편, 개방의 집법장로 양경청은 한 사람을 만나고 있었다.

"모든 것이 어르신의 뜻대로 되었습니다."

"고맙네. 모든 것이 자네들의 도움 덕분이었네. 양다리를 걸치고 있었던 것은 너그러이 넘어가 주지."

여우 가면의 남자는 쓴웃음을 지었다.

"알고 계셨습니까?"

"심경초가 개방 방주가 되도 좋고, 내가 방주가 되어도 좋다는 것 아닌가. 내가 자네들 입장이라도 그러겠지. 아니, 당장 방주가 될 심경초 쪽에 마음이 더 쏠릴 거야."

"전 어르신의 편이었습니다. 심경초, 그자는 방주가 될 그릇이 아니었죠. 어르신이야말로 방주가 어울리십니다."

양경청은 웃으며 수염을 쓰다듬었다.

"허허, 이제 와서 공치사해도 너무 늦었네."

여우 가면은 말했다.

"하지만 어르신의 계획에는 찬성할 수 없군요. 어르신의 힘이라면 당장이라도 사공방을 쫓아내고 방주가 될 수 있었는데, 왜 그렇게 하지 않으시는 겁니까? 방주 직을 노리는 경쟁자라고 할 수 있는 심경초를

이 계획으로 제거하긴 했지만, 이런 복잡한 방식으로 할 것 없이 어차피 어르신의 적수가 아니었는데요."

"허허, 모든 것은 순리에 따라 처리해야 하는 것이네."

양경청은 웃으며 말을 이었다.

"내가 힘으로 방주 직을 빼앗는다면, 문제가 생기고 반항하는 자도 있겠지. 이번 심경초의 경우만 봐도 잘 알 수 있지 않은가. 사공방이 스스로의 생각으로 물러나 나에게 방주 직을 바쳐야 평온하고 자연스럽게 되는 것이지."

"과연!"

여우 가면은 감탄했다.

"이번 사건으로 사공방은 방주 직을 되찾긴 해도 오래 가지고 있지 못하겠지요. 치부가 드러났고, 남에게 사로잡혀 인질이 되는 방주 따위는 존경받을 수 없으니까요. 개방의 젊은 인재들 중에는 아직 방주 직을 이어받을 만한 공이나 명성을 가진 자가 없으니, 사공방은 스스로 방주 직을 어르신께 바친다 이거로군요. 어르신께서는 사양하다가 어쩔 수 없이 받는 것이고요."

"그래, 그게 바로 순리라네."

"당신께서는 단지 몇 명을 심경초 밑으로 집어넣어 화산파의 강연수를 유인, 사공방을 구하게 만드는 것만으로도 모든 것을 이루었으니 실로 대단하십니다."

"하하, 그녀가 사공방을 구하기 쉽도록 조금은 손을 썼다네. 하지만 장소산이나 강연수가 내가 손을 쓸 것도 없이 알아서 잘하더군. 내가 아닌 하늘이 이루게 하였다고 말할 만하지 않은가. 순리에 따라 행하니 손을 쓸 것도 자연스럽게 이루어진 것이지."

여우 가면은 가면 속에서 살짝 비웃음을 띠었다.

"순리라는 것은 위에서 아래로 흐르는 것이 아닙니까. 사공방이 자신보다 나이가 많은 어르신에게 방주 직을 넘기는 것을 순리라고 하긴 그렇습니다만."

"자넨 뭘 모르는군."

양경청은 태연히 받아넘겼다.

"애초에 전 방주 정진구는 방주 직을 나에게 물려주었어야 했어. 그런데 잘못된 판단으로 사공방에게 넘긴 것이지. 원래 가야 할 자리로 방주 직이 돌아가니, 이것이 순리가 아니면 무엇이겠는가."

여우 가면은 잠시 잠자코 있다가 입을 열었다.

"하지만 전 한 가지 걱정이 되는군요. 다른 순리로 넘어가면 어쩌나 하고 말이지요."

양경청은 여우 가면을 쳐다보았다.

"무슨 뜻인가?"

"이번 일에서 장소산이라는 젊은 인재가 두각을 드러내지 않았습니까. 그리고 사공방의 거짓 죽음 사건으로 방주의 치부도 사람들의 기억 속에서 흐려졌고 말이지요. 자칫 어르신의 생각보다 사공방이 방주 직을 몇 년 더 하게 되고, 그사이 장소산이 명성을 떨치어 그가 방주 직을 이어받으면 어쩌지요?"

여유 넘치던 양경청의 표정이 굳어졌다. 그의 머리 속에 있던 거리낌을 여우 가면이 들춰낸 것이다.

"아무리 능력이 있다고 해도 이제 스물밖에 안 된 애송이다."

"젊은이는 성장이 빠르기 마련이죠. 젊은 영웅의 존재야말로 사람들의 마음을 사로잡기 좋은 소재가 아닙니까."

　양경청의 마음의 흔들림을 눈치채고 회심의 미소를 지은 여우 가면
은 고개를 숙이고 물러났다.
　"필요하면 언제라도 불러주시기 바랍니다. 저희 회에서는 언제라도
어르신이 부르시면 달려와 도울 준비가 되어 있으니까요. 그럼 이만."

『무공총람』 3권으로 이어집니다

무한 상상 · 공상 세계, 청어람 신무협 & 판타지

『초일』, 『건곤권』, 『송백』!! 신무협 소설의 성공 신화!
작가 백준!! 그가 쓰는 새로운 강호!

청성무사(靑城武士) / 백준 지음

강호를 뒤덮은
마도의 피바람을 잠재워라!

『청성무사』
(靑城武士)

"우화등선하거라… 나의 마지막 소원이다."
사부의 소원이 무섭다.
떠나버린 사매가 야속하다.
하지만 소초산은 개의치 않는다.

망해버린 청성의 마지막 장문인 소초산!
그러나 망한 문파에서도 천하제일인은 나온다!